广 雅

聚焦文化普及,传递人文新知

广大而精微

我要唱到永远

曹可凡 —— 著

Wo Yao Chang Dao Yongyuan

广西师范大学出版社
GUANGXI NORMAL UNIVERSITY PRESS
·桂林·

图书在版编目（CIP）数据

我要唱到永远 / 曹可凡著. --桂林：广西师范大学出版社，2023.10
 ISBN 978-7-5598-6351-5

Ⅰ.①我… Ⅱ.①曹… Ⅲ.①散文集－中国－当代 Ⅳ.①I267

中国国家版本馆 CIP 数据核字（2023）第 173331 号

广西师范大学出版社出版发行

（广西桂林市五里店路 9 号　邮政编码：541004
网址：http://www.bbtpress.com ）

出版人：黄轩庄
全国新华书店经销
广西民族印刷包装集团有限公司印刷
（南宁市高新区高新三路 1 号　邮政编码：530007）
开本：880 mm×1 240 mm　1/32
印张：8.25　　　字数：212 千
2023 年 10 月第 1 版　　2023 年 10 月第 1 次印刷
印数：0 001~6 000 册　定价：52.00 元

如发现印装质量问题，影响阅读，请与出版社发行部门联系调换。

曹可凡的安静与底气

韩浩月

可凡老师，常被我们称呼为"曹局""师爷"。前一个称谓是"六根（六名前媒体人做的一个文化公众号）上海分局局长"的简称，后一个名号则来自他在影视剧中塑造的"师爷"形象。无论如何称呼他，他总是会用一串哈哈大笑来回应，时而还补充一个卖萌的图片。

说到卖萌斗图，可凡老师是把好手，不晓得他手机存储了多少好玩的动图，他总是能第一时间抛出来一个非常符合聊天情境的动图。我印象最深的图是，一个胳膊胖得像莲藕的小男孩，双手把一块板举上头顶，板上摆放着12种各式畅销冷饮（是的，我用手指点着图数了，的确是12款）。每每看到他以这张图来结束一场聊天对话，我总是在内心赞叹一声："可凡老师真是可爱啊。"

我认识几位喜欢发图片表情包的人，多是德高望重的文化人，出现在电视画面里的时候，也多稳重端庄，但在私下里，却一点也不装。无论是线下还是线上聊天，都给人一种"哐哐"的热闹感，而且总是愿意以自己的一句话或一个表情来结束聊天，据说这样的人，通常内心热情、善良厚道，而且待人得体。据我多年观察，曹可凡无疑是这支队伍中的佼佼者，每次我都试图以自己的礼貌来完成一次聊天，但最后画上圆满句号的，总是他。

我这些年，努力学习"温良恭俭让"，所以对身上具有这种品质的朋友格外尊重，日常工作与交流，也愿意与这样的朋友走得更亲近一些，时间久了，果然是有效果的，所谓"近朱者赤"。得承认，在与可凡老师打交道的几年时间里，我也默默地从他身上学习良多。他是位主持人，也时常现身影视圈，多家著名报纸的副刊版面，他的大名也常印在上面。能够横跨多个圈，正是他身上的"温良恭俭让"品质，使得合作者们都视他为值得尊重的合作对象。在朋友圈里，有好几次刷到他以前采访王朔的视频片段，王朔在别的主持人面前，都是个性张扬、嬉笑怒骂的，唯一一次表现出"有话好好说"的样子，是在曹可凡的《可凡倾听》当中，由此可见，曹可凡的气场是可以让一个人安静下来的。

除了上述优点，可凡老师还是个细心的人。我有出版的书，给他寄去，他收到后，会第一时间告知，并且在他常用的拍书的场景（花园、走廊、书房）中选其一，拍出一幅感觉很棒的晒书图。对于赠书，他是真读，读完也会给出一些反馈与建议，带着浓厚的情谊。想到一本小书，会占用他那么多时间，后来再有新书出版，就干脆不给他寄了，哈哈，想必像他这样敦厚且智慧的人，不会在意我的这点小心思。

曹可凡是我见过的情绪最稳定的人，当然，这可以被认为是一种职业要求，作为出镜率很高的主持人，他必须在任何状况下，都保证情绪的稳定，才能使活动流程得以顺畅地进行。后来我有了一个恶作剧式的想法——他是不是也有情绪不稳的时候？但这样的问题，确实也不好开口问。

直到有一天，他发来微信，主动地表达了自己的不安，这是非常罕见的事情。他告诉我，自己在外地的酒店，因疫情原因被隔离了，我感觉到他情绪上有一些不对劲，他这么说的时候，恰好，我也处在被隔离的状况下，于是两个人相互鼓励了一番，最终以哈哈大笑一场的方式结束了这番对谈——笑的原因是，他在被隔离期间，写作欲爆发，十来天时间里，写了五六万字，可算是写过瘾了。这段时间写的文章，全部收录于这本《我要唱到永远》里。

记得第一次见曹可凡，大概是2016年，在"六根"的一次聚会上，他翩然而至，在一个空的座位随意坐下，好像早已熟识，只是短暂离席了一下又返回来的样子。"六根"的每次聚会，都是欢声笑语，声浪似要掀翻屋顶，可凡老师兴致颇高，除了跟大家一样频繁举杯，也兴高采烈地聊了点八卦，但在人群当中，他还是有些不一样的。不久之后，我读完了他写作的家族史著作《蠡园惊梦》，便明白了那一点点不一样来自哪里，他系出名门，又是名嘴，所以，无论多么开怀，总还是要收着一点的。

2017年2月17日，胡雪桦导演的电影《上海王》全国公映，曹可凡在片中饰演"师爷"一角，我们在北京国贸万达影院集体观影以示庆祝。五年过去，回想起看片的那个夜晚，依然能记得他在大银幕上的形象，细腻生动，老练准确，有令人倒吸一口凉气的观感——之所以产生这么戏剧性的观感，原因很简单，入戏之后的曹可凡所呈现出来的样子，原来是可以让人忘掉他的主持人身份的。

胡雪桦导演在一篇文章中，讲述了邀请曹可凡出演《上海王》的故事。曹可凡是胡雪桦导演第一个定下来的演员，但到开拍时却遭到投资方的反对，反对的理由有两个：一是绍兴师爷一般都是瘦子，曹可凡偏胖；二是他是主持人，观众会出戏。对此，胡雪桦导演的反驳是："我请可凡演这个角色，绝非出于私人关系，而是他符合我脑子里的'师爷'角色。这个角色横跨清朝、民国，几代'上海王'在变，'师爷'的位置却从没变过，他的身上折射出时代变迁的鲜明痕迹。这需要一个有文化素养的演员，才能体现出上海滩的那种特殊味道。可凡身上有，那是老上海散发出的年代感，是他家族对他的潜移默化的影响，是线装书和西方文化对他的熏陶，与经历过那个年代的人的交往也不知不觉地感染了他。"

胡雪桦导演的眼光是具有穿透性的，他的判断与观点也是对的，说出了曹可凡可以横跨多界的内在原因。一个把家族文化、祖辈传统铭记在心的人，一位喜欢读书与写作并重视思考与表达的人，他所做的功课，还有内心的修炼，外界可能是看不到的，但体现在形象与气质上，却也是无法掩饰的。可能有人只看到了曹可凡的活跃，却没有注意到他在内功与细节上的用心，而能够支撑他在多个舞台上展示自我的底气，则来自他永远在汩汩流淌、不会枯竭的丰富内心。

2018年，由刘江导演的、获奖无数的电视剧《老酒馆》中，曹可凡出演一位名叫村田的日本酒客，虽是配角，但村田的戏份不少，给了曹可凡一个更大的表演空间。怎么塑造这个日本农民，对导演和演员来说，都有不小的困难，一不小心就有可能招惹部分观众不快，但编导对于角色的高明定位，以及演员出色的演绎，使得人物身上的故事性与演员的表演魅力成功地超越了可能具有争议的部分。记得当年，曹可凡饰演村田的片段，还曾在社交媒体上过热搜，被不少网友传播、讨论，这一角色，也成为他饰演的诸多影视形象当中，最令人印象深刻的人物之一。

"从《金陵十三钗》里的孟先生到《老中医》里的吴雪初，直至《老酒馆》里的村田，已初尝创造角色的快乐。主持人或许只能展示本真的自我，表演却可借助于角色，走过与现实截然不同的人生轨迹——表演的魅力或许就在于此。"曹可凡在这段有关表演的阐述当中，有一个不可忽视的说法，即"创造角色的快乐"，他之所以乐于在银幕和荧屏上现身，我的感觉是，他有挣脱的欲望——挣脱主持人的身份限定，跃出"曹可凡"这个标签的束缚，在他塑造的角色中，他体会到了另外的与他人生经历和生命体验完全不同的感受，这可能会让他产生一种"上瘾感"。而对于从事创作的人来说，这种"上瘾感"太重要了，如果没有这种感觉存在，创作的乐趣将会失去良多。

在《我要唱到永远》这本书的成书过程当中，也能明显地觉察到，曹可凡在写作中投入了巨大的情感，当然，他通过写作，也收获诸多笔下人物的情感回馈。书中第一辑文章，是他写的工作与生活当中接触到的文化人、演员、中外明星，他擅长以个人视角从细节写起，通过篇幅并不算长的文字，来刻画这些人物朴素与平常的一面，虽然文章中丝毫看不到主持人口吻，但内容里描述最多的看上去并不疏离，都是读者最为关心的事情。

第二辑是纪念文章，写的是与曹可凡有过交往的艺术家、作家、文化公众人物。曹可凡写这类文章，有着一个统一的气场，就是用词稳妥、用情深厚，他会站在一个大的时代背景下，去评价这些优秀、伟大人物的贡献，也会站在一个细小的切口处，去描摹这些人物所经历的风雨沧桑。如同他的文章标题《成为伴在你身旁的一颗星》所描述的那样，星虽已远，但仍然会"伴随身边"，有了纪念与怀想，远与近的距离关系，就会变成"天涯咫尺"。

第三辑的闲谈杂感与第四辑的读书随笔，可以看到一位笔触无比放松的曹可凡，这些篇章，尽得小品文章的自在自然，如果说前面两辑的文章如同巨浪激流，那么后边两辑的文章则如小河溪水，可以慢慢读、静静想。

这本书最终书名定为《我要唱到永远》，我认为是与书的气质非常吻合的，作者的人生姿态是积极昂扬的，笔下的人物是星光熠熠的，而"唱到永远"则是强大的宣言与动听的旋律，能把所有人都拉到一条宽阔开放的生命大道上来。

新书出版之际，可凡老师嘱我啰嗦几句，恭敬不如从命。书中的文章，已经通读，其中一些篇章，还读过多遍，这仍然是一本深情的人写的深情之书，希望更多深情的读者能找到它、读到它。

2022 年 7 月 3 日

目录 / contents

第一辑：我要唱到永远

黄永玉："我永远喜欢上海"	002
去万荷堂，听黄永玉讲"六根"	006
施蛰存：从"岐山村"到"少年宫"	009
傅聪：我已看见街角边的那扇门	016
崔健与王朔：半生轻狂，一世清流	021
林青霞：人很美，但她的文字更美	025
周采芹与潘迪华：我要唱到永远	031
张菲与费玉清：龙兄虎弟的江湖故事	036
杨振宁：与翁帆的玫瑰人生	040
吕其明：从《红旗颂》到"土琵琶"	045
钟南山："始终不满足于现状"	049
金宇澄：攀登文学之山哪会轻易停息	054
渡边淳一：不要气馁，保持钝感力	059
阿兰·德龙：不同凡响的英雄	064

阿米尔·汗：用影像唤醒人类良知 …… 068
于佩尔与巩俐：改变人与人之间关系的魔力 …… 072
苏菲·穆特："通过黑暗，走向光明" …… 077

第二辑：成为伴在你身旁的一颗星

丁聪：摇摇摆摆而来，摇摇摆摆而去 …… 082
流沙河：路上春色正好 …… 088
真禅长老：禅边风月不须钱 …… 093
华文漪：一生爱好是天然 …… 098
孙道临和王文娟：日记里的爱与关怀 …… 103
秦怡：一个了不起的演员 …… 113
童芷苓：痴情与戏情 …… 120
贺友直：大雅近俗，各显风采 …… 127
袁雪芬：清清白白来，也要清清白白去 …… 132
陈歌辛与金娇丽：永远的微笑 …… 137
王安忆：热眼看自己 …… 142
汤昕：从"锦园"走出来的银行家 …… 150

梅艳芳：成为伴在你身旁的一颗星 ······ *154*

"开心果"沈殿霞：愚园路的童年时光 ······ *158*

张培：甜美纯净的"上海声音" ······ *162*

赵深：一位被历史尘埃遮蔽的建筑大师 ······ *168*

曹启东：我的祖父与红色金融 ······ *173*

第三辑：流水十年间

"点石成金"的选角 ······ *178*

我的大银幕体验：从"十三钗"到"老酒馆" ······ *181*

我在电视台的纯真年代 ······ *187*

随电视镜头一起跋涉 ······ *190*

我牵挂的台湾岛友人 ······ *194*

闲谈西装，现代绅士的盔甲 ······ *201*

上海人看无锡：祖辈的旗帜 ······ *206*

如歌的行板：建筑里的人与人生 ······ *210*

流水十年间 ······ *215*

"食肉者"呓语 ······ *219*

第四辑：单飞的蝴蝶

我最爱读的随笔小品与日记书札	…… *224*
闲书闲读，云淡风轻	…… *230*
与瘟疫相关的经典小说	…… *237*
单飞的蝴蝶	…… *243*
刘一帆：美食的背后是乡恋	…… *247*

第一辑

我要
唱到永远

○黄永玉:"我永远喜欢上海"

沈从文先生在《论"海派"》一文中指出:所谓"海派"就是"名士才情"与"商业竞卖"的结合,从而形成"投机取巧"和"见风转舵"的陋习。一石激起千层浪,此文随即引发旷日持久的"海派"与"京派"之争,甚至连鲁迅先生也不吝笔墨,加入论战。

有趣的是,作为沈从文的表外甥,自称"湘西老刁民"的黄永玉,倒是对上海一往情深:"我永远喜欢上海,虽然我年轻时代的生活无一天不紧张,不艰苦,我仍然怀念它,没有一个地方可以替代。"

童年时代,黄永玉便喜欢模仿《时代漫画》和《上海漫画》风格,在乡间壁报上画讽刺当地流俗的漫画。父亲送他儿童节礼物《漫画小事典》,他更是如获至宝。他从中知道了许多了不起的人物:张正宇、张光宇、叶浅予、张乐平……"三毛""王先生""小陈"等更俨然成为身边的朋友。

不久后,学校图书馆里陈烟桥、李桦、野夫等人的木刻作品也令他痴迷不已。为了心中的艺术梦想,涉世未深的黄永玉决意背井离乡闯荡江湖。"寒碜之极的小包袱里,装着三本高尔基、一本陀思妥耶夫斯基、一本线装黄仲则、一本鲁迅、两本沈从文、一本哲学词典、四块木刻板、一盒木刻刀,压在十七岁的小小肩膀上。"

辗转来到上海后,黄永玉与章西崖借居在虹口区狄思威路上一间叫作"花园洋房"的房子,那是李桦和余所亚用金条顶下来的。房间只有12平方米大小,一个门,一扇窗,外带一块逼仄的"花园"。虽说是螺蛳壳里做道场,倒也"谈笑有鸿儒,往来无白丁",来客中便有刘开渠、张乐平、张正宇、黄裳、汪曾祺等文化史上响当当的人物。

尽管从早到晚不停地刻木刻、画漫画,黄永玉仍赤贫如洗。记得十多年前有次聚会,赵丽宏问黄永玉可会说上海话,老先生没有正面回应,只是讲了个有趣的故事。某日坐有轨电车去愚园路,买票后须找回三分零头,售票员装聋作哑。那时的黄永玉囊中羞涩,恨不得一个铜板分成两半花,哪肯轻易罢休,大声喝道:"找我三分钱!"无奈之际,售票员这才很不情愿地将零头找回,只是满脸愤怒,大骂道:"赤佬,瘪三。"时间过去半个多世纪,黄永玉居然仍能将那句"海骂"学得惟妙惟肖。

因此,那时若有人愿意买画,其心情便有如"大旱之望云霓也"般兴奋。有一天,忽接苗子、郁风来函,表示要买几张木刻,价格随意,一俟收到作品,即从南京把画款寄来。可是画作寄出很多日后仍不见动静,黄永玉怒不可遏,气咻咻地一路杀向南京问个究竟,素来大大咧咧的郁风连连致歉。不打不相识,黄永玉与苗子、郁风夫妇一生相伴相随。当然,像臧克家那样的前辈更是洞若观火,善解人意,每每收到画作,总是先用自己的钱作为稿费垫上,以解画家燃眉之急。

后来,为谋生计,黄永玉一度往闵行县立中学任教。那段时间对他而言,最难忘的是收获了与汪曾祺、黄裳的友情。沈从文与汪曾祺有师生之谊,便写信介绍黄永玉跟汪曾祺认识。每逢周末,黄永玉就进城住到汪曾祺的宿舍,两个穷光蛋一起谈天说地,不亦乐乎。

黄永玉回忆:"那时,汪曾祺口袋里有多少钱,我估计得差不多;我口袋里有多少钱,他也能估计得出来。"所以,他俩常常去找在一家轮船公司任高级职员的黄裳。和黄永玉、汪曾祺相比,那时的黄裳收入颇丰,又兼有孟尝君之豪气,故而对这两个食客竟"负担得从容和潇洒",毫无怨言。

他们仨还结伴拜访巴金先生,由于汪曾祺与萧珊是西南联大同学,谈话也就变得无拘无束。"巴先生自己写的书,翻译的书,出的别人的书,我几乎都读过。认识新世界,得益于这些书最多。我觉得他想的和该讲的在书里都写完了。他坐在椅子里,脸孔开朗,也不看人,那个意思是在等人赶快把话讲完走路,却又不像。他仍然喜欢客人在场的融洽气氛,只是难插一句话。"黄永玉说。

在黄裳眼里,黄永玉与汪曾祺虽穷得叮当响,却都是才气纵横的文化人。而汪曾祺对黄永玉更是钦佩有加。他在给恩师沈从文的信中这样写道:"昨天黄永玉来,发了许多牢骚,我劝他还是自己寂寞一点做点事……我想他应当常跟几个真懂的前辈多谈谈。他年纪轻,充满任何可以想象的辉煌希望。真有眼光的应当对他投资,我想绝不蚀本。若不相信,我可以身家作保!我从来没有对同辈人有一种想跟他有长时期关系的愿望,他是第一个。您这个做表叔的,即使真写不出文章了,扶植这么一个外甥,也算很大的功业了。"

黄永玉也说,那时自己的画只有汪曾祺一个人能讲。"我刻了一幅木刻《海边的故事》,一个小孩趴在地上,腿在后面翘着。他就说,后面这条线应该怎样怎样翘上去再弯下来。我就按照他的意思刻了五张。"谁也不会想到,这对情同手足的挚友日后竟会渐行渐远！

黄裳说："无论对曾祺还是永玉，都是一种绝大的损失。"汪曾祺去世十余年后，黄永玉仍无法淡忘那段远去的"同胞"之情："要是他活着，我的'万荷堂'不会是今天的样子，我的画也不会是后来的样子。"惋惜与哀伤之情溢于言表！

一九九五年后，向来重情的黄永玉先生数度来沪，看望昔日友人黄裳、辛迪、方平、冯雏音等。在那浓得化不开的友情包围中，这位"湘西老刁民"似乎也回到青葱年代，眉宇间透着几分孩童般的淘气和天真。

有一回，我们一起到"三釜书屋"探访程十发先生。见到阔别多年的老友，黄先生难掩激动："我还保留着当年你的一些草稿，那些人物头像画得真好！草稿有时比定稿还要出色。你若想要，我可以把它们全部还给你。那些草稿可是我们友谊的象征啊！"

回到北京，黄永玉先生曾说过这样一段意味深长的话："在上海能见到老朋友，心里的踏实快慰是难以形容的。在这里，说句老实话，'友谊'都让'运动'耽误了，临老才捡拾起来，身心不免有些温暖中的萧瑟。"我请老先生在留言簿上题辞，他提笔写道："上海，过去是冒险家的乐园，如今是艺术家的天堂。谁不信，我揍他！"

○ 去万荷堂，听黄永玉讲"六根"

黄永玉先生曾写过一副对联："六根不能清净，五味常在胸中。"颇可玩味。

兴许是对"六根"有某些独特的思考，黄永玉先生前不久千辛万苦从遥远的缅甸觅得六根硕大金丝楠木，竖在宽敞的"万荷堂"内，蔚为壮观。木头正面镌刻着黄苗子先生用大篆抄录的《诗经》中《大雅·生民》的片断："诞寘之隘巷，牛羊腓字之。诞寘之平林，会伐平林。诞寘之寒冰，鸟覆翼之。"

这段文字大意是说："把他丢在小巷里，牛羊跑来喂他乳。把他丢在树林里，樵夫进林来伐木。把他丢在寒冰上，大鸟展翅来呵护。"苗子先生的字雄浑滋润，大气磅礴，与所书内容气息贯通、相得益彰。

在六根金丝楠木背后，黄永玉先生则以舒展流畅的行书亲撰了一篇名为"六根"的妙文。文章不长，权且当回文抄公，辑录如下：

> 眼、耳、鼻、舌、身、意，是为六根。大乘所谓六能生六识，眼根对于色尘而生眼识，意根对于法尘而生意识。观普贤菩萨行法经曰，乐得六根清净者，当学是

观。六根清净只是一种苦涩孤寂的生活方式，很难彻底做到。即便做到了，也毫无意思。人生尘世，只是求个安适的群居生活。《汉书》所谓居必近市的看法，食住行大家聚在一起相互有个协调照应，冀得唯其如此，故乃求之不易。朝夕群居之身心纷扰，人情错综，习性远近；贫富荣辱，各见层次；寒暖饥饿，时生爱仇；战场炮火，窝里铿锵；檄文讨论，撒泼骂娘；五彩缤纷，耀目入耳；关系缠绵，聚分两困。此之谓劫数拥抱，孽障冤家是也。夫子自道，马马虎虎，过你的日子算了。

文章很有几分明清小品文的风采与意味，字里行间无不透出对世事敏锐的洞察和独到的见解，那就是既要出世，超然物外，玩世不恭；但同时又要入世，执着认真，有棱有角，决不敷衍塞责，草率行事。即便到了耄耋之年，永玉先生仍然拼命地画画、写文章、造房子，仍然以一颗天真烂漫、磊落坦荡的心，去面对人生，面对艺术，面对友情。尤其友情这东西，永玉先生将它看得很重。《永玉五记》就留有这样的文字："得意之笔只想到亲近的朋友，估计他们的欢喜，没他们，这世界有什么好'舞'的。"他也常讲，享受温暖的友情是一种人生境界，相反没有友情的人生是空洞的、苍白的、毫无意义的。

那日，和友人去"万荷堂"做客，老人很高兴，还约了他的弟弟永厚先生、漫画家丁聪夫妇等一班好友，大家围坐在一起，清茶一杯，海阔天空，无所不谈。随后，永玉又领着我们到院子里散步。走着走着，我便发现荷花池畔的回廊墙壁上镶嵌着一块块刻有文字的青砖。凑近一看才知道，都是些友人的警言妙语，字都是先生自己写的，然后请工匠刻上去的。

句子大多很短，但很隽永，譬如："总是这方热土／所有的路都是不愿站起来的纪念碑"；譬如："还乡／七十多岁的人回到老屋／总以为自己还小"；譬如："捏紧拳头对准自己的鼻梁一击／便有了满天的繁星／甚至对这样升起来的灿烂夜空／我也感到厌倦"；再譬如："给什么智慧给我／小小的白蝴蝶／翻开了空白之页／合上了空白之页／翻开的书页／寂寞／合上的书页／寂寞……"我们边走边看，耳旁传来永玉先生充满浓烈感情色彩的话语："闲来无事，在这里走走，看到这些句子，便会想起在和不在的朋友，内心也就不寂寞了！"

古来圣贤皆寂寞，正像有人所说的那样，历史上的一切伟人在登上事业的顶峰，完成自己纪念碑的同时也必然走向寂寞与孤独。在这一点上，作为大艺术家的黄永玉也不能免俗。因此，当我和友人要告别的时候，一向豁达、开朗的黄永玉先生竟也会流露出一丝留恋和失望。"你们都忙，大家只能二三年才见一次。我很想你们，希望你们常来。"一席话让我们这些后生也都有些黯然神伤。

这使我想起老人在怀念林风眠先生的一篇文章中所说的："一位素受尊敬的大师的晚年艺术生涯，是需要更多自己的空间和时间，勉强造访，徒增老人情感不必要的涟漪，似乎有点残忍。"

但我想，老人大概是不会怪罪吾等孟浪之辈的，因为他还说过另外的话："别人要远离红尘，我偏要往红尘里钻。"依我之见，这话恐怕有两层意思，一是他自己早已身处红尘之外，超脱得很；但同时又忍不住投身于滚滚红尘探个究竟，做一些于社会、于朋友有益的事。要不然，他怎么会感叹"为善最苦"呢？或许，正是这种入世与出世的不断纠葛、碰撞、矛盾，才造就了这样的黄永玉，一个大艺术家黄永玉。

"万荷堂"的黑漆大门在我身后徐徐关上，我的"六根"也好像渐渐地清净了起来，只不过各种人生况味却慢慢爬上了心头。

○ 施蛰存：从"岐山村"到"少年宫"

常常习惯约嘉宾往愚园路上的"福1015"做访问。那是一幢乳黄色的西班牙风格建筑，原为民国时期上海大银行"金城银行"老板周作民的宅邸。后来，杜聿明、李济深等也相继居住于此。如今则成为一家经典上海菜菜馆。

每每采访结束，总忍不住到马路对面的"岐山村"转一圈。按徐锦江《愚园路》，"岐山村"由美商中国营业公司和中央信托局联手建于二十世纪二十年代末，弄名来源于周朝发祥地岐山，从建筑风格上看属于典型新式里弄房子，弄堂西侧均为砖木混合三层花园住宅，墙面有清水和拉毛两种式样。一代文学大家施蛰存先生便居住于此。

施蛰存先生堪称中国现代文学史上赫赫有名的大作家、大学者，他以"四扇窗"比喻自己毕生的文学道路：东窗是文学创作，南窗为古典文学研究，西窗为外国文学翻译和研究，北窗则为金石碑帖之学。最初得知施先生大名是因为读他的散文《画师洪野》。文章以朴素自然、淡练隽永的笔调，生动描写一个才华横溢，但经历坎坷，并不十分出名的普通画师洪野。尤其文章结尾处"在活着的时候，也未必有人注意他，则死了之后，亦不会长久地纪念他"

那段话，凄楚苍凉，耐人寻味。

钱锺书先生说："假如你吃了一个鸡蛋觉得好，何必一定要找下这只蛋的鸡呢？"然而，好奇的读者总是免不了要寻找那只"下蛋的鸡"。不过，拜访施先生纯属偶然。相声演员牛群计划拍摄一组文化名人肖像系列，其中有孙道临、施蛰存和柯灵等前辈。已经忘了究竟托谁事先给施先生打招呼。施先生也爽快答应。

但是，去"岐山村"路上，仍忐忑不安。因为，听一位同事说，他们之前曾如约前往采访，施先生却断然拒绝，甚至往床上一躺，还拉过被子蒙住头，表示需要休息，摄制组只得作罢。

所以，我和牛群步入其书房时，蹑手蹑脚，生怕打扰先生阅读或写作。环顾四周，不大的房间里摆放着两张大床，中间是一张斑驳老旧的八仙桌。先生的小书桌靠着南窗，书桌后则是一个简陋的书橱，里面横七竖八躺着泛黄发脆的旧书。身着浅蓝色条纹睡衣的施先生正手持放大镜，津津有味地读着英文版《民间文学》，看见我们进门，老人热情招呼大家坐下，并嘱咐家人沏茶。

彼时，先生已是鲐背之年，却仍思维敏捷，声音洪亮。他一边调整助听器方位，一边大声说道："老了，耳朵不行，不中用啦！"说着，发出爽朗的笑声。随后，先生眯缝着眼睛，注视着牛群，良久，才幽幽地说："侬说的相声蛮有趣的。相声的魅力在于针砭时弊，现在社会上丑恶的事不少，相声创作的素材俯拾皆是。你看！"老人顺手拿起一本印刷粗糙的书："有人居然一字不差地抄袭我的《唐诗百话》。出版社见有利可图，就不分青红皂白，堂而皇之地予以出版。我写信去和他们理论，他们不理不睬，没有办法，我只好求助于法律。现在法院判下来了，他们输了，赔偿两百多元。虽说钱不算多，但是非总是弄清楚的，哪可以瞎来来呢！"

谈话间，牛群拍下了老人一个又一个动人的瞬间。临别时，施先生问:"你们还要去谁家拍摄?"听说我们下一站是去柯灵先生家,老人脱口而出:"柯灵好像已有十多年没有见面了!"那时候,自己涉世未深,便鲁莽地说:"若先生有意愿,我可安排车接送。"施老沉吟片刻,摆了摆手:"算了吧!还是不要惹麻烦。"后来,从施先生致友人信函中得知,彼时,柯灵先生与黄裳先生正打笔仗。作为俩人老友,施先生必须采取不偏不倚的中立立场。

数月后,蒙施先生应允,又再度登临"岐山村"之"北山楼",聆听先生讲述文坛掌故。约略记得,先生聊得最多的还是沈从文、丁玲、傅雷、冯雪峰等人,当然,鲁迅也是绕不开的话题。说及丁玲这位当年的同窗,施先生印象最深的还是她的"傲气"。说她见了男同学只是瞟一眼,从不搭理,甚至对瞿秋白那样的名教师,也觉得刚刚够聊天的资格,直到后来她才慢慢改变看法。

至于沈从文,北山老人觉得他是个略有些羞涩,温和寡言的人。当丁玲、胡也频和沈从文三人碰在一起,丁玲永远慷慨激昂,胡也频也不时插上几句附和的话,唯有沈从文微笑不语。施先生结婚,这几位朋友和冯雪峰、刘呐鸥等赶往松江道贺,品尝了地道的"四鳃鲈",酒酣耳熟之际,大声背诵苏东坡的《赤壁赋》。"巨口细鳞,状如松江之鲈。"和乐融融,意气风发。由于傅雷所居住的"安定坊"与"岐山村"相距不远,所以,傅、施两人也经常走动,但施先生说,由于彼此翻译理念不同,两人极少讨论翻译之事。施先生酷爱碑帖,故而字画古董成为他们共同热衷的话题,但其实两人的欣赏趣味仍大相径庭。傅雷先生推崇黄宾虹,施蛰存先生则认为宾翁之画几近"墨猪",为此惹得傅雷先生大动肝火。

不过,施先生对傅先生的刚直不阿仍赞赏有加,只是认为待读完《傅雷家书》,才对故友有了真正的了解,但直言,傅雷用如此严苛方式教育孩子实在不足取。同样,施先生对鲁迅先生溺爱孩子也存有独特看法。

说起鲁迅与施蛰存,真是剪不断理还乱。当年,作为《现代杂志》主编,施蛰存先生冒着生命危险,刊发了鲁迅先生的名篇《为了忘却的纪念》,但一句"洋场恶少",却让施蛰存先生沉寂半个多世纪。这一结果恐怕连鲁迅先生本人亦预料不到,施蛰存先生也因此不得不隐居于"岐山村"深巷之中,埋首于金石碑帖、唐诗宋词,步入了另一个崭新的世界。

谈及一个甲子前的这段"公案",北山老人语气平静如水,没有半点怨恨和嗔怒。只是猛吸一口雪茄,再慢慢吐出,烟头处火心忽明忽暗,袅袅的烟雾升腾而起,仿佛历史的烟云飘然而过,随后淡淡地说:"鲁迅从抄古碑走向革命,我则是从革命走向抄古碑……"紧接着,便是一阵沉默……为了避免尴尬,我顺手取出随身携带的《施蛰存七十年文选》请他签名。先生这才仿佛从回忆中回到现实。"这些老掉牙的文字,你们年轻人倒还喜欢,不可思议。"老人用颤巍巍的手在扉页上签名钤印后,忽然起身,从书橱取出一本散文集《沙上的脚迹》。"既然你爱读我的书,就再送你一本吧!"当时真是喜出望外,后来读《沙上的脚迹》,发现施老所述掌故,书中均有详尽描述。

从"岐山村"步行十分钟,便来到长宁区少年宫,那里承载着我少年时代的欢愉与幸福,尤其在那个革命浪潮翻滚的年代,仅有的些许文娱活动可以让我们的生活变得斑斓多姿。因为我从小学习琵琶,少年宫便成了张扬自我的舞台。每当弹完《高山流水》《阳春白雪》和《春江花月夜》等拿手乐曲后,学生们都会投来羡慕的目光。那时候,学校表格都有"家庭出身"这栏,别人都填"工人"

或"职员",而我只能写上"资产阶级",为此总是自惭形秽,有点抬不起头,似乎只有在少年宫的舞台上,借由飞扬的乐曲,方能显出几分骄傲。

有一次少年宫排演一个舞蹈,像我这样笨手笨脚,略显肥胖的男孩,原本无缘参加,然而,这个舞蹈碰巧需要有个壮实男孩,高擎红旗,从舞台一侧飞奔至另一侧,少年宫老师竟选中了我。听闻此讯,我心潮澎湃,决心好好展示一番。每天放学后,我便徒步半小时,去少年宫排练。无奈太过激动,正式演出时,刚一出场,便滑倒在地,台底下一片喧哗。虽然老师并未责怪,但自己心里却懊恼好一阵子。不管如何,沉浸于少年宫的时光给我这样的少年带来无尽的欢愉。可是,那会儿年少无知,根本不知道这幢建筑究竟有何精妙,直至后来重访,才知道这幢上下贯通、楼道迂回的哥特式建筑,原来还蕴含着一段隐秘的近代史。

世人皆知,此建筑为当时交通部长兼大夏大学校长王伯群及其夫人保志宁的爱巢,坊间传言,保志宁结婚前索要三个承诺,即十万嫁妆,婚后出洋留学和购置花园别墅一幢。后来,读《人生事,总堪伤——海上名媛保志宁回忆录》发现传言实为捕风捉影,毫无依据。保志宁女史对愚园路住宅有如下描述:

愚园路房屋占地十余亩,建筑非常坚固。听先生说,普通子弹和炸弹不能损坏屋子外面。房屋是用砖瓦造成的,共有三层楼。第一层设客厅、饭厅、小客厅、书房、秘书室、洗手间;第二层有睡房五间,每间睡房有一洗浴室,各种不同的颜色,正中有一大厅,专为他母亲拜佛之用;三层楼房,与第二层一样,不过当中厅房是藏书室。先生爱读古书及碑帖字画,所藏的书,都很名贵而且多……伯群先生最珍藏的是国内孤本《夏承碑》……

愚园路住宅中花园很大,树木花草,各种俱全,皆由伯群先生亲自指挥黄氏花园代为布置种植的。樱花及红枫树叶皆是从日本引种;又有一大金鱼池,并有一大花房……先生每日政余宾退,常携带泽儿在花园游乐,并自己修剪花草,也可借此运动。我等在此美丽的住宅中,生活更觉美满幸福。

可惜好景不长,全面抗战爆发,王伯群、保志宁携全家随大夏大学师生迁居内地,辗转于云南、贵州、重庆一带,备尝艰辛,王伯群最终病逝于重庆。而愚园路住宅沦为汪精卫驻沪办公联络处,"王公馆"摇身一变,成为"汪公馆"。待抗战结束,保志宁返回上海,委托黄慕兰的丈夫陈志皋设法讨要回来,并言明,一俟房子收回,部分房间可租赁给陈志皋、黄慕兰夫妇。

关于陈志皋,施蛰存先生曾在《震旦二年》一文提及。文中论到,戴望舒和杜衡在震旦大学求学期间,曾遭法国巡捕房逮捕,被关押在嵩山路巡捕房,幸亏戴望舒机敏,买通小巡捕,将一张求救字条送至震旦同窗陈志皋手中,陈志皋为法租界会审公堂中国法官,故戴、杜二人最终得以脱险。这一次,陈志皋再度发挥其人脉强大的优势,几经周折,帮助保志宁讨回愚园路住宅。陈、黄一家也顺理成章入住其间。入住愚园路"王宅"不到两年的时间里,陈、黄夫妇曾邀请欧阳予倩、梅兰芳、田汉、熊佛西、于伶等文化名流来家聚会雅集。田汉还留下"小桥流水柳初芽,春满名园客满家。千里洒流兄弟血，举杯愁对紫荆花"的诗句……

或许，相较于衡山路、武康路，愚园路显得平平淡淡，但是，这条长不足三公里，且始终未曾更名的马路，却也走过百年沧桑。这里的每一条弄堂，每一幢建筑，都透露出繁复的文化历史密码。每一扇窗的背后都有一段隐秘的人生故事，或鸟语花香，或血雨腥风，甚至影响着近代史几个重要拐点。作为生于斯长于斯的上海人，自己的个人成长史与这条马路的发展史融合为一体，又是件何等幸运的事啊！

○ 傅聪：我已看见街角边的那扇门

读《童子与魔法——玛塔·阿格里奇传》，发现里面有阿格里奇与傅聪交往的记载。原来，这对"金童玉女"相识于一九六三年的纽约。傅聪正筹备美国巡演，借用朋友家钢琴以作练习，而阿格里奇恰好也寄居于那位朋友家。

一天上午，傅聪如约前往朋友家练琴，有趣的是，房门居然虚掩，仅有一张留言表示欢迎，女主人则在里屋酣睡。傅聪未及多想，便坐在钢琴前练习，直至四小时之后，阿格里奇才顶着一头卷发，走到客厅，"两个钢琴家开始聊起来，到了他们想知道时间的时候，夜色已经降临曼哈顿了。他们到一个叫'扎巴儿'的小店买了点吃的，玛塔常常到这个甜点店买吃的，然后在电视机前狼吞虎咽。……傅聪和玛塔很快就成为知心朋友。……傅聪很惊讶自己会跟玛塔如此心心相印，别人都说她野气十足、不易接近、任性；在傅聪眼里，她清澈见底，而对她，就像阅读一本打开的书。他觉得玛塔十分迷人，他从没遇见过一个这么直爽、对别人这么好奇的人。他很欣赏她的谦虚、毫无虚荣心和使人神魂颠倒的幽默。清晨离开她，让她去睡觉的时候，他明白他已经爱上了她"。

然而，事情发展峰回路转，傅聪将阿格里奇介绍给他的好朋友中国作曲家陈亮声认识。不想,他俩竟坠入爱河,并有了孩子。傅聪闻讯,尴尬不已,对好友的背叛更是怒不可遏,他"对事态的进展感到无所适从。玛塔要跟别人生一个孩子了,还是一个他介绍的朋友,这个一半中国血统的孩子,以后肯定人人都会问是不是他的孩子。陈亮声和玛塔怎么可以这样对待他"?

时过境迁,傅聪先生对阿格里奇的"爱",从来没有因为岁月的流逝而变得寡淡,反而愈加浓烈。当然,这个"爱"已从当年的小情小爱,升华至对其艺术与品格进行赞美的大爱。

傅聪先生毕生推崇父亲傅雷先生的至理名言:"赤子孤独了,会创造一个世界。"这也是他自己做人、弹琴的准则。他判断音乐雅与俗的标准,在于弹琴者奏出的音乐是否真诚地发自内心,华丽的音色固然可喜,而感动人的音乐才是珍贵神圣的,故此,按其评判标准,从未丧失过赤子之心,从未丧失对音乐的忠诚的钢琴家,只有阿格里奇与鲁普。

在傅聪看来,他们的音乐总是忽冷忽热、大起大落,从未有过"温吞水"的状态,尤其是阿格里奇,常人难以望其项背,"我很喜欢玛塔·阿格里奇,她的技术当然没有问题,她有一种火花迸发的青春活力"。

二十世纪九十年代,傅聪与阿格里奇四手联弹的舒伯特《回旋曲D951》成为乐迷们追捧的经典,其实,舒伯特时而抒情忧郁,时而欢快明朗的个性,与傅聪先生的人生态度极为相似。

记得他曾对我说:"事实上,我常常感到忧郁、痛苦,甚至痛不欲生,死亡的念头也会间或出现;但同时,我也相当开朗,自感比很多人幸福。身边有太多世俗意义上所谓的'成功人士',但我一点也不羡慕他们,他们苦得很呐!整天想着人家怎么看他们,对我来讲,人家怎么看,我从不在意,最重要的是,我如何看待自己！"

所以，有人说，傅雷先生是贝多芬，傅聪先生则是舒伯特。从傅聪与阿格里奇合作的舒伯特《回旋曲D951》，可以感受到音乐中明朗和积极向上的情绪，曲中交响乐般的磅礴之势，也寄托着两位音乐大师的纯真情感。

早在二十世纪六十年代，傅聪先生演奏的斯卡拉蒂、莫扎特、肖邦和德彪西，已经在欧洲古典乐坛享有盛誉。那个时候的伦敦，堪称世界青年文化发源地，人们称之为"摇摆伦敦"，艺术家们在不同的文化背景中平等切磋，共同成长。

而傅聪先生的音乐诠释辨识度极高，人们往往能从其触键、音色、分句和气息中，察觉到属于他个人的独特风格，并进一步品味出其深厚的东方文化基因，因为傅聪先生习惯以东方文化视角来审视音乐。

譬如，他弹肖邦时，会想到李后主的句子；莫扎特是贾宝玉加孙悟空，温柔深情而又变化莫测；德彪西有"寒波淡淡起，白鸟悠悠下"的韵味；舒伯特则像陶渊明的诗境。陈萨跟我说，傅聪先生在家中跟她讲解肖邦《幻想波兰舞曲》的时候，正逢夕阳西下，温暖的阳光照射进琴房，只见傅聪先生边弹边喃喃自语，"残阳如血，苍山如海"；郎朗也向我转述过巴伦博伊姆对挚友傅聪的评价："通常来说，用东方语言来解释西方音乐，往往令人费解。然而，傅聪将中国诗词与肖邦衔接，却一目了然，晓畅明白。"

傅聪先生个性倔强，且始终如一，无惧任何表达。他讨厌李斯特，认为他"夸夸其谈"，说拉赫马尼诺夫"只有肉没有骨头"，而勃拉姆斯则是"故弄玄虚"，对音乐也好，对世事也罢，他永远秉持自己的原则，从不退缩，并愿意为此付出代价。也正因为如此，傅聪与巴伦博伊姆的友谊经历了半个世纪的严峻考验。

当年傅聪与小提琴大师梅纽因的女儿喜结连理，他们在伦敦的住所几乎成为音乐沙龙，一批才华横溢的艺术家聚集于此，畅谈音乐，其中就有已威震四方的大提琴演奏家杜普蕾。傅聪曾与之合作弗朗克大提琴奏鸣曲，得到音乐界高度评价。

傅聪先生记得，他们每次演奏完毕，杜普蕾就像经历火山爆发那样，瘫软在沙发上，一动不动，有时候甚至要躺上半天才可缓解。因此每次排练结束，傅聪总是让巴伦博伊姆陪同杜普蕾回家，而那时的巴伦博伊姆还只是一个初出茅庐的年轻人，但傅聪极为看重其才华，两人有"手足之情"。没想到，天长日久，巴伦博伊姆与杜普蕾感情升温，有情人终成眷属。

即便是这种交情，中东"六日战争"后，巴伦博伊姆前来邀请傅聪参加庆祝音乐会，也遭到傅聪先生断然拒绝。许多年之后，傅聪先生谈起此事，仍保持其一贯观点："战争与杀戮不可原谅。"他因此得罪西方古典乐坛权势人物，事业雪崩似下坠，也从此与巴伦博伊姆割袍断义，但傅聪决不退缩。

众人皆感迷惑不解，其实，傅聪先生的举动并非心血来潮，而是完全受其父亲影响。当年，圣雄甘地遇刺，傅雷先生将自己关在屋里绝食近两周，以此抗议冷酷与邪恶。失去昔日挚友，傅聪先生内心之痛无以言表，闲谈之间，也会不由自主地说起"丹尼尔"这个"小兄弟"。

直到二十世纪末，巴伦博伊姆与巴勒斯坦学者共同组织"西东合集乐团"，让以色列和巴勒斯坦音乐家并肩演奏贝多芬《命运交响曲》，并宣告："在现实生活中，不会人人平等。但在贝多芬的交响曲面前，人人平等。音乐是武器，我们用音乐来了解自己，了解社会，了解人类。"傅聪先生闻之，老泪纵横。他反复观看那场音乐会录像，还不停地说："那是我兄弟！那是我的兄弟！"一种自豪感油然而生。

傅聪先生曾说，自己甘愿一辈子做音乐的仆人，每次上台演奏更仿佛"从容就义"，因为他渴望用钢琴来与心中至善至美的音乐对话。由于年轻时练琴不够系统，他的手常年受疾病与疼痛困扰，可对音乐的虔诚，促使傅聪先生每天坚持不懈地练习。

他晚年不止一次取消音乐会，只是因为他固执地要演奏肖邦二十四首前奏曲，却又力不从心。朋友们宽慰他，其实弹什么曲目并不重要，玛祖卡、夜曲都行，但他仍执意与自己较劲。他的人生是与钢琴这个并不温顺的乐器搏斗的一生。直至生命最后阶段，他仍每日爬到四楼琴房练琴，结果不幸摔倒，导致尾椎骨骨裂，只得卧床休养，视力与听力也急剧退化。

于是，一个如此热爱生活，如此热爱音乐的大师，渐渐陷入一座孤岛。然而，当弟子孙韵去他伦敦家中探视时，傅先生那浑浊的双眸又发出光亮，询问老友的近况，谈及红烧肉、臭豆腐、黄鱼面、生煎包、小笼包那样的上海美食，他不禁哀叹道："我回不去了！"

弟子问他是否惧怕死亡。"不怕！因为我都空了！我已看见街角边的那扇门了⋯⋯"这位哈姆雷特式的骑士如是说。

傅聪先生一生追求音乐，始终以一颗赤子之心去无限接近理想中的艺术与品格。他把他的爱、他的美德，献给了音乐。在生命的最后乐章，钢琴诗人仍用心灵进行演奏，直至走入那扇生死之门⋯⋯

傅聪先生的人生是痛苦的，但也是丰盈的，因为他真正活过！

○ 崔健与王朔：半生轻狂，一世清流

崔健与王朔，不知什么时候开始，成了一代人头脑中鲜明的文化符号。不管是崔健的《一无所有》《花房姑娘》《新长征路上的摇滚》，还是王朔的《玩的就是心跳》《看上去很美》《动物凶猛》，无不催发着人们身体里的"荷尔蒙"，给予莘莘学子力量，鼓舞着年轻人在困惑中觉醒，在迷茫里抗争。

时至今日，当年的精神领袖活成了"老炮儿"，也似乎早就淡出了公众视线。然而，他们作品所蕴含的能量丝毫没有消减。故此，他们只要一经亮相，便会掀起威力无穷的冲击波。王朔写完《看上去很美》后几乎销声匿迹，但一本《我的千岁寒》照样敲击人们心灵。即便是一张他和姜文、芒克的合影，也会引来议论纷纷。

而崔健二〇二二年线上演唱会更是海啸般撞击着人们的心灵。那种无法言说的集体狂热，仿佛可以让人穿越时光隧道，回到一九八六年。那一年春天的夜晚，他一遍又一遍地追问："你何时跟我走？"无意间吼出了中国摇滚第一声。乱糟糟的头发，松松垮垮的衣服，一只卷起一只放下的裤腿，崔健的形象与其音乐一样狂放不羁，在那个年代，简直石破天惊。

我曾经问崔健,是否想过《一无所有》会在人们内心激起涟漪,崔健的回答出人意料:"其实一切都在预想之中,因为这首歌走出了空泛甜腻的窠臼,苦涩却又真实,故而赢得共鸣,而且,我知道,以表达个体为中心的摇滚乐,正好踏上时代的节拍,所以,一切顺理成章。"

他还给摇滚乐下了一个定义:摇滚乐的强悍主题,在于肯定人的价值,尊重自己的命运,同时,对不喜欢的事进行呐喊。"我的摇滚乐之所以出现筝、琵琶等民族音调,是因为那些音符是从我们生活的地方滋生出来的。当那些旋律被抽去时,你会发现生活顿时缺乏立体感,变得软弱无力,而古筝之声一出,生命性格瞬间得到彰显;唢呐一吹,泥土的芳香弥漫周遭。不过,这些元素都是被用来弘扬生命价值的。在摇滚乐里没有任何东西可以超越生命价值这一终极目标。"

当然作为摇滚音乐人,崔健不排斥邓丽君的情歌,《最炫民族风》的激情,甚至《江南 style》这样的时尚曲风,他也能接受。所以当听到 Z 时代年轻人以自己的方式演唱《花房姑娘》时,他倍感欣慰。"所谓时尚,就是表达当下。与现实世界相对应的,永远有一个与之相平行的世外桃源,两者永远相伴相随。只要保持激情,我们就可以做到出淤泥而不染,平行于时代,闪耀理想之光。这个机会永远存在,问题是如何发现它。创作看似痛苦,实际上却有着世外桃源般的幸福。所以,做音乐是一种自我放松的深层娱乐,而非苦行僧似的坚持。"

不过,崔健没有抹杀"坚持"的重要性,并将"才华"与"坚持"视作迈向成功道路上的两个轮子。他钦佩挚友姜文的两句话:一是即使艺术家才华横溢,若无最后百分之五的努力,一切将前功尽弃;二是才华如同植物,只可灌水施肥,切不可拔苗助长,否则一事无成。

从二十五岁"一无所有"的摇滚青年,到花甲之年的"摇滚之父",崔健自然随时间慢慢老去,但其内心摇滚精神的锋芒从未被消磨掉,其音乐依然如同号角一般嘹亮,其思想仍像刀子一样锋利。不管时空如何变化,崔健终将是这个时代难以忘怀的"一个影子"。

正当崔健引领的摇滚风潮大行其道时,一个十九岁的北京女孩迷恋此道,难以自拔,这个女孩便是徐静蕾。按王朔的话说:"徐静蕾从小听摇滚,玩的就是邋遢帅,就是完全不修边幅的那种,我特别喜欢这种人,否则,我会觉得特别累。每天描眉化妆,究竟打扮给谁看啊?"或许就是因为摇滚乐的表达方式,徐静蕾与王朔的思维方式高度契合,因此,王朔把徐静蕾看作自己的"红粉知己"。

说起王朔,人们印象最深的莫过于他的"骂人",但是,王朔本人不承认"骂人",而是将所谓的"骂"看作"批评",因为在他看来"骂"与"批评"之间的界限,在于是否有人身攻击。按他的道德标准,只要有人冒充大师,他就立马板砖伺候,绝不含糊,用他的话说,是"擒贼先擒王"。所以,他将自己定位为"文坛钉子户"。

不过,王朔的可爱之处是讲真话,批评时遵从内心想法,很少掂量算计,一旦发现观点有误,事实有偏差,他会及时道歉并进行自我批评。在处理与母亲的关系时,他也遵循这样的原则,孝敬,但绝不顺从;有话直说,从不虚与委蛇,甚至不允许母亲为他的成功而骄傲。"我不许她为我骄傲,不能如此贪功为己有,我的成长是自己努力的结果。没干的事情,不能假装是你干的。其实欺骗父母是最不孝顺的。"

然而,人非草木,孰能无情,外表看似张牙舞爪,但王朔内心敏感、绵软，尤其看重友情，二〇〇〇年，挚友梁左撒手人寰，紧接着，父亲和哥哥也相继离世，这令他一度陷入精神危机，几近崩溃。时隔多年，说起梁左，王朔仍悲伤不已。"年轻时觉得生活是永恒的，未来也遥遥无期，但生活突然发生一百八十度大转向，死亡横亘于眼前，因此造成心理恐慌，因为你发现原本赖以生存的社会，以及追求的目标，变得毫无价值。"

故而，王朔一度觉得"大堂副理"或许是人生最佳选择，因为"大堂副理"可以坐全世界最大的办公室，却又不用负太大责任，有事能处理则处理，无法处理，便可将任务尽数上交。如此这般，也就可放宽内心，轻松前行。他说，希望自己下辈子成为一个平常人，做"大堂副理"，找个心爱的女子，"执子之手，与子偕老"，安安稳稳度过一生！

崔健与王朔，两个京城"老炮儿"，半生轻狂，一世清流，始终站在属于自己的独立体系中思考、行事，从不趋炎附势，更不同流合污。他们以自己的标准认识世界，认识自我，是真正活明白的人。正如王朔自己说的那样："所谓活得明白，最重要的一件事，就是决不把评判的标准交给别人。"

《随园诗话》有句"一双冷眼看世人，满腔热血酬知己"，说的大概就是像崔健和王朔那样的时代"老炮儿"吧！

○ 林青霞：人很美，但她的文字更美

二十世纪九十年代中期，我赴京拜访吴祖光、新凤霞前辈，闲聊中提及，祖光先生虽是文章大家，写出过像《风雪夜归人》那样的传世之作，但我私下里却偏爱新凤霞先生的小品文。

新先生自小唱戏挣钱，读书不多，却有丰富的社会阅历，再加上演员与生俱来的敏锐，使得她笔下的人与事生动翔实、灵动多姿。尤其是那篇《我和溥仪》，场景鲜活，细节逼真，对话流畅，兼具文学魅力与史料价值，属难得佳作，祖光先生亦深以为然。

其实，林青霞的文字也有异曲同工之妙，近日驻足在家，闲来无事，重读《窗里窗外》，感受更为强烈。

己丑岁末，往香港采访民国时期演唱过《玫瑰玫瑰我爱你》等经典时代歌曲的歌星姚莉，而白先勇先生也恰好在那里逗留数日，于是，我们相约与林青霞见面。

林青霞虽然退出影坛后深居简出，但听说白先生来香港，便爽快答应，并在香港赛马会的一家会所设宴款待。印象里，林青霞那晚身穿白色高领羊毛衫，外套一件棕色短裘皮大衣，略施粉黛，雍容典雅。一进门，她便快人快语，热情招呼大家入座，其待人之诚恳，让人有如沐春风之感。

同行的还有翻译家金圣华女史。虽然与圣华女史为初识,但知道《傅雷家书》中英语部分翻译均出自她手,所以并不感到陌生。

白先勇先生说起,林青霞最早引起他关注,是因为李翰祥的那部《金玉良缘红楼梦》。林青霞女扮男装,反串贾宝玉,玉树临风,倜傥潇洒,自带一股谪仙之气。白先生尝言,张爱玲与他的小说,均由《红楼梦》奶水滋养而成,故此,白先生对林青霞版贾宝玉青睐有加。难怪后来谢晋导演欲将白氏小说《谪仙记》改编成电影,白先勇先生与谢晋导演不约而同认为,李彤一角非林青霞莫属。

遗憾的是,彼时两岸交流刚刚拉开帷幕,其间仍有诸多不确定因素,"李彤"一角最后落到潘虹头上。然而,林青霞仍感谢白先勇先生与谢晋导演的知遇之恩,在《最后的贵族》拍摄期间,还专程来沪探班。

白先生与青霞虽未能成功合作,但也因此结下了深厚友情,由白先勇制作的"青春版"《牡丹亭》在北京公演,林青霞由金圣华女史陪同,往国家大剧院连看三天,意犹未尽,满心欢喜。

作为调弄文字的高人,白先生也对林青霞由表演转向写作大加赞赏,并认为其文字不是浓墨重彩的油画,也非氤氲朦胧的水墨画,而是一幅简约生动的速写,寥寥数笔,便将人物勾勒得有模有样、有棱有角,且干干净净,不羼杂任何杂质,如同《窗外》中那个清纯玉女。

圣华女史完全赞同白先生的论断。她说,自己鼓励林青霞写作,就是因为青霞本人是个讲故事圣手,记忆力也惊人,诸多寻常往事,一经她叙述,立刻让人有身临其境之感。

她记得有一回听青霞回忆三毛故事,其绘声绘色的语言,将倾听者带入一个玄妙世界。所以,金圣华说,将这些故事如实用文字写在稿纸上,便是一篇佳作。再加上青霞虽浸淫娱乐圈数十年,却从未沾染任何不良习气，仍然保持一种超然物外的状态。"正由于心如明镜，下笔时才能一字字、一句句，出于内心，发自肺腑。"

初涉文字之人大抵对自己笔端流淌出的方块字极为珍视，人人都会有"敝帚自珍"的感觉，林青霞也不例外，尤其听到白先勇与金圣华两位大家褒奖，更是喜不自禁，连忙吩咐助手到车上取出其处女作《窗里窗外》样稿复印件，分享写作乐趣。青霞姐说，夜深人静，独自坐在书桌前，面对一轮皓月，往往是写作最佳时机。"有时候想到什么，便赶紧伏案写起来，生怕刚刚闪过脑海的灵感会稍纵即逝，常常在写完之后，这才听见身边传来小鸟的聒噪之声，一看窗外，发现一轮旭日正冉冉升起，而脚上仍着前晚参加应酬时所穿的高筒靴，脸上的妆却渐渐晕化开来……"

那时候，青霞姐仍沿用"古法"，在文稿纸上写作，稿纸上尽是涂改修正的痕迹，完稿之后，用传真机将文章发给朋友，听取修改意见；然后再加调整，有时候，朋友们的意见不尽相同，甚至相互矛盾，这也令她颇费周章。待完稿，再请助手录入电脑，总之，青霞姐写作，即便一篇千字小文，从构思、写作、修改，直至完稿，也要花费不少时日，但她却甘之如饴，因为，她想以最真诚的态度写出自我最真实的感受，也期待在影剧艺术之外，以文字的方式与观众、读者分享交流。

回到酒店，逐页翻阅《窗里窗外》样稿，发现此书分为戏、亲、友、趣、缘、悟六个篇章，细叙人生经历、表演心得、故人情怀，以及生活感悟，读来回味无穷。其中，她写自己与三毛交往的经历最为奇特："当我坐定后，她把剧本一页一页地读给我听，仿佛她已化身为剧中人。到了需要音乐的时候，她会播放那个年代的曲子，然后跟着音乐起舞。相信不会有人有我这样读剧本的经验。因为她呕心沥血的写作和全情的投入，而产生了《滚滚红尘》。"简简单单的文字,三毛率真、任性、我行我素的形象呼之欲出。

同样写女性,她笔下的邓丽君却是另一番气象。邓丽君的特立独行众所周知。徐小凤曾同我说过,邓丽君爱戴手套打牌,却照样自摸,但人们绝对不会想到,她与林青霞居然有在法国海滩"裸泳"的经历:"我放下了戒备,褪去了武装,也和法国女人一样脱掉上衣戴着太阳眼镜躺在沙滩上迎接大自然,邓丽君围着我团团转,口中喃喃自语,'我绝对不会!我绝对不会这样做!我绝对……'声音从坚决肯定的口吻,慢慢变得越来越柔软。没多久,我食指勾着枣红色的比基尼上衣和她一起冲入大海中。她终于坚持不住地解放了。"在这里,青霞将邓丽君欲拒还迎的心理变化刻画得丝丝入扣。

写张国荣,她文章的题目竟然用了"宠爱"两个字,来表达对挚友逝去的不舍。文中有段描写他们俩分手的场景,虽然感情极为控制,读来却无限悲凉。"……就在他的手臂搭在我肩膀的时候,我被他震抖的手吓得不敢做声。他很有礼貌地帮我开车门,送我上车,我跌坐在后车座,对他那异于往常的绅士风度感到疑惑的同时,他已关上了车门。我望向车窗外,晚风中他和唐先生走在前面,后面南生那件黑色长大衣给风吹得敞开着,看起来仿佛是他们两人的守护神。"

而在《沧海一声笑》中,则又把黄霑那"苍生笑,不再寂寥,豪情仍在痴痴笑"的乐观与旷达描写得活灵活现:"一天夜里,徐克打电话给我,我正好没睡,他提议去黄霑家聊天。到了那儿才发现他搬到一个只有几百尺的小公寓,客厅里只容得下一套黑色矮沙发。他和他的'林美人'分手了,搬出了大屋。我很为他难过,问他觉不觉得委屈,他还是那一贯的豪迈笑声:'哈!哈!哈!怎么会?我一点也没有委屈的感觉。'"文章在此戛然而止,仿佛音乐中的休止符，无声胜有声；也好似国画中的"留白"，意到笔不到，意蕴无穷……

继《窗里窗外》，青霞姐又一鼓作气，相继出版《云去云来》和《镜前镜后》两册随笔集，相比于《窗里窗外》的文章，青霞姐的文字愈加醇厚、沉郁，读起来好似喝一口酽茶后的回甘。

譬如，她在《闺蜜》文中对施南生的评价颇可玩味："金庸先生说得好，南生是唯一的对老公意乱情迷的妻子。她是百分之百的痴情女子，将自己奉献给她心中的才子，她崇拜他，保护他，把他当老爷一样服侍，她最高兴的事就是徐克高兴，情到浓时她跟我说，徐克是个艺术家，他需要火花，如果一天，有个女人可以带给他火花和创作上的灵感，她会为徐克高兴。有一天那个女人真的出现了，她还是会伤心，我想尽办法安慰她，她唯一听得进去的话，就是，'把他当家人'。从此她收起眼泪，表面上看不出她的痛，她照常跟徐克合伙拍片，照常关心他，照常帮他安排生活上的琐事。但她形单影只，有时候，跟她吃完饭送她回家，我在车上目送她瘦长的背影，踩着酒后不稳的步伐走进寓所，直叫我心疼不已。"

林青霞力图摆脱避讳与顾忌，小心翼翼触及挚友看似坚硬却又脆弱的内心世界。而《高跟鞋与平底鞋》更是一篇充满爱、同情与怜悯的佳作。她通过"高跟鞋"与"平底鞋"两个不同意象勾勒出一个昔日明星由盛至衰的命运跌宕。

首度相见，李菁这位当年的红星留给青霞的印象是"她身穿咖啡色直条简简单单的衬衫，下着一条黑色简简单单的窄裙，配黑色简简单单的高跟鞋，微曲过耳的短发，一对咖啡色半圆有条纹的耳环，一如往常单眼皮上一条眼线画出厚厚的双眼皮，整个人素雅得有种萧条的美感"。

最后一次会面，林青霞以演员特有的敏锐感观察到对方鞋的差别:"不知为什么,我第一眼看见的是,桌底下她那双黑漆皮平底鞋,鞋头闪着亮光。她见到我先是一愣,很快就镇定下来,到底是见过大场面的人。"从"高跟鞋"到"平底鞋",林青霞好比摄影师,以直接、干净、清楚的镜头语言,用特写镜头的蒙太奇衔接,描绘一幅美人迟暮的景象,没有丝毫卖弄与做作,且充满真诚与善良,有种老派文人的文风,读来让人发出世事弄人的一声叹息。

金圣华说,林青霞随着阅读不断丰富,渐渐领悟如何裁剪铺垫、叙事绘人的妙诀。此之谓也。

林青霞无疑是美人,但文字中的林青霞更美,"最是人间留不住,朱颜辞镜花辞树",自然之美终将流逝,而文字之美却可以永恒。

○ 周采芹与潘迪华：我要唱到永远

和周采芹相识纯属偶然。

数年前，与胡雪桦一起送"好男儿"蒲巴甲入学。离开戏剧学院时，雪桦问我是否有兴趣见见周采芹。采芹为京剧大师周信芳三女儿，早岁于欧洲主攻戏剧，蜚声英伦；晚年又因主演好莱坞电影《喜福会》里固执的琳达阿姨而令人瞩目，那句"不管怎么样，我是这么想的"几乎成了流行语。

其英文版自传《上海的女儿》一经出版，立刻成为全球畅销书。《洛杉矶时报》评论道："自一九六〇年以来，周采芹作为她那代人中唯一的亚裔演员，在西方的舞台和银幕上取得了辉煌的成就，但这些成就同她自己充满戏剧性的一生，同她悲剧与成功相交织的一生相比，则逊色多了。"

事实上，我寻觅采芹已久，只是一直无缘识荆，听雪桦这么一说，自然喜出望外。不料，和采芹初见居然出现戏剧性一幕。她先是一愣，满脸狐疑地望着我，欲言又止，随后转身折回卧室，像是寻找什么东西。没过几分钟，她便拿着一本书走了出来。定睛一看，正是我参与策划的《银汉神韵——唐诗宋词经典吟诵》，里面收录了孙道临、乔榛、丁建华和我朗诵的数十首古典诗词。

采芹弱冠之年即赴英伦，长年浸淫西方文化，国语日渐生疏，但她毕生最大心愿是能为父亲写部大传，向西方读者推介麒派艺术。为此，她不放弃点滴机会学习汉语，《银汉神韵》正是她随身携带的参考书之一。没想到，一本小书拉近了彼此的距离。

《喜福会》的成功敲开了采芹通往好莱坞的大门，《艺伎回忆录》、007系列《大战皇家赌场》等电影合约纷至沓来。这些电影固然使采芹事业峰回路转，但她心里最在意的其实还是二十世纪五十年代在伦敦主演的舞台剧《苏丝黄的世界》，这部戏讲述了香港红灯区一位心地善良的中国少女与一位英国青年之间的爱情故事。

那个年代的西方观众喜欢看身穿高开衩旗袍的东方姑娘。采芹生性率直，没有多愁善感，以极其明快活泼的"苏丝黄"形象引起轰动。"这出戏居然在伦敦时装界引发话题。女人们放弃追求做金发美女，转而留长长的直发，甚至还把头发染黑，再用黑笔把眼睛画成东方式的杏仁眼。旗袍成了时尚，可惜并不是每个人穿上都好看。这种高开衩旗袍，穿上后行走坐站要优雅得体才好看，旗袍的高领子也要有挺直的身材才相衬。苗条的中国姑娘穿上了既性感又娴雅，丰满的西方姑娘配上旗袍就有点别扭。"采芹说。

据闻，一九五九年伦敦圣诞晚会上，旗袍成了最流行的晚装。报纸上甚至刊出一幅漫画，画中一个女人对另一个穿旗袍的女人说："让你不要穿太瘦的裙子，你看，两边都扯开了吧！"

与当时同样红火的另一部华裔题材歌舞剧《花鼓歌》相比，《苏丝黄的世界》的音乐色彩相对单调。于是，采芹建议选择上海二十世纪三十年代流行歌曲《第二春》穿插其间。制作人嫌原歌太长，便请一位英国作家重新填词，歌名也随之改为 *Ding Dong Song*（《叮当歌》）。Decca公司还专门出版了一张大碟。这张唱片不仅在英国大卖，而且在东南亚也连续两年独占排行榜首位。只是采芹并不知道究竟是谁在亚洲将此歌唱红。

二〇一〇年元月，为制作《可凡倾听》春节特别节目，我将出入于歌榭舞台的"海上花"——姚莉、卢燕、潘迪华、周采芹等一一请上荧幕。说起潘迪华，上海人自然觉得亲切，按程乃珊的话讲："潘迪华是王家卫手中'一张上海百搭'。王家卫几乎每部有上海元素的电影，都少不了潘迪华，《阿飞正传》《花样年华》莫不如此。可以说，潘迪华是王家卫电影的灵魂。"知道要与采芹同台，见惯世面的潘迪华竟兴奋得难以自持。原来，《叮当歌》当年在香港便是由葛兰与她唱红，随后流传至东南亚。潘迪华与周采芹神交半世纪，却从未谋面。

录像那日，潘姐姐特意穿了一件黑底色配淡湖绿色花瓣旗袍，显得优雅得体；采芹则身着黑色套装，看上去挺拔干练。两位年近八旬的老人相拥而泣，都为这迟来的相会感慨不已。闲谈间，她们发现，虽然家庭背景迥异，人生脉络却有诸多相似之处。譬如，她俩一个住在蒲石路（长乐路），一个住在善钟路（常熟路），相距不过咫尺，均属"上只角"。

两人十多岁便去海外闯荡江湖，且都有一段cabaret经历。cabaret源自法语，原意为酒馆，早在一八八一年即在巴黎蒙马高地一带流行，为集歌舞表演与美食美酒为一体的娱乐场。潘姐姐于一九五七年意外登临香港璇宫夜总会，从此一发不可收。她演唱的Jazz（爵士乐）风靡港岛，《侬勿要骗我》《何日君再来》等歌曲更是通过BBC等国际媒体传遍全球；而采芹差不多同时也因《苏丝黄的世界》走红，开启了长达五年的俱乐部演唱生涯。只是两人演唱风格大相径庭，采芹的演唱嗲声嗲气，又尖又细，有点像周璇；潘姐姐嗓音沙哑、低沉，与白光相近。

再者，她俩都有过三段回肠荡气的感情生活。潘姐姐说，她一生曾有三位知己：一个是肯为她而死的，一个是她为事业不得不放弃的丈夫，一个则是与她共度廿三年的情人。潘姐姐与情人相恋七年后因对方无法处理家庭羁绊而毅然斩断情丝。也许是老天眷顾，他们不久却意外相逢于旧金山，此后相互扶持二十余年。尽管没有名分，潘姐姐却无怨无悔。

而采芹与第一任丈夫结婚便有不祥预兆，新郎在结婚典礼上脱口将"作为我合法的妻子"误说成"作为我可怕的妻子"。也许是一语成谶，诞下一个儿子后，"可怕的妻子"终于提出离婚。第二段婚姻男主角是《苏丝黄的世界》导演，没等到七年之痒就劳燕分飞。不久，英国自萧伯纳以来最重要的一位戏剧评论家走进采芹的生活，差不多一年之后，那段爱情无疾而终。

然而，最可贵的是，无论遇到怎样的艰难险阻，采芹与潘姐姐始终乐观面对，并对艺术抱有火一般的激情。二十世纪七十年代欧洲大萧条，因投资房产失利而破产，一贫如洗的采芹只好前往美国，在弟弟餐厅打工讨生活，但她靠毅力获得波士顿塔夫茨大学戏剧硕士学位，重返戏剧界，获得艺术生命的"第二春"。而那个时候的潘姐姐在香港冒险投资百万元排演百老汇歌舞剧《白蛇传》，惨遭失败，血本无归。要知道四十年前的百万元可以在香港买好几栋楼，但潘姐姐为了心中的艺术在所不惜。晚年，儿子从病重直至去世，潘姐姐一边悉心照料儿子，一边仍坚持演唱。当谈起那些伤心往事，潘姐姐淡定自若。不过，听到我问："你还想唱多久？"她顿时泪如泉涌，说："I will sing until I die."（"我要唱到永远。"）

那次上海之行，潘姐姐还带来了五十年前 Decca 公司灌制的 *The World of Tsai Chin*（《采芹的世界》）。听着唱片里那熟悉的旋律，两位"海上花"轻轻哼唱起那首在她们生命长河中留下印迹的《叮当歌》。"明明是冷冷清清的长夜/为什么还有叮叮当当的声音/

听不出是远还是近/分不出是梦还是真/好像是一串铃/打乱了我的心……窗外不再有凄凄切切的幽灵/只听到喜鹊儿齐鸣/今夜的轻风吹来了第二春/又把消沉的夜莺吹醒……"

○ 张菲与费玉清：龙兄虎弟的江湖故事

说起费玉清，"西装革履""长颈鹿状"以及"台上喝水"这几个关键词无法被忽略。小哥所着西装看似平淡无奇，实则奥妙无穷。其西装理念近乎执拗，即肩膀略宽，有"倒三角"感觉，上衣长度前面盖过裤裆，后面则要遮住臀部，至于西裤，则要上宽下窄；或许因常年穿西装缘故，小哥在舞台上便衍生出"长颈鹿"状习惯动作，虽然也曾刻意纠正，如演唱时手腕上书写"立正站好"和"脖子"等字样，随时提醒自己，但终究积重难返，久而久之，居然成其"招牌动作"；至于演唱间隙喝水，如同帕瓦罗蒂那块手绢，估计也是心理暗示。小哥平日里以好好先生闻名遐迩，但对那杯白水，有异乎寻常的坚持，从不肯退让半步。

小哥演唱曲目范围甚广，但无论何种风格歌曲，一经他演绎，总呈现出雅致蕴藉的艺术特点，尤其是二十世纪三四十年代那些经典流行歌曲，由小哥唱来，颇有跨越时空之感。姚莉女士素有"银嗓子"美誉，以演唱《玫瑰玫瑰我爱你》《苏州河边》等经典歌曲驰骋歌坛，当她听到小哥唱起"夜留下一片寂寞，河边不见人影一个，我挽着你，你挽着我，岸堤街上来往走着"，顿时百感交集，因为这首《苏州河边》寄托着两个年轻人纯真的感情。

十年前，在香港维多利亚港的一间酒店里，姚莉曾向我吐露那段尘封已久的往事。虽然已年至耄耋，老人记忆仍清晰如昨。原来，她与"歌仙"陈歌辛早年互生爱慕之情，随唱片公司同事往苏州游览时，两人曾在月光之下，沿河边散步。但因受制于礼教，两人发乎情止乎礼。回沪后，陈歌辛一气呵成，与姚莉哥哥姚敏写就这首《苏州河边》，并将此歌敬献给姚莉。歌曲推出后，立刻红遍上海滩。

姚莉女士说："看到电视上，费玉清唱迭支歌，从前年轻辰光的事体，像电影一样，勒拉眼门前滑过……"说完，姚莉女士久久凝望窗外宁静的港湾，陷入沉思之中……那日话别时，姚莉委托我捎话给小哥，期盼与他见上一面，当面表达谢意。在她心里，那些已经走入历史的旋律，因为小哥，似乎又重新复活。只可惜，虽几经协调，仍然阴错阳差，两代歌神擦肩而过。

印象里，我与小哥相识，缘于他与蔡琴的上海老歌演唱会，应策划人吴思远导演之邀，主持音乐会新闻发布会，自此以后，我便常常有机会与小哥同台合作。

二〇〇四年，小哥专程前来录制《可凡倾听》，畅谈其新专辑《浮声旧梦》，既然说及"旧梦"，自然免不了说些陈年往事。张家姐弟三人感情笃深，在费玉清还是十几岁少年之时，姐姐费贞绫已走红歌坛，并有"东方维纳斯"之称，正是姐姐恳求音乐人刘家昌给费玉清三分钟时间，费玉清才得以步入歌坛，并以一曲《梦驼铃》走红歌坛，从此一发不可收。

但在小哥记忆里，印象最为深刻的则是，小时候一旦缺少零花钱时，便会在姐姐学生服前摆放一张纸条，上面写着："近日缺少一点盘缠，若愿意帮助的话，一块不嫌多，五毛也不嫌少。"虽然姐姐也还只是个孩子，并无独立生活能力，可依然像小母亲那般慷慨，将自己仅有的一点零花钱省给弟弟。而哥哥张菲则从小拥有非凡的语言才能，只要一下课，周围便有一群同学簇拥着他，听他讲述《西游记》《聊斋》里的故事。据小哥回忆，所讲的内容其实胡编乱造，与名著本身毫不相干，但他依然口若悬河，引人入胜，这与温润如玉、谨慎安静的费玉清形成鲜明对比。故此父母常拿费玉清作为好孩子榜样来教育张菲。

不过，我二〇〇八年赴台北采访张菲时，问及此事，菲哥断然否认上述说法。依菲哥的说法，他们姐弟仨童年时居住在半山腰，交通不便，也没有自来水管。每日担水、劈柴、生火之类的粗活均由他一人承担。在他看来，哥俩一个玉树临风，一个狂放不羁，与那段童年经历不无关联。

菲哥还透露，小哥少年时性情刚烈，两人常为分橘子、柚子与麦芽糖吵得不可开交。有一回因为菲哥偷吃小哥一颗麦芽糖，小哥"怀恨在心"，偷偷将菲哥一双新鞋的鞋头磨穿，害得菲哥上课途中发现大脚拇指全部裸露在外面，连行走都困难，狼狈不堪；但菲哥也不甘示弱，待过新年时，暗暗将一枚鞭炮点燃后塞至小哥衣服里，新衣服瞬间"皮开肉绽"。

尽管如此，菲哥与小哥从小到大，始终手足情深。或许从世俗意义上来看，小哥的确更受歌迷青睐，但作为兄长，菲哥保持健康心态，做到羡慕，而不嫉妒，这对龙兄虎弟仍常常互开玩笑。菲哥钟情驾机，翱翔蓝天。只是他所驾驶的飞机并非豪华喷气式那种，而是没有窗，仅靠钢丝架构起来的简易飞机，类似于装马达的空中脚踏车。菲哥盛邀小哥与之共同感受飞行乐趣，小哥虽将信将疑，却也半推半就地被菲哥哄上飞机。

当飞机升空，俯瞰一片金黄的稻田，一湾浅浅的小溪，陷入无限浪漫时，引擎突然熄火，飞机迅速进入失速状态。菲哥顿时脸色煞白,连头戴头盔的小哥也感觉有些异样。不过,菲哥强作镇静,还向小哥投去一个微笑,但他头脑快速转动,寻找脱困方式。待飞机离地面仅三百米时,菲哥凭借工厂烟囱冒出的一缕青烟,及时判断方向,千钧一发之际,果断掉头,迫降于一片红树林,整个飞机一半深陷于泥潭之中。小哥费力爬下飞机,一脚踩在泥巴里,忍不住把菲哥骂了一顿,菲哥也满腹委屈,心想"救他一命,非但不谢,还牢骚满腹"。虽然经此生死之劫,小哥事后仍不忘夸奖菲哥几句:"其实哥哥飞机开得不错!"

菲哥与小哥闯荡艺坛数十年,累积了丰富的人生经验。菲哥看淡潮起潮落,善于过滤不健康心理困扰,以欣赏与赞美的眼光看待后浪崛起;而小哥总是乐意从不同的角度看待事物:他曾以牡丹举例,有人给长者送牡丹花以示富贵,只是牡丹边上略有枯黄,有人讥讽为"富贵不全"。不料,长者出其不意,顺手将枯槁边缘掐掉,并甩出一句:"我看到的是富贵无边!"因此,小哥认为,同一件事情,换个角度便可得出不同结论。如今,菲哥与小哥相继归隐林下,不复与观众见面,但这对"龙兄虎弟"的江湖故事却会流传很久很久……

○杨振宁：与翁帆的玫瑰人生

杨振宁教授堪称自爱因斯坦之后最有贡献的物理学家之一，并且与李政道教授一起，荣获诺贝尔物理学奖，而他与翁帆惊世骇俗的爱情传奇，更令世人羡慕不已，故《可凡倾听》筹备之初，杨振宁教授便是节目最早锁定的采访目标，只是约访杨先生却一波三折。当时，曾通过杨先生挚友及亲人，多次向其传达采访意愿，但最终无功而返。皇天不负有心人，某日与同济大学老校长吴启迪教授谈及此事，启迪教授侠肝义胆，主动提出愿从中斡旋。原本我也没抱多大希望，不想，仅仅过了数周，便接到杨振宁先生亲自打来的电话，表示已接获启迪教授信函，并答应采访，且爽快排定采访日期，只是反复声明，采访时间为一小时，不得逾越。

放下杨先生电话，我连忙找出早已搜集好的相关资料进行阅读。大约一个月之后，我们摄制组如约前往清华大学四幢最"古老"建筑之一"科学馆"。预定采访时间为上午九点，但杨振宁教授八点四十便出现在办公室。那日，他老人家身着粉红与浅蓝相间的条纹衬衣，头发梳得一丝不苟；脸上略有些老年斑，但精神矍铄，思维敏捷，绝不像一位耄耋老者。落座之后，老先生将采访提纲略微翻了一下，抬起头，说："采访提纲做得不错，显然你仔细查阅了相关资料。但是，曾和你事先有过约定，采访时间为一小时，这些问题显然不可能问完，你自行决断吧！"说话的神情充溢着孩童般的顽皮。听罢此言，不觉心中一震，但仍故作镇定，迅速在脑海中调整文案，集中关键问题，剔除琐碎内容。

由于身处"清华园"，谈话便从这美丽校园说起。杨振宁七岁时，父亲杨武之应聘来清华大学任数学系教授，办公室便是这座"科学馆"。振宁教授记得少年时代常来父亲办公室看望父亲。尤其暑假期间，跟随父亲来办公室做功课，虽然那时并无空调设备，但大楼里却异常凉快。一边做功课，一边聆听窗外知了的聒噪，别有一番意趣。振宁先生早慧，尤其对数学几乎无师自通，这令数学家父亲倍感欣慰。

故此，杨武之教授在儿子相片背后写下"此子似有异禀"，言简意赅，表达父亲对儿子的无限期待。待杨振宁出国留学，由于渴望师从费米教授，便毅然放弃普林斯顿大学，改去父亲的母校芝加哥大学。杨武之教授喜出望外，叮嘱儿子到校后务必拜访自己的老师狄克森教授。杨振宁先生回忆："那时候，狄克森教授业已退休，但他仍记得父亲。因为，那是他唯一一位中国学生。"儿行万里之外，父母不免焦虑，杨武之教授也不例外。他深知儿子有异禀，学习固然不成问题，但对其婚恋之事仍操心不已，甚至专门委托胡适先生帮杨振宁寻觅女友。胡适先生倒也开明，专门把杨振宁找去，开宗明义道："你们这代人要比我们聪明，大概不需要我来帮忙！"待杨振宁与杜聿明将军之女杜致礼谈婚论嫁之时，父亲虽对杜聿明"战犯"身份有所顾忌，但绝对尊重儿子的选择。兜兜转转半个多世纪，杨振宁先生又重回父亲曾经任教的"清华园"，不禁感慨万分，脱口吟出一句英国诗人艾略特的诗句："我的起点就是我的终点，我的终点就是我的起点。"

获得诺贝尔奖可谓杨振宁教授与李政道教授科学研究和人生的辉煌顶点，但其中亦不乏诸多悬而未决的疑问。因此，我也期待在采访中得到解答。其一是杨振宁和李政道提出"宇称不守恒"定律之后，吴健雄教授用实验最终证明这一定律，但不知为何，被排除在诺贝尔奖获奖名单之外。吴健雄教授从未公开表达过意见，却在给友人的一封信中含蓄说道："如果我的努力被人忽略的话，我还是会觉得受到一点伤害。"杨振宁教授坦言，他从未和吴健雄教授就此话题进行过任何交流，但他透露，吴健雄教授是和美国低温物理学家安伯勒共同完成实验。因此，假如要给吴健雄教授荣誉的话，那位低温物理学家也不能忽略，只是同一诺贝尔奖项的获得者一般不超过三人。

杨教授推测，这恐怕是吴健雄教授与诺贝尔奖失之交臂的重要原因。当然，最令人诧异的还是杨振宁教授与李政道教授从志同道合、倾心相交，直至最后分道扬镳、断绝往来。他们的老师、原子弹之父奥本海默教授曾不无伤心地感叹道："平生最想看到的景象就是，杨振宁与李政道并肩走在普林斯顿的草坪上。"但奥本海默的愿望最后还是落空。对于两人的争端，李政道先生曾以童话般的语言比喻，他俩好比在沙滩上玩耍的小孩，忽然看到远处古堡亮起了灯，于是，两个小孩开始争论究竟是谁率先发现灯光，互不相让……

杨振宁教授虽然并未正面解释彼此疏远原委，却嘱咐我仔细阅读李政道教授2004年出版的一本专著："阅读此书之后，一是可以感受李政道心境；二是可以从字里行间了解他的观点与想法。"在杨振宁先生看来，与昔日伙伴渐行渐远，是其人生一大悲剧。当事人虽然不难说清,但还是留待后人评判。

不知不觉,一个小时过去了。想起与杨振宁先生的约定,尽管还有近三分之一的问题尚未问完,便也戛然而止。我们提出可否拍摄些许不同景别的镜头。杨先生不以为忤,欣然应允。于是,便顺势询问他与翁帆的玫瑰人生。

说起翁帆,杨振宁先生脸上漾出甜美的微笑。他回忆,与翁帆相识、相知、相爱,纯属偶然。一九九五年杨先生与夫人杜致礼访问汕头大学,翁帆作为学生,前来协助杨氏夫妇工作生活。离开汕头大学后,彼此仅有简单问候。但二〇〇四年圣诞节的一张贺卡改变了两人的关系。杨教授根据翁帆圣诞卡上的电话与之联系,并且有了第一次约会。那时候杜致礼已驾鹤西行,于是两人感情迅速升温。他俩结婚后,常坐在仅能容纳两人的沙发"爱之椅"上共诉衷肠。

日常生活中,杨教授对翁帆父母礼遇有加,称他们为"翁先生""翁太太"。翁帆父母也尊重女儿的决定,称杨先生为"杨教授"。对于两人悬殊的年纪,杨教授有清醒的认识,曾语带诙谐地与娇妻言道:"如果将来我不在了,我赞同你再婚。当然,这是一个年老的杨振宁所说的话,年轻的杨振宁依然说,不!"正是真诚与良善,将两颗心紧紧拴在了一起,度过生命的分分秒秒。所以,翁帆对她与杨先生的结合,也有如此评价:"与先生在一起十几年,渐渐明白了,一个如此幸运的人,他关心的必然是超越个人的事情。同样,一个如此幸运的人,自然是率直、正直、无私的,因为他从来不需要为自己计较得失。"

于耄耋之年,回到最初的出发地,对杨振宁先生来说,人生轨迹或许就是一个封闭的圆。当年有人问晚年的牛顿,一生做过些什么？牛顿说，自己只是在海滩上拾到一些美丽的蚌和螺。杨振宁先生也有同感："我想自己非常幸运，也能在海滩上捡到那些东西。不过，世界上还有更多美丽的蚌和石头，我还有无数事情需要去做。"

○ 吕其明：从《红旗颂》到"土琵琶"

说起吕其明先生，我内心总有些许不安与歉疚。

吕其明先生素来以敦厚与朴实著称，然而，温和中也透着一股子韧劲与执着，尤其涉及艺术，更是严肃认真、一丝不苟，绝无半点懈怠。每逢讲话，老先生也必定事先拟好文稿，从来不会敷衍了事。记得有次主持文化盛会，我邀请数位艺术家上台作简短采访，每人一个问题。其他嘉宾均三言两语，但吕老沿袭其一贯顶真作风，拿出事先预备的文稿，一五一十开讲起来，眼看时间大大超过预案，现场导演也在一旁做起"截断"手势。无奈之下，只得斩钉截铁打断其发言。当时，从吕老眼神中可以感受到惊愕与不满，但对我而言，也的确是无奈之举，事后也不知如何向吕先生解释。原以为时间会冲淡一切，没想到，时隔二十多年，当吕老提笔为"可凡倾听"丛书《淡云微雨》作序时，竟旧事重提，并细致描述当年台上的感受："我好不尴尬愣在那里，但我比较冷静理智，心里并没有乱。过后我想，主持人应该有处理突发事件的能力和勇气。从这点来说，这小子还行。为此事，我并没有生他的气，相反要予以点赞。"吕老的宽容、豁达，由此可见一斑。

吕老对此事非但没有心存怨恨，反而更加器重我，将我视作其

"忘年交"。从二十世纪九十年代至今,老先生共举办过五次个人专场音乐会,其中三次都约请我担纲主持。特别是二〇一六年北京国家大剧院和上海大剧院演出,盛况空前。当乐队奏完最后一个音符,吕老走上舞台,答谢观众,答词言简意赅,却意味深厚,说到动情处,热泪盈眶。

平日里与吕其明先生闲聊,他常会说起战争年代随身携带的两件"宝物"。一件是德国制小手枪,此枪为陈毅亲手赠予吕老父亲的战利品。吕老父亲吕惠生为新四军皖江地区高级干部,抗战胜利后,向山东撤离时遭叛徒出卖,壮烈牺牲。父亲走向刑场前,在狱中为自己的独生子留下一首绝命诗:"忍看山河碎,愿将赤血流。烟尘开敌后,扰攘展民猷。八载坚心志,忠贞为国酬。且喜天破晓,竟死我何求?"父亲遗留下来的绝命诗和那把手枪,是吕其明毕生的精神动力。同时,他在新四军队伍中,也充分感受到军民鱼水情。在一次敌军扫荡中,他在当地老百姓的帮助下,七天七夜蜗居山洞,终于转危为安。至此,吕其明内心深处便耸立了一座信念和情感的丰碑,为其日后写就《红旗颂》奠定坚实基础。他的另一件宝物便是小提琴。一九四二年春夏之际,吕其明先生所在部队迎来一位身着蓝布学生装,略显瘦弱的专家,其身后跟着一匹枣红马,马上挂着一个小提琴盒,那位专家便是贺绿汀先生。有个晚上,皓月当空,吕其明听到从树林里隐隐约约传来贝多芬的《小步舞曲》,于是,蹑手蹑脚向着琴声传来的地方走去,走近后才发现是贺绿汀先生。贺先生拉完一曲,忽然瞥见树墩上坐着个小男孩,于是热情招呼他,并鼓励他设法弄一把小提琴好好学习。贺绿汀那一番话如同一股暖流,滚过年仅十二岁的热爱音乐的男孩心中。然而战争年代要寻觅一把小提琴,谈何容易!直至一九四七年,吕其明先生调至华东军区文工团,这才如愿以偿,获得一把小提琴,实现了自己的音乐梦想。

　　吕其明先生长年随部队转战南北，行军途中注意搜集各地民间音乐素材，故落笔写作时，往往灵感迸发、乐思飞扬，其创作之神速，闻名遐迩。二十世纪六十年代创作《红旗颂》时，正逢隆冬季节。那时他蜗居在新乐路一间朝北的房间，终日不见阳光。尽管冻得瑟瑟发抖，甚至鼻涕直流，但他毫不在意，裹上一件厚厚的棉大衣，奋笔疾书，仅用短短一周便写就这部交响史诗；为电影《铁道游击队》作曲时，虽然年仅二十六岁，但他眼前瞬间浮现出战争年代所见过的游击队员形象。他们大多目不识丁，半军半民，没有像样的军服，身上佩带大刀、长矛或炮筒枪，故吕其明着意从山东民间音乐中撷取创作元素，如"西边的太阳快要落山了，微山湖上静悄悄"，抒情委婉，仿佛低声吟唱，而中间部分"爬上飞快的火车，像骑上奔驰的骏马"，则采用节奏明快的进行曲式，显出游击队员大无畏的气概，整首乐曲的创作只一天便宣告完成；而为电影《红日》写《谁不说俺家乡好》时，吕其明长期与另外两位年轻人同住山东孟良崮体验生活：面对满月松涛、层层梯田、飘浮云朵，乐思泉涌："一座座青山紧相连，一朵朵白云绕山间，一片片梯田一层层绿，一阵阵歌声随风传，哎，谁不说俺家乡好……"三个人，你一句我一句，就像相互"接龙"一般往前发展，差不多半个小时，《谁不说俺家乡好》这首传世经典，便横空出世，后经歌唱家任桂珍演唱，红遍大江南北……

　　然而，很难想象，电影《城南旧事》音乐竟孕育整整十个月。创作初始，导演吴贻弓便提出"淡淡的哀愁，层层的相思"的美学思想，要求故事推进要如同一条小溪，缓缓流入观众心田。因此，吕其明先生大胆采用美国人约翰·P.奥德威作曲，李叔同填词的《送别》这首家喻户晓的学堂歌曲，但他并非按原曲照搬，而是从大调里找到小调因素，并加以发展，将其看作一个桥梁，从英子送别父亲，一直到墓地，五分钟的音乐呈现出暗淡、凄凉、朦胧的色彩，怨而不怒，哀而不伤，感人肺腑；电影《焦裕禄》的音乐创作，也足足花了七个月时间。吕其明先生采用浓郁的河南民间音乐风格，深沉、凝重、朴实，但写完之后又陷入未能找到合适人选演唱之苦恼。结果拍摄过程中，导演发现饰演焦裕禄的演员李雪健沙哑粗犷的嗓音与歌曲风格高度吻合，吕其明先生听完，眼前一亮，认为这才是真正的"农民嗓子"，便亲自赶到录音棚，逐字逐句，向李雪健倾囊相授，此歌一度成为李雪健保留曲目。

如今，吕老已至鲐背之年，却仍激情涌动，创作不辍。谨祝他老人家身笔两健，艺术青春永驻。

钟南山:"始终不满足于现状"

> 疫情来临,他第一时间挺身而出。
> 医者仁心,病人安危始终是他心中牵挂。
> 自强不息,其成长经历启迪人心。

面对钟南山院士,我脑海中总是盘桓这样一个问题,世间万物皆有因果,任何成功都绝非从天而降,唾手可得。钟南山院士以其高尚医德、高超医技诠释大医精诚,国士无双,此乃"果"也。至于何为其"因",则值得探寻一番。

说到"因",首先想到的便是家风传承,钟南山院士出生于医学世家,父亲钟世藩是著名儿科专家,但从小经历过寄人篱下的艰难岁月,幸亏得到叔父资助,这才得以进入协和医学院学习,后又负笈海外,故而养成独立与坚毅的个性。母亲廖月琴则是"鼓浪屿廖氏家族"成员。廖家钱庄遍及全国,家族更是人才辈出。姑婆廖翠凤为大学者林语堂之妻,舅舅廖永廉为医学界翘楚,表弟戴尅戎为骨科专家,工程院院士。母亲虽出身名门,但对护理专业产生浓厚兴趣,赴美留学归来,参与创建广东省肿瘤医院。童年时代,钟南山随父母在战火硝烟中颠沛流离,逃难途中还因轰炸被埋在废墟之下，差点丧命，幸亏母亲眼疾手快，将其救出，这才躲过一劫。

直至抗战胜利，全家才定居广州。孩提时代，父亲的家庭实验室虽然简陋，但钟南山却从中获得医学启蒙。钟院士回忆，父亲那时主要研究病毒分离与生长规律，但没有一分钱的科研经费。于是，索性自己掏钱买来小白鼠，在家中进行相关实验。虽然小白鼠养在天台上，但仍有一股异味弥漫开来。故此，若有家人前来拜访，打听地址，邻居往往打趣道，有异味飘出的那幢楼便是钟家。钟世藩先生每日下班回家，不顾劳累，总要给小白鼠换水，添加小米，有时干脆亲自做小白鼠解剖，观察其脑部结构变化。

父亲身处困厄环境中却不求闻达，对医学真理孜孜以求，此种精神深深影响钟南山。及长，钟南山也追随父亲脚步，成为一名白衣战士。"文革"期间，钟南山作为医疗队成员赴农村巡回医疗。某日，他遇到一频繁血尿孩童，经初步诊断，认为肾结核可能性极大。但父亲得知这一病例后，反问钟南山，做出此诊断根据为何？一句话便把钟南山问懵了。父亲进一步解释，诊断与治疗方案相关联，若诊断错误，治疗方案必定南辕北辙，不仅延误病情，甚至危及病患生命。

如果说父亲之言传身教，让钟南山养成治学严谨的品性，母亲则赋予他善良温暖的人生底色。钟院士说，母亲留给他印象最深的恐怕是对贫困之人的同情和爱。"那时候，大家普遍家庭条件不好，我和一位同学分别考取北京医学院和北京大学。可是，那位同学家境清寒，无力购置火车票，便来相商借钱事宜。母亲向来古道热肠，但得知此事后也面露难色。因为她正为我的火车票东拼西凑，见此尴尬状况，我也只好默不作声。不想没过几天，母亲塞给我十块钱，说是给同学补贴之用。"母亲教会钟南山同情弱者，关爱他人。有人问钟南山，从当年SARS疫情否定衣原体感染，到确认此次新冠传播途径，是否承担巨大压力？钟院士之回答斩钉截铁！"没有压力并不现实，但压力并非来自个人名誉得失，而是来自病患生命安危！"其胸怀大爱，造福苍生之精神境界一如当年其父母。

和父母一样，漫漫人生之路，钟南山先生也总是面临种种困难与挑战。尤其英伦留学经历，让他初尝孤独与冷眼。改革开放之初，作为教育部派遣的公费留学生，钟南山与其他十余位不同科研领域精英，远赴英伦留学。由于经费拮据，他们一行人乘火车途经西伯利亚转往欧洲。火车上难忘九天九夜，他们对新世界满怀憧憬。艰苦条件下，每个人都携带着大包小包，连卫生纸都塞了好几捆。从"东德"进入"西德"关卡时，因行李中所携洗衣粉遭到警察拦截，被误以为是海洛因。几经抗辩，警察才勉强放行，却又故意将他们的行李撒了一地。此时，距离火车启动仅六分钟。带着紧张、委屈与愤懑，他们迅速将散落四处的行李抱起冲回车厢。人尚未坐定，耳边便传来火车轮子的隆隆滚动声。尽管有职业运动员般健硕的体格，抵达伦敦后，钟南山便病倒了，直至一周后才渐渐恢复。

即便安全到达英国，但昂贵的生活费却又压得他喘不过气来。每月仅仅6英镑生活补助，让钟南山感到寸步难行。为节省开支，他在书包里放置一双球鞋，每晚做完实验后，便跑步回到宿舍。同时还和伙伴们学会一套理发技术。看到伙伴们出现情绪波动，作为组长，他还必须第一时间站出来鼓励大家。周末时和大家一起做饭聊天，释放压力。经济上的拮据尚可忍受，但精神上的孤独无助却难以排遣。尤其语言上的障碍，严重影响他与导师以及实验室同事之间的交流。

于是，他一方面废寝忘食学习英文，每日跟随留声机锻炼听力，另一方面尝试以英语与父亲写信沟通。父亲每次接到信，都会用红笔将信中讹误一一更正，再和回信一并寄返英国。写过大概八九封信后，钟南山发现，红笔慢慢变少，而自己的语言能力也渐次提高。跨越了语言障碍，如何抵御他人的歧视目光，成了摆在钟南山面前的新课题。

直至今日，钟南山仍清晰记得与导师首次见面的情景："那次见面并非面对面，而是'面对背'。当我走进实验室，他正背对门煮咖啡，以平淡的口吻嘱咐我可去实验室看看，但不可接触病人，因为中国学历不被承认。对话持续大约六七分钟，可从头到尾都是'面对背'，心中感觉自然很不舒服。"好在钟南山并不气馁，心想，国家将自己送来深造，实属不易，无论遇到何种挫折，总要设法做出点成绩，如此这般，才能从根本上改变他人看法。

真正让英国同事对钟南山刮目相看的是，针对一例慢阻肺所致肺源性心脏病治疗方案的选择。该病人之主治医师原本一直采用碱性利尿剂消肿，效果不理想。钟南山根据中医辨证施治理论，从舌象上判断该病人为碱中毒，经血液检测后，发现果然与先前估计相符合，随即调整用药，病人症状很快得到改善。之后，钟医生明显感受到周围人的目光变得充满善意。没过多久，为研究"一氧化碳对血液氧气运输影响"课题，钟南山以自身为实验对象，冒险吸入超剂量一氧化碳，最终得出令人信服的结论，其成果在全英医学研究会上发表。

之后，他又受邀赴伦敦圣·巴弗勒姆医院进行合作研究，并以一篇论文大胆挑战牛津大学学术权威克尔教授，再次展示了中国学者的实力与魄力。工作之余，钟南山还注重与英国同事进行社交，给他们传授羽毛球和游泳技术，约大家外出划船游玩。即便不善饮酒也努力喝上一杯啤酒，尽兴而归。日久天长，他与身边同事融为一体。

为此，钟医生借由家书，将这些经历向父亲如实禀报。父亲大喜，回信说："你让西方人懂得，我们中国人也是能够做点事情的。"钟院士尝言，除"情商""智商"之外，其实"挫商"至关重要。经历挫折，忍受挫折，跨越挫折，磨砺过后，终能迎来成长。回望一甲子行医生涯，钟医生自始至终感受到内心那一股子不服输的勇气。"我也有脆弱敏感、优柔寡断、失望困顿的时候，但从来没有过绝望情绪。我知道，无论遇到何种挫折，都不能畏缩不前，相信终究有办法闯过去。"他说。

　　青年时代的钟南山曾是一名体育健将，曾有机会成为职业运动员，但他最终选择医学为毕生事业，成为妙手仁心的一代名医。从"非典"到"新冠"，十七年弹指一挥间。风平浪静的日子，他悄然淡出公众视线；一旦病魔来袭，他第一时间挺身而出，从容不迫敢医敢言，犹如一枚定海神针，带给惶惑中的人们以慰藉与信心。此时大家方才惊觉，这位步履矫健，仿佛不知疲倦的白衣战士，竟然也是一位耄耋老人了。然而，"始终不满足于现状"的人生信条，让钟南山院士内心永远燃烧着激情的火焰！

○ 金宇澄：攀登文学之山哪会轻易停息

二〇一一年五月十日十一点四十二分，一位自称"独上阁楼"的人在"弄堂网"上开帖。他以王家卫电影《阿飞正传》结尾处梁朝伟独角戏，那段他心目中最上海、最阁楼的片段为开头，开始讲述《繁花》的故事。

时隔三年，《繁花》单行本横空出世，可谓一石激起千层浪，一本以沪语思维为主导的小说，居然引来看客无数，其影响力甚至辐射全国。无论是耄耋老人，还是"二次元"青年，均争相阅读。旋即，《繁花》荣膺"茅盾文学奖"。数十年习惯躲藏于大屏幕之后，为人做嫁衣的文学编辑，瞬间迎来无数鲜花与掌声，强烈的镁光灯几乎令金宇澄招架不住。

金宇澄二十世纪五十年代初出生于一个干部家庭，家中排行老二，因母亲生产时十分舒适顺利，故取名"金舒舒"。母亲回忆，舒舒自幼好动，合群，爱对新鲜事物刨根问底。他母亲在给丈夫的一封信里是如此描绘幼年时代的金宇澄的："舒舒现在长得有多结实，小手小腿粗粗壮壮的，外形太像你了，动作也像。据托儿所阿姨说，他比所有小朋友长得都高，阿姨很喜欢他，因为他一点不怕生，很爽直。"但这种开朗性格却在上小学之后悄悄发生了变化。

原来，"金舒舒"三个字，写起来似乎别有韵味，但用上海话甚至普通话说起来却格外别扭。就是因为名字的缘故，金宇澄变得喜欢独处，再加之民办小学教学方式令其生厌，他便经常逃学，跑到公园收集植物标本、画画等，这倒培养了他更多不同兴趣。

"文革"初期，金宇澄全家被迫迁到当时被称为"两万户"的曹杨新村。几十年后，他在小说《繁花》里给主人公阿宝安排了相同的命运，并精确地描绘了这一工人新村的生活场景："此种房型，上海人称'两万户'，大名鼎鼎，五十年代苏联专家设计，沪东沪西建造约两万间，两层砖木结构，洋瓦，木窗木门，楼上杉木地板，楼下水门汀地坪，内墙泥草打底，罩薄薄一层纸筋灰。每个门牌十户人家，五上五下，五户合用一个灶间，两个马桶座位。"

也许正是个人生活的巨大转变，让作家后来描写上海的角角落落和各个不同阶层游刃有余。"当时印象中母亲仍然身着旗袍，这令我难堪，觉得很丢脸，因为工人新村的女人早已不穿这个。因此，工人新村在我眼里有一股子农村味道。譬如，我们家住一楼，窗外站满人，窗台也坐着人，看你们家如何拆东西。我觉得这都是一种不成熟的状态，实际上带上农村气息，这与市区全然不同。"金宇澄后来回忆道。

随着"文革"浪潮风起云涌，金宇澄前往东北拓荒，开启了长达七年的知青生活，见证了诸多匪夷所思的事情。虽然时过境迁，但那段沉重的知青生涯仍令其不敢回望："我所待的农场原本是劳改农场，所有干部过去都管教劳改犯。我们这些都市里的年轻人也不得不接受他们管理。整整七年留存在记忆里的全是灰色影像。"故此，金宇澄将自己与农场的关系比喻为"同城恋"和"异地恋"。过往的黑白图像常常出其不意闪现于脑海中，却又不忍直视，他宁肯将那段生活埋藏于记忆深处。

然而，也是在东北的穷乡僻壤，金宇澄开始了大量阅读，对文学产生浓厚兴趣，一册普希金的《叶甫盖尼·奥涅金》令其百读不厌。因为当地曾流传这样的故事，有个知青趁黑龙江冰封之时，试图越境逃跑，被抓捕回来时，生命的脉搏早已停止，遗物里那册《叶甫盖尼·奥涅金》却激发了无数知青内心追逐知识的热情。于是，虽然身处书籍匮乏困境，知青们彼此交换仅有的几本小说，秉烛夜读，依靠文字度过漫漫黑夜。

虽然历经七年艰难知青生涯，但宇澄兄相对于同辈而言仍属幸运。二十世纪八十年代中期文学黄金期，他凭自己的才华获得《萌芽》文学奖，进而成为《上海文学》编辑，开始了属于自己的文学之路。

《繁花》诞生之前，人们总是将上海与一些女作家的名字联系起来，比如张爱玲之《红玫瑰与白玫瑰》，因为懂得，所以慈悲；譬如王安忆之《长恨歌》，用一个女人的命运书写一个城市故事。

虽有珠玉在前，但《繁花》却独辟蹊径，深受更早描写上海的清末方言小说《海上花列传》影响，用更贴近中国传统的话本形式，展现出一幅栩栩如生的上海市井风情画卷。《海上花列传》曾对胡适和张爱玲产生巨大影响，胡适曾对《海上花列传》做过详尽考证，他评论张爱玲小说有《海上花列传》那般"平淡而近自然的境界"。张爱玲则在《忆胡适之》一文中披露她父亲当年正是看了胡适的考证才买来《海上花列传》阅读，从此爱不释手。她称"《醒世姻缘》和《海上花》，一个写得浓，一个写得淡，但是同样是最好的写实的作品。我常常替它们不平，总觉得它们应当是世界的名著"，并希望未来能将《海上花列传》和《醒世姻缘》译成英文，而这种影响也绵延至金宇澄。其实，除了《海上花列传》，柳亚子祖父描写太平军进入苏州、吴江一带情况的《柳兆熏日记》，李伯元《南亭笔记》，陈定山《春申旧闻》，甚至陈巨来《安持人物琐忆》等，都成为金宇澄创作《繁花》的养料。"这座超级大城市，曾经完全被敞开拉链，然后它慢慢闭合；曾经一度我们都知道它很多秘密，但是它又慢慢变为神秘的森林。"因此，金宇澄试图用文字小心翼翼地再度拉开那条"拉链"，剖析这座城市活生生的灵魂。因此，宇澄笔下的《繁花》便是在一个又一个看似俗不可耐的故事里，体现各色人等的个性特质。所以，在作者看来，《繁花》纯粹属自然主义写法，没有任何判断，也没有任何批评，一个个人物从笔端自然流出，不加修饰。

《繁花》以当下小说形态，探索与旧文本之间的夹层。而沪语氛围，也是作者有心营造的独特语境。有趣的是，金宇澄告知，他之所以决定以沪语进行写作，还是受到《可凡倾听》当年对建筑大师贝聿铭的专访的影响。节目对上海话的运用，给了他很大启发。宇澄兄在《繁花》"跋"中曾记录下这段渊源："贝聿铭问记者，能否说上海话，贝聿铭说：'说上海话好，因为我普通话说得太不灵，说上海话比较容易点，那就讲上海话吧。'接下来，贝聿铭想必是用'较容易点'的母语（上海书面语），详谈了他的专业——'世界建筑样式之变''米芾山水画之灵感''永恒建筑的意义'。"

因为写了《繁花》，因为写了上海，人们便给金宇澄贴了一个标签，视他为继韩邦庆、张爱玲之后，和王安忆、程乃珊一样写上海的作家。都市文学相较于乡土文学，总是被视作腐朽、没落、冷酷的代名词，但宇澄始终认为都市文化同样有着极深沉的内涵和情感。"我们文学所追求的乡土情感，乡土内涵，实际上随着政治的震荡，乡绅阶级的转移，慢慢迁到了上海，甚至海外。因为乡绅阶级是最能传承中国文化的一个阶级，是耕读世家。包括上海那么多石库门的房子都取了如此中国化的名字，中国文化一定程度上弥散到大大小小的城市里。就小说创作层面而言,城市作家人数还不够多,但这终究是一个城市化的过程……"

《繁花》虽然是一部虚构小说,但作者却用尽各种手段突出其真实性,这与其个人文学意志密不可分。《繁花》之后,金宇澄推出讲述父母经历的非虚构作品《回望》,力求真实,还原历史。因为父亲长期从事隐蔽战线工作,母亲出身于资产阶级家庭,却一心投身革命,父母亲首度成为金宇澄笔下的主角。细读全书,可以发现,作者以父母及本人角度,用两种不同叙述方式,钩沉被历史尘土掩埋的细枝末节,勾吊起几近失落的记忆脉络,再现上一代中共谍报人员离奇的生活状态,全书故事情节跌宕起伏,细节描写引人入胜,令人过目难忘,如日本兵唱俄文版《伏尔加船夫曲》;监狱走廊小笼、春卷、蛋炒饭和大排面等景象叙述,均活灵活现,生动传神,此书堪称《繁花》"前传"。

陈忠实先生曾说,他一辈子都希望写出一本可以垫棺材当枕头的书。早在金宇澄写出《繁花》时,就有人说这本书可以当他的"枕头"了。但是,攀登文学之山哪会轻易停息,对金宇澄来说,写出一本让人喜欢的书固然值得兴奋,但他依然还想再写一本书,一直写下去……

○ 渡边淳一：不要气馁，保持钝感力

新冠肺炎疫情肆虐申城，朋友嘱我与封闭在学校的大学生分享阅读体会。我几乎未加思索，眼前便浮现出渡边淳一先生的《钝感力》。

说起渡边淳一，人们首先想到的便是《失乐园》。当年，他凭借这部小说独步日本文坛，名声大噪，其作品以关注男女情爱世界著称，无论是题材选择，还是创作手法，均为日本文学开辟了新思路，他被誉为日本情爱文学大师。

二〇〇八年渡边淳一来沪宣传新作《紫阳花日记》，我有缘与大师畅聊文学与人生。或许是彼此均有从医经历，我们谈话颇为投机，绝无首次相会的拘谨与生疏。

回忆起从医过程中最难忘的事情，渡边先生提到在乡村医院对一位大出血妇女的抢救。当时那位妇女被送至医院时奄奄一息，血压已无法测出，在手术过程中，渡边淳一发现腹腔内大量出血，目测出血量已达总血量二分之一，而通常来说，出血量达总血量三分之一，生命便岌岌可危。

好在渡边淳一冷静应对，及时缝合患者破裂的子宫，使之转危为安。患者康复数年后，喜得一子，也取名"淳一"，以纪念渡边

淳一救命之恩。

后来，渡边淳一将此事写入《钝感力》一书，并得出结论："正是因为女性的这种强大，人类才能诞生，也正是因为如此出色的钝感，人类才不会轻易灭亡。"

而渡边淳一之所以"弃医从文"也非心血来潮，而是由于他在札幌医院任职时，对一例心脏移植手术提出异议，因为他质疑心脏提供者并未达到脑死亡之标准，过早取出心脏有违伦理。此言一出，引起轩然大波。这或许是导致他改行的直接原因。

不仅如此，一年之后，他又将此事写入小说，一时哗然。外界认为，渡边淳一面对重重压力，自然无法继续行医，只得去东京靠写作谋生。其实，真正诱发渡边淳一文学创作动机的是其初恋。

那时候，被渡边淳一称为"天才少女"的情人在其生日那天，给他投递一封情书，言辞火辣，令渡边淳一坠入情网。经过一段时间的交往，渡边淳一如梦初醒，发现"天才少女"在他之前已经有五位情人，可是渡边淳一仍无法自拔，整天跟随她混迹酒吧、咖啡馆，接触艺术家、文学家，这期间，他忽然感到获得某种灵感。

然而，意想不到的是，一个早春的清晨，"天才少女"冒雪跑到北海道阿寒国立公园"投湖自杀"，走之前的夜晚，"天才少女"在渡边淳一的房间窗台上摆放了一支火红的康乃馨。"我想，她在生命终点来临之前，给我献上火红的康乃馨，想必是从心里喜欢我的。后来才知道，其他五个男孩窗台上也摆放着同样火红的康乃馨，我一直在想，她究竟最爱谁？直到成为专业作家，这才明白，比起我们中的任何人，她最爱的还是她自己这样一个存在。"

即便已是古稀老人，但回忆起炽热而又悲凉的初恋，渡边淳一先生仍显得如此敏感多情，完全沉醉在自我的世界之中。"我把小说看作对我们之间爱的永久记忆，铭刻在心。这是对亡灵的最好慰藉，也是对我们共同度过的几年的慰藉。"渡边淳一小说《魂断阿寒》便讲述了这段刻骨铭心的爱情。

因此，无论是《失乐园》《爱的流放地》《一片雪》，还是《紫阳花日记》《泡沫》，渡边淳一先生都是以文字作黏土，用心血去呵护，塑造一个又一个人物，他们以鲜活美丽的姿态，绽放在他手里。

至于为何总要让笔下主人公以死亡宣告其爱情巅峰，渡边淳一以为："爱之巅峰即为死亡。"在他看来结婚乃寻常生活之开端，相爱的恋人一旦转变为生活的伴侣，那种所谓的"压倒性的爱"便荡然无存了。

正是做医生那段经历，让渡边淳一得以感受生命的脆弱与无奈："因为死亡，才会有爱。若生命无限，不存在归零的死亡，就不会滋生痛苦的爱，理解了生命的有限，死亡的必然，爱才能使之不顾一切。"渡边淳一这种文学审美或许源自传统日本文化对悲剧美的追求，即在凋零中发现美感受美，甚至感受一种自我救赎。

采访结束后数月，我有缘赴东京公干，渡边淳一先生得知后，热情招呼我及随行同事相聚，觥筹交错间，老先生还询问拍摄是否顺利，当听说我们与黑木瞳所在的公司沟通不畅，他立刻与黑木瞳本人联络，前后不过数分钟，一切迎刃而解。随后，渡边先生还以一册中文版《钝感力》相赠。

说实话，我以前只知道迟钝、愚钝那样的词语，且认为它们多带有贬义色彩，对"钝感力"概念毫无所知。按渡边淳一先生理解，所谓"钝感力"是指迟钝的能力。它强调人对困境的一种耐力，是"厚着脸皮"对抗外界的能力，是一种积极向上的人生态度，是现代社会的生存智慧。鉴于每个人的个性差异，有些人天性敏感，对人和事保持高度警觉，稍有风吹草动便会立刻做出反应；

而有些人相对"迟钝",甚至有些"麻木",即便是受到批评、挤压、羞辱,陷入困境,依然风轻云淡;相反,有时在外人看来春风得意,他也漫不经心,一副不以物喜不以己悲的模样。按照过往固有观念审视,"敏感者"往往容易占得生机,获得成功;"迟钝者"则常与"不成器"相提并论。

然而,渡边淳一先生在《钝感力》一书中,以大量生活琐事为例告诉我们如何激发自身的"钝感力":迅速忘却不快之事;认定目标,即使失败也要继续挑战;坦然面对流言蜚语;对嫉妒讽刺常怀感谢之心;面对表扬不得寸进尺,不得意忘形。他还进一步鼓励大家,不论遇上何种糟心之事,都应以"开朗、从容、淡定的态度对付生活……钝感力不仅限于精神层面,在身体方面,要想不因些许感受和伤痛等败下阵来,也必须拥有这种能力"。他在这里所说的意思大概是指人自身的免疫力。

面对疫情大背景,重读《钝感力》一书,尤为感慨。因为渡边淳一提醒我们,每临大事、难事,千万不要自怨自艾,不要愤懑烦恼,而是要让自己安静下来,调整心态,适应新的形势与环境。"凡有宏图大志,希望能在广阔天地中成就一番事业的人,都应该首先确认一下自己的钝感力,认为有的话,就要倍加珍惜;觉得缺乏的话,就要加紧培养,拥有更加坚强的钝感力,这样,才能融入各种环境之中。"渡边淳一先生说。

黄永玉先生曾说,世上大概有两种人,当在人生旅途中被一个坑绊倒时,一种人立刻起身,掸掸身上的灰,继续前行;另一种人则始终蹲在地上,仔细端详那个将其绊倒的坑,思前想后,原地踏步。前者就拥有"钝感力",不在乎是否跌倒,勇猛精进,终能抵达目的地;而后者则缺乏"钝感力",过于敏感,终至止步不前,错失良机。

黄永玉先生与渡边淳一先生虽然表达方式不尽相同，但思想内核却殊途同归，那就是永远不要气馁，那股貌似"迟钝"的顽强意志可以让我们在任何复杂环境中处于不败之地。

○阿兰·德龙：不同凡响的英雄

听闻法国影星阿兰·德龙决定移居瑞士，以"安乐死"方式，有尊严地告别人世，我不觉黯然。

出生于二十世纪六十年代的人，他们的心目中往往有两位银幕英雄：一位是日本电影《追捕》中"杜丘"的扮演者高仓健，一位便是法国电影《佐罗》中"佐罗"的扮演者阿兰·德龙。阿兰·德龙堪称法兰西首屈一指的美男子，虽然他从未接受过电影表演专业训练，但是他凭借天资聪慧，终究在影坛闯出一片属于自己的天地。

他有深邃无比的双眼，更有无与伦比的优雅气质与绅士风度。那些温柔情人抑或风流英雄角色非他莫属，无论是除暴惩恶的侠客，还是冷酷无情的杀手，阿兰·德龙演来均游刃有余，令人信服。而他在中国影迷心中无法撼动的经典角色，恐怕当属那位一袭黑衣、剑法高超的"佐罗"了。

二〇一〇年世博会闭幕前夕，我们得知"佐罗"将以法国国家馆形象大使身份来沪推广法兰西艺术，便通过世博局与法方代表进行沟通，提出采访阿兰·德龙申请。几经周折，阿兰·德龙同意采访请求。

世博会开幕当天上午，我们如约来到世博园区法国馆。法国国家馆以"感性城市"为主题，富有现代感的垂直园林环绕着场馆露天空间，凸显法式园林之美，其间，光影变化之繁复，色彩点缀之考究，营造出一个清新凉爽的环境。

走进场馆，只见阿兰·德龙先生早已等候在那里。虽然我们是头一回相见，却仿佛是熟稔已久的老友。那日，他身着深灰色西装，未系领带，雪白的衬衣领口敞开，胸前还挂着一张"VIP"的通行证，一头黑白相间的浓发未加刻意修饰，蓬蓬松松，随风飘散，一副优哉游哉的模样。

虽然颈脖处皮肤略有松弛，脸上也皱纹密布，他却仍然英气逼人，且透出坚毅、倔强的神情。他张开双臂和我拥抱，说："欢迎来到建筑大师雅克·费里耶设计的法国国家馆，如此法式花园般的建筑是我最喜欢的格调，因为我本质上就是个乡下人，平日里工作在巴黎，但居住地却是在乡村，乡村可以带来宁静，那是我的避风港。"

待一切准备完毕，我们相对而坐，面对偶像，我内心涌起一阵涟漪。看出我略显紧张，阿兰·德龙赶紧摆了摆手，说："我今天不是明星，只是法国馆的'导游'，千万不必在意。再说，现在的粉丝大多是妈妈级的。经常遇到一些年轻姑娘，女孩们告诉我，她们的妈妈都喜欢我……"一席话顿时让我内心放松不少。

作为采访者，《佐罗》和《黑郁金香》是我最想谈论的话题，尤其是他塑造角色的心得更令人感兴趣，但阿兰·德龙先生巧妙避开这一问题："关于电影角色的选择，自然是我演艺生涯的重要话题，可是，眼下世博会或许更让我兴奋，至于电影往事，我们不妨择时再议。"

说起二〇一〇年上海世博会法国国家馆形象大使一职，"佐罗"

先生坦言，头衔虽然只是荣誉性质，但作为法国人，他为能推广法兰西艺术而感到骄傲。法国国家馆在世博会期间向奥塞博物馆租借米勒、莫奈、马奈、塞尚、高更和梵高等人的精品，阿兰·德龙先生逐一加以介绍，并表示对米勒的《晚钟》情有独钟。《晚钟》描绘法国北部一个寂冷的黄昏，一对年轻农夫暂时放下手中劳作，祈祷上苍的赐福。阿兰·德龙以为，画面所传达的意象与中国农民吃苦耐劳的精神有异曲同工之妙。

除法国名画展出之外，阿兰·德龙执导的一部音乐剧电影《温柔的法兰西》也在世博会期间播出。谈起这部音乐剧电影，阿兰·德龙兴致愈发浓烈，说着说着，不禁低吟浅唱起来："温柔的法兰西，我亲爱的童年的国度……"表情也仿佛瞬间沉浸于角色之中。见他情绪如此高涨，于是，我乘机再度将话题切入电影，问他是否有意来中国拍摄电影。他沉吟片刻说，他之前曾与吴宇森深入交流过有关电影的话题，发现彼此理念相近、惺惺相惜，他期待有朝一日能与吴宇森合作，只是一切都要看缘分，因为留给自己的时间已经不多了。

作为岣岣长者，"佐罗"先生也毫不避讳谈论"死亡"。阿兰·德龙自幼父母离异，由母亲一手带大，支离破碎的童年时光铸就了他桀骜不驯、离群索居的个性，虽年轻时代享尽富贵荣华，但当年华老去，只能与爱犬相伴，享受寂寞与孤独。因此，他在庄园建有一座爱犬墓地，每只爱犬均有专属墓碑。与此同时，经当局同意，他还在庄园附近建造起一座小教堂，准备待自己百年之后长眠于此，继续感受爱犬们所带来的温暖与快乐……

待采访结束，阿兰·德龙送我走出场馆，恰逢巩俐走进来，他将我俩拥在一起，感慨道："上海已呈现出一派宏伟景象，纽约和巴黎该醒醒了。只是遗憾自己出生得太早了。如果上帝允许我再多活几年,我想亲眼看到中国变得更加强盛的那一天,并希望这一天早点到来。"

法国作家罗曼·罗兰说过:"我可以不弄得清什么叫作英雄,可是照我想,英雄就是做他能做的事,而平常人就做不到这一点。"阿兰·德龙就是这样的英雄,他追求不同凡响的人生轨迹,一切都按照自己的方式来打造。他就是自己人生这出戏的导演,其勇气与睿智着实令人钦佩!

○ 阿米尔·汗：用影像唤醒人类良知

茫茫人海中，人与人相知相遇纯属缘分。有些人，与之相识十数年，仍平淡如水；而有些人，虽然仅一面之缘，却印象深刻，甚至铭记终生。印度国宝级演员阿米尔·汗或许就属于后者。我们相处仅仅一个多小时，却仿佛神交已久，难分难解。

和阿米尔·汗相识是因为其新作《印度暴徒》宣传。阿米尔·汗以往作品大多以反映现实底层生活风格为主，但《印度暴徒》却讲述一个江湖骗子的坎坷人生。一头卷发，戴着鼻环，再配上两撇上翘的小胡子，时而俏皮搞笑，时而阴险狡诈，亦正亦邪，令人难以捉摸。

虽然我仅仅看过阿米尔·汗的《三傻大闹宝莱坞》和《摔跤吧！爸爸》，对他总体表演风格还算不得熟悉，但直觉告诉自己，此角具有强烈颠覆性。正欲问角色塑造灵感来自何方，阿米尔·汗似乎洞穿采访者心思，压低声音，故作神秘道："此角可视作印度版'韦小宝'。"

听罢不禁倍感惊讶，原来，阿米尔·汗准备角色之际，碰巧读到英文版《鹿鼎记》，金庸先生笔下那个爱慕虚荣、自轻自贱、鉴貌辨色、说谎使诈，并依赖"精神胜利法"获得麻木自慰之韦小宝，恰恰折射出人性之荒诞。阿米尔从中寻觅到角色灵魂，故而演来神形兼备，耐人寻味。

阿米尔·汗因陶醉于金庸武侠小说，继而迷恋中国武术，故在表演时，有意识地将擒拿格斗与武术、剑术融于一体，且摒弃替身，亲自上阵，即使危险，亦在所不辞。因为在阿米尔·汗看来，此等所谓"危险"与一九九七年拍摄《古拉姆》相比，完全是"小巫见大巫"。

在那部戏里，按剧本要求，阿米尔·汗需要直面快速行驶的火车，直至最后一秒，才跳下铁轨，并插上旗子，记录位置。由于彼时电影特技尚不成熟，影片只得真实拍摄。然而实拍时，为追求逼真效果，阿米尔·汗竟然比预定时间又晚跳一会儿。后来导演在剪辑台上回看胶片时发现，火车距离阿米尔·汗只有十二米，若再晚一秒钟，便会酿成大祸。

阿米尔·汗被誉为"电影天王"，不仅因为其所饰角色性格多样，还因为他对于任何年龄段人物，均拿捏自如。他可以在《三傻大闹宝莱坞》中以四十五岁"高龄"演二十岁大学生；在《摔跤吧！爸爸》中，虽已过天命之年，却能自如游走于十九岁、二十九岁，以及五十五岁三个不同年龄段，毫无违和之感。似乎年龄对他而言，从来不是诠释角色之障碍。而他目测年龄也比真实年龄年轻许多。对此，阿米尔·汗似乎也颇为自得，称这是遗传自母亲基因，因为母亲驻颜有术，堪称奇迹。

不过，阿米尔·汗年轻时却为一张baby face（娃娃脸）而苦恼不已，明明已过廿岁，看上去却仍像花季少年。但有一位资深演员劝慰他："现在你觉得心烦，想要显得成熟些，待到年纪大了，你就会感谢上苍，原来自己可以显得如此年轻。"故阿米尔·汗感谢上苍眷顾，得以靠灵敏头脑和健硕体格，完成角色创造。

说起母亲，阿米尔·汗眼神中闪现出一份尊崇。在他看来，虽然母亲当年竭力反对儿子从事电影行业，期待儿子成为律师、工程师或管理者，但得知阿米尔·汗执着于电影艺术，也就不再阻拦。"要知道，我母亲内心强大、个性十足，从不轻易放弃自己的主张，而且对孩子极为严厉，但她天生善良、敏感，即使生气，也只是用轻柔的乌尔都语表达不满。"

　　母亲对阿米尔·汗影响最大的莫过于教会儿子如何换位思考。阿米尔·汗小时候常常赢得网球比赛冠军。每当阿米尔取得胜利，母亲都喜不自禁。有一回，阿米尔·汗又捧回一座奖杯，母亲微笑着给了他一个大大的拥抱。正当母子相对而坐，捧杯饮茶时，母亲突然说："你知道吗？今天失利的男孩一定也会告知他母亲比赛结果，那个母亲肯定难过……"彼时阿米尔·汗虽年仅十二岁，但母亲那番话对他产生极大心理冲击。他心想，母亲理应为自己儿子获胜而高兴，但她却为对方母亲着想。自此，阿米尔·汗凡事均会站在第三者角度思考，处处为他人着想。

　　故此，阿米尔·汗演戏，从不采取迎合姿态。相反，总是将目光聚焦于社会底层人民。《三傻大闹宝莱坞》诘问应试教育；《地球上的星星》关注阅读障碍症患者；《摔跤吧！爸爸》更是直陈整个社会对女性的歧视和压制，试图扭转男尊女卑的畸形社会形态。"慢慢来，别着急。保持耐心，生活终有一天会给出它曾向你提出过的所有问题的答案"和"这个世界充满假象，唯有痛苦从不说谎；爸爸不能时刻保护着你，爸爸只负责教你战斗，最后你要战胜自己的恐惧，自我拯救"等经典台词，随着电影热映不胫而走，成为启迪人心的箴言。

　　与此同时，他还借由电视谈话节目《真相访谈》，把家庭问题、堕胎、种姓、虐待儿童等社会问题搬上荧屏，展开讨论。他怀着一颗悲悯之心审视劳苦大众。"即使生活在阴沟里，也有仰望星空的权利。"他说。总之，阿米尔·汗冀用影像唤醒人类良知，扭转现实生活里种种谬误，点亮真理火炬，照亮前行之路。正如他自己所说："我无心激化矛盾，只为能改变这个时代。无论是谁的心中，只要有星星之火，必将成燎原之势。"

○ 于佩尔与巩俐：改变人与人之间关系的魔力

犹记三年前法国演员伊莎贝尔·于佩尔来沪朗读玛格丽特·杜拉斯名著《情人》。正式演出前，我有幸与之就有关表演的问题进行交流。

于佩尔堪称欧美文艺电影宠儿。以于佩尔之灵气与聪慧，若投身于商业电影，或许早就成为全球巨星，但"佩姨"天生任性，生活中简单如水，却偏偏要在银幕上挑战各类高难度角色，以至于被冠以"文艺片女王"标签。

这其实在一定程度上影响其在非电影爱好者中，甚至是在好莱坞的知名度。但"佩姨"完全将名缰利锁抛诸脑后，而只在乎如何完成一次角色灵魂探索之旅。

就拿其代表作《钢琴教师》来说，尽管以世俗观点来看，人物关系异常扭曲，甚至有人将其认定为"变态"。但"佩姨"却认定这仍是一个爱情故事，并且从服饰、化妆、发型、鞋子，以及走路步态，去寻找自己与角色的某种关联，即实现"我""我的现实"与虚构故事间的完美邂逅。

与其他演员通常运用的"代入"法不同，"佩姨"总是着力于构建角色与自我的框架关系。"所有角色对我而言均为陌生人，但我必须与之形成某种情感对应关系,直至连自己也难以分清彼此。"她说。

譬如《钢琴教师》有一经典场景:当华特弹奏舒伯特时,镜头长时间聚焦于钢琴教师爱莉卡脸上。钢琴教师几乎马上就要爱上华特,但她突然发现华特演奏音乐的方式与其表达爱慕的方式相类似,瞬间意识到勾引与爱的巨大差别。于是,她感到愤怒,因为稍有不慎,便会堕入深渊,情感天平在疑惑与感动间反复摇摆,此时,"佩姨"表情细腻入微,精妙绝伦。

"音乐有梦幻般的魅力。拍摄时,耳边仿佛可以听到音乐,这是她跌入爱河的关键时刻,因为她像爱上音乐那样爱上华特,但同时又心生恐惧和紧张,脸上要同时表现两种相反的感觉。"时隔多年,当回忆起那一场景时,"佩姨"仍沉浸于角色中,难以自拔。

世人皆以为于佩尔之成功来源于她灵感四射的表演天赋,但她却自认,其实得益于自己平日里的细心观察。无论是徜徉于大街之上,抑或端坐于咖啡馆里,"佩姨"习惯于审视周围人的外貌、穿着、语音、语调,以及五花八门的肢体语言,尽力揣摩人物背景、情绪变化,彼此关系。"现实中有人表现得比想象来得激烈,有时却异乎寻常地波澜不惊。"她说。

或许正因为如此,于佩尔才能够诠释诸多"非正常人",将贪婪、狡诈、疯狂、阴鸷集于一身。可一旦回归现实,她立刻变得真切简单,散发迷人气质。这也是她持续保持永恒魅力之秘诀。

于佩尔擅长搭建角色与自我的通路,梅丽尔·斯特里普则干脆生活在角色之中,呼吸人物空气,从镜中将自我与角色重叠,并为此付出艰巨案头劳作。譬如拍摄《克莱默夫妇》时,她住曼哈顿上东区体察民情,关注年轻母亲间的对话;筹备《苏菲的抉择》时,苦学波兰语与法语,并以顽强毅力瘦身六公斤;而为更符合《廊桥遗梦》村妇一角，不仅从昔日邻居，一位意大利移民女子身上汲取灵感，还不惜"损害"外貌，刻意增重十公斤；更不可思议的是，一个美国人居然惟妙惟肖地扮演起英国前首相撒切尔夫人。因为对她来说，她和撒切尔夫人不仅有容颜的差异，生活经历亦相去甚远，故她闭关数月，隐居于撒切尔的故乡林肯郡，离群索居，从海量图像与资料中体悟撒切尔夫人的神韵，连工作人员也只得将食物放至门口，以免干扰其工作。故此，银幕上的撒切尔夫人，不管是盛年时的意气风发，还是垂垂老矣时的蹒跚无助，均神形兼备。

记得采访"梅姨"时，她曾说过，其实表演时，很少意识到自己的存在，也从不加以理性思考，只是竭力感受人物内心世界。"我把所有梦想、疯狂和激情都放在表演之中。"因此，为达到良好的表演状态，她可以在冰袋里静卧半小时，以展示冻僵效果，吓得剧组成员真的误认为她昏死过去；也可以不顾安危，在激流中拍摄划船镜头，以至于跌落湍急水流中，生死悬于一线；而拍摄《法国中尉的女人》时，故事里套着另一个故事，她又一人分饰"戏中戏"里性格命运截然不同的两个角色：一个是感情逃避者，一个是爱情捍卫者，这给她带来了极大的挑战。"那两个角色几乎将我逼疯，但电影表演的确是一种幻觉，可将观众带入一个理想化状态。故此，即使如痴如癫，亦在所不惜，因为表演教会我如何生活。我又从两者间汲取精华，催促自己努力成为一个好演员。""梅姨"如是说。

同样，巩俐对角色亦充满敬畏之心。观《夺冠》时，我常常会陷入恍惚，分不清眼前所见，究竟是巩俐还是郎平？照理说，她俩从外形上并不相像。然而，不管是外在形象塑造，如短发、眼镜，还是细部动作，如肩膀略微端起、走路背驼、竖大拇指，甚至眼神、说话口吻乃至声音，两者均高度重合，连郎平女儿都觉得，巩俐酷似自己母亲。这固然与演员天赋异禀有关,但关键更在于她舍得把自身投入角色之中做到物我两忘。

在《金陵十三钗》片场,我曾听张艺谋与刘恒谈论《秋菊打官司》。刘恒说,当他得知张艺谋启用巩俐饰演"秋菊"一角,表示难以下笔,因为他实在无法在时尚女神与土得掉渣的农妇之间画等号。但巩俐并未争辩,而是换上土布衣裳,扮作孕妇,与扮演她丈夫的刘佩琦一道下乡,与农民同吃同住,顶着烈日,穿梭于村寨与集市,还向当地人学习陕西方言。数月之后,连当地人也难以分辨,误认为他俩真是两口子,巩俐头发散乱,皮肤粗糙,村民还嘱咐刘佩琦须悉心照拂媳妇。

而且巩俐谨记导演要求,行为举止突出一个"慢"字,将孕妇行动不便的特点生动展现出来。由于张艺谋采用纪录方式拍摄,在演员体验生活时,他已将摄影机隐藏于人群之中,进行偷拍,故看起来极为逼真可信,以至于秋菊"讨个说法"的口头禅风靡全国。

其实,体验生活对巩俐并非新鲜事。拍《红高粱》时,下乡月余,练习扁担挑水,双肩磨破仍不吱一声;而拍摄《艺伎回忆录》时,竟前后花费五个月练习扔扇子,每天扔两千余次。这次拍摄《夺冠》,又跟随女排与郎平征战四方,苦练排球技艺,从主攻、副攻,到二传手、自由人,各个位置均反复体验,力求将排球与自身融合于一体。因为巩俐始终笃信罗伯特·德尼罗的表演信条,即"要想演好角色,就要努力成为那个人"。

故而,巩俐有时会因为演戏而将生死置之度外。她接受《可凡倾听》采访时,曾经说过拍摄《周渔的火车》的往事。其中有场戏,巩俐饰演的周渔站在火车轨道上玩耍,看到火车徐徐驶来,快要逼近时才跳下来。正式拍摄前,导演反复测试火车速度,精确估算出巩俐跳离铁轨时间,以求万无一失。然而,实拍时,巩俐希望火车离得更近些才跳出去,以求更为逼真惊险,全然不顾导演口令,直到火车驶至安全距离边缘时,这才离开,吓得导演与工作人员惊慌失措、目瞪口呆。男主角梁家辉连呼疯狂。所以,《霸王别姬》纵身一跳与《迈阿密风云》水上摩托艇格斗命悬一线,与《周渔的火车》相比,都相形见绌。

《走出非洲》导演西德尼·波拉克曾如此评论梅丽尔·斯特里普:"谁要是演她的情人,真的会爱上她;谁要是演她的情敌,就会恨她。她具有改变人与人之间关系的魔力。"其实,巩俐、于佩尔又何尝不是如此?

○ 苏菲·穆特："通过黑暗，走向光明"

偶然看到一段视频：小提琴家苏菲·穆特利用云技术，与伦敦爱乐乐团另外三位乐手共同演奏贝多芬弦乐四重奏，穆特身着缁衣，口戴蓝色口罩，在家中深情演奏，舒缓的乐曲声中透着坚毅和温暖，给人以力量、温暖与慰藉。

演奏结束，已被检测出新型冠状病毒阳性的她，呼吁民众要保持社交距离，养成勤洗手和佩戴口罩的习惯，并且用贝多芬的一句格言鼓励爱乐者："通过黑暗，走向光明。"

犹记二〇〇八年采访苏菲·穆特时，正值汶川大地震。穆特闻知噩耗，毅然决定将上海音乐会部分收入捐赠给国际红十字会，以此购买帐篷和药品，火速运往灾区。同时，临时调整音乐会曲目，以巴赫《E小调小提琴协奏曲》和维瓦尔第《四季》作为主打曲目。

最后，又加演一首巴赫的《G弦上的咏叹调》，为受难人民祈祷。"为在地震中失去孩子的父母，以及失去父母的孩子送去抚慰。我可以想象生命中至亲之人离去是多么痛苦和煎熬。我的心与这些身处苦难中的人们同在。此时此刻，语言不足以表达情感，唯有音乐方能滋润干涸的心田。"

言谈间,穆特脸上挂着些许疲惫与惆怅。在她看来,音乐虽非万能灵药,但的确可以滋养身心,就像歌德对《G弦上的咏叹调》的评价:"《G弦上的咏叹调》,就如同永恒的和谐自身的对话,就如同上帝创造世界之前,思想在心中的流动,就好像没有了耳,更没有了眼,没有了其他器官,而且我不需要用它们,因为我的内心有一股律动,源源而出。"

其实,穆特自己也经历过失去至亲的痛苦。一九九五年,仅仅结婚五年之后,丈夫温德里希便因癌症离她而去,留下一双未成年的儿女。穆特跌入深渊,但她并未被击垮,而是靠音乐走出泥淖。在纪念亡夫的音乐会上,穆特坦言:"你生命中的每一个悲剧,或者每一次精彩,都会改变你。我因此变成一个更敏感,更有感情,更细腻,对生命感恩的人。"

所以,那天晚上演奏《G弦上的咏叹调》时,穆特执弓在琴弦上咏叹,那低回深沉的旋律里流泻出一种哀而不伤的隐忍和宗教般的恬静,仿佛诗人在吟唱,思想家在冥想,意境开阔、深沉,犹如罗马万神殿上照下的那一束光,激励人们从苦难中站立起来!

穆特与帕尔曼是古典小提琴领域的双子星座。作为男性演奏家,帕尔曼的演奏细腻委婉、悠远苍茫,有股子阴柔之美;而穆特美貌与才华兼具,演奏风格热情饱满,泼辣豪迈,有阳刚之美,甚至,还略显几分"傲慢"。但穆特表示这或许是某种"误解"所致,其实她生活中是个十足有趣之人,只是走上舞台时便心无旁骛地投注于音乐之中,借此传达心声与灵魂。"这或许让人觉得有些严肃,但是,如果你闭上眼睛,更可感受到灵魂的倾诉。"穆特说。

作为演奏家,穆特每次上台,总是着力在理智与激情之间寻找最佳平衡。她认为"音乐会并非斗争,相反,是一种情感上的平衡。这种情感关乎究竟是机械重现作品,还是赋予作品以新的生命，因为音乐从来不是只有单一的表达路径。当然，演奏家必须用大脑的理性支撑作品结构，然后通过演奏来重建结构，这就好比建造一所房子，仅有装饰远远不够，而是需要有一个基本框架。这大概可以看成心与脑的搏击与和谐"。

至于何为演奏最高境界，穆特的解读是，只有沉醉于音乐的流动中，达到天、地、人的高度和谐统一，才是所谓演奏的最高境界。不过要臻于如此完美的境界，除了专注与无比谦逊的态度，唯有勤勉一条路径，且必须二十四小时均处于状态之中，不可有丝毫松懈。

穆特对音乐的见解固然受其天赋影响，但也与恩师卡拉扬长期调教不无关系。对她而言，卡拉扬既是严师，又是慈父，有刻板认真的一面，也有轻松随和的一面。"与卡拉扬在一起演出，使我的音乐悟性大为提升。大师手下所发出的乐声是其他地方无法找到的。虽然他从未实际指导我演奏技巧，却让我体会出音乐的呼吸气息。"穆特感叹道。

除音乐外，穆特发现卡拉扬对科学技术痴迷不已。当二十世纪八十年代唱片格式从 LP 改到 CD 时，这位音乐大师积极倡导。故而穆特戏言："如果在今天，他一定喜欢网上购物，下载高品质古典音乐，就像我们今天用 iTunes 一样。"卡拉扬是个梦幻主义者，毕生都在追逐梦想，对科技的崇尚与对音乐的膜拜，有着相同的高标准。这就好比贝多芬，他早期创作的钢琴奏鸣曲，其实是为未来的一种乐器而写作的。

追求完美是音乐家的本性。"卡拉扬常说他总是在指挥两个乐团，一个是现实中的，一个是想象里的。这给我上了一课，那就是我们虽然生活在现实中，但头脑里却应该有个更高的目标，渴望终有一天，梦想成真，达成所愿。那是我们总想抵达的彼岸，一种无法言说的境界。"

不能否认，无论舞台上还是生活中，穆特周身均散发着迷人气质。她是音乐世界的骄傲，也是时尚领域的宠儿。她既可以奏出莫扎特、维瓦尔第明媚悦耳的旋律，也可以展现小提琴与女性之间微妙的美感关联，其座右铭为："在一粒沙中看世界，在一朵花里观天空，将无止境握在手中，而永恒就在一瞬间。"

走笔至此，耳边响起维瓦尔第《四季·冬》的音乐，忽然想到珍藏的一张穆特与卡拉扬以及维也纳爱乐共同录制的维瓦尔第《四季》唱片。封面上，身着黑色抹胸礼服的穆特坐在森林之中，前面搁着心爱的小提琴，左肩披着一条猩红色围巾，沐浴着冬日的阳光；而唱片背面，卡拉扬则站立于林间，肩头围着同一条围巾。据说拍摄照片时，正值冬日，寒气袭人，穆特冻得瑟瑟发抖，卡拉扬见状立刻将自己的围巾取下来将穆特包裹起来。摄影师灵机一动成就了这两张意味深长的照片。

虽然大师与穆特早已身处不同世界，可是，若知爱徒略染小恙，大师定会用他那"上帝之手"送去抚慰与勇气。没有一个春天不会来临，没有一个冬天不能逾越。

第二辑

成为
伴在你身旁
的一颗星

○丁聪：摇摇摆摆而来，摇摇摆摆而去

历史总是由一个又一个具体事件和人物连缀而成。书写历史，既可以像《史记》《资治通鉴》那样正襟危坐，也可以像《世说新语》那样娓娓道来。故此，学者的高头讲章偶尔也会翻上一翻，但就兴趣而言，我却更爱阅读掌故类文章，尤其钟情于陈定山、唐大郎、郑逸梅、陈巨来诸公文字。

偶然读到漫画家丁悚的《四十年艺坛回忆录》，顿觉耳目一新。身兼画家与报人双重身份，丁悚先生作为二十世纪初上海文化界扛鼎人物，经历过那个时代许多重大文化事件，与文艺界名流来往密切，特别是他家的"艺术沙龙"更是聚集一时俊彦，闻名遐迩。

唐瑜先生回忆："……（他家）客厅摆着一张大圆桌，走上楼，灯火通明，满屋子的人，这就是老丁的卧室、会客厅、画室……之方给我介绍了老丁和屋里的人，张光宇、张正宇、鲁少飞、陈灵犀、严华、周璇……唐大郎、胡考、毛子佩是在报馆认识的，还有许多歌舞团的小姑娘白虹、黎明健、虞丽华等等，后来又来了王人美、黎莉莉、刘琼、严斐、吴永刚等一批人……"

由于和这些艺文界人士相知相交，彼此熟稔，丁悚先生落笔时，往往以画家敏锐的洞察力、深刻的感悟力，用素描笔法进行描

摹、细腻、生动、传神、耐人寻味。丁悚的名字于今人而言，略显生疏，但是，其哲嗣，漫画家丁聪却大名鼎鼎。父子两代人均为中国现代漫画开拓者，实属难得。

余生也晚，无缘与"老丁"相遇，不过，却也有幸成为"小丁"的忘年交。平时我们这帮"小朋友"很少称呼他"丁先生"，总是亲切地叫他"'小丁'爷叔"。每每聊天时涉及他家的"艺术沙龙"，"小丁"便会异常兴奋。

在他记忆里，比他年长几岁的聂耳与他最为投机，两人无话不谈。聂耳戏言，"聂"和"丁"这两个姓，一个最麻烦，一个最简单。那时候，聂耳常常住在丁家，和丁聪挤在三层阁楼，每晚临睡前，便和丁聪讲各式各样的市井故事，但丁聪最爱听的则是悬念迭起的恐怖故事。有时喝醉了，为不影响"老丁"和师母，聂耳干脆从天井攀墙而上，爬进阁楼。

然而，"小丁"见到同住一条弄堂的漫画家张光宇和叶浅予，却是毕恭毕敬，执弟子礼。世人皆以为"小丁"画画由"老丁"开蒙，其实"老丁"一直反对儿子习画，倒是张光宇无意间成为"小丁"绘画的启蒙老师，而张光宇追寻的装饰风格，日后也深刻影响丁聪的漫画创作。

茅盾先生形容二十世纪四十年代的"小丁"，像一个"短小精悍、天真快乐的运动员"。但是，待我们结识"小丁"时，他早已是一个古稀老人了，胖墩墩的身材，圆圆的脸上戴着一副黑框眼镜，满脸充满孩童般的稚气与纯真，说话语速缓慢，态度温和，总之，一团和气。正如黄永玉先生所言："……懒洋洋，慢吞吞，摇摇摆摆而来，摇摇摆摆而去。嗓门奇大而行腔横阔，说悄悄话亦与喊口号无异。小孩及年轻女孩多愿与其游玩，因其好脾气好相貌之故也。"也正是好脾气的缘故，"小丁"爷叔才成为《可凡倾听》首位采访嘉宾。

二〇〇四年元旦刚过,台领导拍板决定,开设以我名字命名的文化访谈栏目《可凡倾听》。当时内心颇为紧张,一来缺乏采访经验,二来离播出时间不足一月,万般无奈之际,拨通"小丁"爷叔电话。彼时,老人家已年至耄耋,且刚接受胰腺切除手术,身体虚弱,但好脾气的他经不住"死缠烂打",最终还是同意采访请求。

待赶到北京,走进他的"山海居",发现他虽然精神不错,但已明显消瘦。老人家似笑非笑地望着我,以一贯的"冷幽默"对话说:"侬晓得额,过去除了蔬菜勿吃以外,我其实从来不挑食的,就喜欢吃点肉,而且啥种烧法都能接受,红烧、白烧、油炸、冷拌,统统呒没关系,咸点淡点也不计较,生了胰腺炎,奈么完结,肉不太能吃,人倒是瘦了,但我迭只表松忒了(注:上海方言表示身体机能老化)。"

话虽如此,可一旦说起漫画,"小丁"爷叔仍精神倍增。为了方便切入谈话主题,我指着他身后挂着的徐悲鸿《奔马图》,问他何以与徐悲鸿大师结缘。"小丁"说,二十世纪四十年代,他和吴祖光在成都生活两年,常乔装探访当地下等妓女麇集之处,画出彩墨漫画《花街》,还应陈白尘之邀,绘制二十四幅鲁迅《阿Q正传》木刻插画,旅行西康时,更画过一批彝族素描。

从艺术上讲,那段时期固然是丁聪的创作高峰期,但对底层民众的悲苦生活却束手无策。失望之余,他和吴祖光便去都江堰和青城山一游,呼吸新鲜空气。恰巧在山上与徐悲鸿相遇,彼此一见如故。

悲鸿大师对"小丁"早有耳闻,极力夸耀"小丁"的素描功底,并向他索要若干作品,其中就包括《花街》,而悲鸿大师则向"小丁"回赠《奔马图》一幅。针对不少人夸赞如今悲鸿之画价值连城,"小丁"幽幽地用上海话说:"价钿再大,搭我也不搭界,嘎许多年过去,我还是心痛那幅《花街》,蛮好不要送拨伊额!"一席话逗得大家乐不可支。

随后,我又指着黄永玉的彩墨《鹦鹉》,问"小丁"爷叔:"黄永玉在画上题'鸟是好鸟,就是话多'。上款是'沈峻大姐存'。这是指'家长'沈峻老师吗?"听闻此言,"小丁"爷叔转头望了望站在窗口的"家长",连忙摆手:"不是的,画的意思是说,人是个好人,就是喜欢说话,喜欢出风头。沈峻一看就喜欢得不得了。于是,永玉就画了一张送给我们。"

平心而论,大病初愈的"小丁"仍能思路清晰地回答已属不易,只是他语速较慢,而且针对一个问题,又习惯要从头说起,这样就免不了有些冗长。性急的"家长"沈峻老师见状,就急着打断他:"丁聪简单点,不要啰啰嗦嗦!"于是,"小丁"爷叔不得不停下来,满脸无辜地对着我:"本来讲得蛮好额,奈么好,只有从头来过,半当中讲,我讲勿来了。"

由于我缺乏采访经验,事先准备的问题既多且杂,弄得"小丁"爷叔疲于奔命,气喘吁吁。待采访结束,这才发现,采访竟持续了五个小时,难怪"小丁"爷叔半真半假地说:"侬弄松(捉弄)我老头子啊!"原本想着他老人家会生气,但他竟笑嘻嘻地跟我说:"既然弄得晚了,索性就留下来吃饭吧!"彼时彼刻,一种羞愧感袭上心头,哪还敢再叨扰他们老两口,连忙拒绝。

但"小丁"爷叔身体前倾,压低声音,耳语一番:"我的'家长'有规定,如果留客人吃饭,可允许我咪一口老酒,吃几块瘦肉,侬就算帮帮我忙!"听罢此言,顿时眼眶湿润,心想,老人家已忍受我数小时"狂轰滥炸",不仅毫无怨言,还要继续与我对酌畅谈,其宽阔的胸怀很难用语言来表述。

后来与黄永玉先生聊起此事,永玉先生到底看得透:"人间常美言于'忍',丁聪对人、对事、对命运,好像没考虑过'忍'这个东西,他在'忍'之上,他连人间最宝贵的这个'忍'字都宽容了。如果真有一部大卡车从他身上碾过来,他都会说:'扁就扁吧!'博大坦白,近乎道矣!有人曾说,怕就怕'认真'二字。'认真'有何可怕?车子碾过来,你再如何认真也没用!所以丁聪从东北劳改回来,头发居然青悠悠。"

两年之后,我去北京参加文代会,与郑辛遥、王汝刚结伴再往"山海居"探望"小丁"爷叔与"家长"。仅仅过去两年,"小丁"身体状况日渐衰退,两次跌跤,均造成严重骨折,而且还出现大脑萎缩现象,难以执笔作画,甚至连思维也不太连贯,但看到我们这些他口中的"小朋友",老人家还是兴奋不已,只是无法一一叫出名字。

王汝刚有心,随身携带"小丁"爷叔最爱吃的大闸蟹,沈峻老师故意逗他,举起一串大闸蟹,问道:"丁聪,这是什么?""小丁"爷叔呵呵一笑,一字一句说道:"大——闸——蟹。""家长"沈峻也情不自禁笑出声来:"哦哟,侬人的名字叫不出来,大闸蟹倒晓得的嘛。"于是,"小丁"爷叔就像小孩子犯了错误一样,露出羞涩的神情:"上海人有句老话嘛,大闸蟹乘飞机——悬空八只脚。"谈话间,"小丁"表达尽管不如过去流畅,时不时会有很长停顿,但思维仍未停滞,对几米《地下铁》《向左走向右走》那样的绘本漫画,表达出由衷的欣喜:"他的画有灵气,有天真味道,不装腔作势,看着也很美。"

原本默默祈祷"小丁"爷叔可以早日康复,回上海老家过年。不想,老人家沉疴难愈,且每况愈下,于二〇〇九年驾鹤远行。送别时,"家长"在"小丁"怀里放了一封信,"家长"在信里说:

"我推了你一辈子，就像高莽画的那样，也算是尽到我的职责了。现在我已不能往前推你了，只能靠你自己了……你不会寂寞的，那边已有好多朋友在等着你呢；我也不会寂寞，因为这里也有很多你的好朋友和热爱你的读者在陪伴着我。再说，我们也会很快见面的。请一定等着我。"落款是"永远永远惦记你的凶老伴沈峻"。

"小丁"爷叔远行后，"家长"沈峻一边整理"小丁"遗稿，一边四处旅行。有一年冬天，她还以八十高龄去东北滑雪，并用滑雪照片自制一张新年贺卡。二〇一四年春天我赴京开会，抵京甫卸下行李，便去看望"家长"沈峻。从外表看老太太并无变化，但她以平静口吻告知，自己已罹患肺癌，正在治疗之中，语言中没有丁点悲观情绪。大约坐了一个多小时，我起身告辞，但"家长"说："一起吃个饭吧！只是我烧不动了，但可以到外面吃。"

可是，那晚已有安排，只得婉谢。记得，"家长"一直送我下楼，待我上车后，再回头望去，沈峻老师仍伫立于街口，向我挥手告别，三月的春风吹散她那一头白发，那一幕我始终难以忘怀！果然，那一年年底，"家长"便去和"小丁"爷叔相会去了！

读"老丁"先生《四十年艺坛回忆录》，不禁勾起与"小丁"爷叔和"家长"沈峻交往的点滴回忆，想必他俩也一定在天国与张光宇、张正宇、叶浅予、王世襄、黄苗子、杨宪益、黄宗江等老友谈笑忆往昔，想必"小丁"那爽朗、纯真的笑声依然能够感染大家！

○流沙河：路上春色正好

匆匆行走在初冬的衡山路，片片黄叶在空中漫舞。忽接成都友人电话，得知"锯齿诗仙"流沙河先生病情危笃，心中暗暗祈祷奇迹发生，然而，先生还是远行了……

与流沙河先生结缘是因为余光中先生。二〇〇四年，余光中先生翩然来沪，欣然接受邀请，做客《可凡倾听》。闲谈中，余先生特别提及柯灵先生，并嘱我陪他与夫人前往医院看望柯灵先生夫人陈国容老师。

陈老师病榻前，余先生与夫人如小学生般毕恭毕敬，略略弯腰，倾心交谈。

离开医院时，余先生感叹："虽然与柯灵先生有缘，却恨缘浅，未能常挹清芬。所幸尚有流沙河老友，虽相隔千里仍能通过鱼雁，感受友情的温暖。"他建议我可去成都，倾听一下那个有趣的成都文人。

于是，次年盛夏，我飞抵成都，对流沙河先生做访问。流沙河先生的家与大慈寺毗邻。当年，杜甫因"安史之乱"逃难至成都，便先在大慈寺落脚歇息。虽说古建筑早已荡然无存，但终归还是有那么一点古雅气息。

说起流沙河，人们自然会想起二十世纪五十年代那篇《草木篇》，这首长诗以白杨、藤、仙人掌、梅和毒菌为赋，表达诗人爱憎的心情，现在读来平平常常，但那时却掀起轩然大波，被错误认定为"毒草"，他也因此被"打入冷宫"，只得以做木匠活糊口度日。

后来，又有人在一次会议上说起流沙河。讲话大意是"下海总要呛几口水，了不起就沉下去嘛！原来有人沉下去，但刘绍棠不是已经起来了吗？流沙河还沉在水里"。总之，那时候的流沙河可算是"恶名远扬"。对此，写过《死水微澜》的李劼人大为不解。他认为像《草木篇》那样拟人化的诗作古今中外数不胜数，流沙河何以凭这样的诗出名，故复叹道："世无英雄，遂使竖子成名。"

晚年的流沙河远离尘嚣，闭门谢客，蜗居在一幢简陋的公房里，吟诗作文，怡然自得。因为余光中先生的缘故，他破例接受我的采访。当然话题也由余光中延伸开来。

说起余光中，流沙河先生摇着折扇，语调不紧不慢："一九八一年初秋，差旅东行。列车长途，不可闲度，终于在酷暑与喧闹间，读了余光中等数位台湾诗人的作品，真是满心欢喜，特别是余光中的《当我死时》《飞将军》《海祭》等诗最使我感动。读余光中的诗，就会想起孔子见老聃时所说的话——吾始见真龙。"之后，流沙河在《星星》诗刊长文介绍余光中的诗。还到处开设讲座，专题分析余光中《乡愁》《所罗门以外》《等你，在雨中》《唐马》等诗作的艺术成就。

说着说着，眼前这位面貌清癯的老先生，逸兴遄飞，全然沉醉于诗意和友情之中。"光中的诗不但可读，且读之而津津有味；不但可讲，且讲之振振有辞。讲余光中我上了瘾，有请必到。千人讲座十次以上，每次至少讲两个小时，兴奋着魔，不能自已，为此还闹出不少笑话。"

原来,流沙河原名余勋坦,大哥叫余光远,因此,有读者误以为余光中是他二哥,并且推测家中还有个三哥"余光近",这样,远、中、近就排齐了。而那时,流沙河根本不认识余光中。

一九八二年,余光中给流沙河写信,信中说:"在海外,夜间听到蟋蟀声,就以为那是在四川乡下听到的那一只。"他曾在四川度过抗战岁月,自称"川娃儿"。

九年后,余光中在《蟋蟀吟》中表达了相同的故园之思。"就是童年逃逸的那一只吗?一去四十年又回头来叫我?"

受心灵的触动,流沙河写了《就是那一只蟋蟀》作为回应,发表于香港《文汇报》。朋友间的酬唱之作,竟被人误以为是"蟋蟀统战"。说到此处,连流沙河先生自己也忍不住开怀大笑。

对于李敖在电视上公开批评余光中,流沙河颇不以为然:"李敖骂余光中那档节目我看了,感到非常诧异。他拿出余的一首诗,才念了三行,就说余诗文理不通,句法不通,认为这是骗子诗。这完全是两码事。即便句子不通,顶多也是语法问题,与品德无关。而他对《诗经》的解释倒是大言欺人。"他指的是李敖对《诗经》中"女曰观乎,士曰既且"的解读。李敖认为"观"就是"欢",是做爱的意思,"女曰观乎"翻译成白话便是女的央求男的做爱;而"士曰既且"中"且",则指男性性行为。"这个说法完全没有道理。因为《诗经》中的'观','观察'的'观',有十二种解释,但没有证据表明'观'可以通'欢'。因此,李敖的这种说法只能蒙骗那些没有读过《诗经》的人。但是,我读过,我读《诗经》时李敖还是小学生,连《百家姓》都没读。他懂什么?"言语间,流沙河眉宇间露出不屑的神情。

流沙河先生自称"成都文人",除有两次因客观原因离开成都,其人生绝大部分的时间都在成都度过。他引用《庄子》"旧国旧都，望之怅然"之语，来形容自己对成都的感情。"一个古老的城市，哪怕都很陈旧了，哪怕草木、蓬蒿都将其覆盖，但一看见它，心里便快活至极，因为那是我的归宿，我的故乡。"故而，他倾注全部心力写下一部有关成都的著作《老成都：芙蓉秋梦》，对成都的历史、地理、掌故、街道往事，进行充满情感与诗意的考证。对他来说，爱一个老城市，就是爱"父母之邦"，爱自己的祖国，爱祖国必始于爱桑梓。

谈及自己，流沙河先生谦称没有什么能耐，最合适的工作便是当一个读者。读了书，再写点文章，挣一点碎银子养家糊口，所以，他写过一副对联描述这种生活状态："凑凑拼拼写些长长短短句，多多少少换点零零碎碎钱"，以戏谑方式表达出旷达的内心世界。

由此可以看出，经过岁月的沧桑、人生的起伏，滤尽众声喧哗之后，流沙河先生早已笑看人生如戏、世事如弈。

老先生深得老庄之道，对人生的体验也更为谦虚、幽默而超脱，就像他最喜欢的那句话："天道好还，世事无常。""这是古人说的话，我倒还信奉这个。我如果乱骂人，那将来别人也要痛骂我，我糟蹋了别人，别人也要糟蹋我。我如果和别人讲道理，轻言细语讲事实，那么，也许将来我有问题，别人也会采用这种态度，而用不着糟蹋我的人格！"

流沙河先生这一生，因诗而祸，也因诗扬名。在最困苦的年华里，有庄子、诗经、楚辞、唐诗，带给他连绵不断的情感与知性的慰藉。一世的悲喜与荣辱，到最后，依旧是一个读书人的清明与孤傲。晚年的流沙河，是名副其实的"书虫"。每天必须读书，至少两个小时。他的大床，被书占据"半壁江山"，被他视为"命根子"。

  在《老成都：芙蓉秋梦》一书中，流沙河这样写道："后蜀国王孟昶遍植成都城上的芙蓉，早上开花，晚上凋落。这也让我想到我自己的生命，一转眼就到八十多岁了。有时候梦醒，还以为自己在少年，其实已是白头老翁。让人不得不感慨：时间快如飞，人生短似梦，更好像芙蓉花早开夕败。我在成都的生活，好像也是一场芙蓉秋梦。"

  再见，流沙河先生！

  请乘理想之书，挥鞭从此启程。

  路上春色正好，天上太阳正晴。

○真禅长老：禅边风月不须钱

——纪念真禅长老百岁诞辰

每逢除夕之夜，玉佛寺香烟缭绕，雾气氤氲。寺院内到处挤满了前来礼佛的善男信女，摩肩接踵，人声杂沓。我试着躲开嘈杂的人群，独自来到玉佛楼旁一个僻静的小天井。与外面相比，这里显得安宁了许多。天空中几颗星星的光芒和几丝残月的灰线照出这狭小空间的几许寂寥与落寞，唯有天井旁方丈室透出的一线光亮，才给这浓浓的夜色，增添几分活力。

恍惚之间，我透过窗棂，仿佛看到真禅长老仍精神抖擞端坐于书案前，带着老花镜苦读不倦……于是乎，心里便好像空荡荡的，对大和尚的一股怀念之情不禁油然而生……

初识真禅长老是二十多年前一个明媚的春天。那日，正和数位海外游人在玉佛寺游览。忽然，迎面走来一位慈眉善目的长者，定睛一看，原来竟是心仪已久的玉佛寺方丈，一代大德高僧真禅长老。

只见他一袭布衲，和颜悦色，俨然一派学者风度。还未等我开口，大和尚便跨前一步，紧紧拉着我的手，打趣道："我们乃荧屏老友也，只不过我看得见你，你看不见我而已。"说完，发出一阵爽朗笑声。

随后，他又饶有兴致地陪我们四处参观，还耐心倾听我那些颇为幼稚唐突的问题，譬如"迷信""智信"与"正信"之间有何区别？"七情六欲"与"五戒""十善"究竟有何差别？"来世""今世"与"前世"彼此何等关系？等等。对此，真禅长老不厌其烦地一一作答。

他由这些问题，进一步深入阐述："佛学是文化，参禅就是日常生活。譬如，参禅未必一定盘腿坐于蒲团，放下腿子运水搬水同样是参禅；看经不一定非要对着白纸黑字，离开本子，大千微尘也是经。能将法门与我融为一体，才是真会参禅，真会读经，方能臻法空、我空之境界。"

见我脸上露出些许茫然神情，他笑了笑，呷了口茶，又说："你想，如果彼此都是过来之人，相视一笑，这般境界，何等风光。否则，我与法门分了家，就会产生'荤口念佛，素口骂人'的怪现象。如果我们要把修行落实到行、住、坐、卧等日常行为上，如此这般，世俗中任何尘俗烦恼都会随之烟消云散。所以，我们要在净化思想和语言行为上下功夫，使自己的身、口、意三业无一不合乎道。"

其实，真禅大师之佛学思想与太虚大师所倡导的"人间佛教"可谓一脉相承。因为太虚大师就认为："人间佛教，并非教人离开人类去做神做鬼，或皆出家到寺院山林里去做和尚的佛教，乃是以佛教的道理来改良社会，使人类进步，把世界改善的佛教。"无怪乎真禅长老嫡传弟子，觉醒大和尚感叹："真禅长老是太虚大师'人间佛教'最佳实践者。"

自从那次会面后，我便成了玉佛寺常客，隔三岔五地去寺院聆听老人家教诲。大和尚虽说法务繁忙，却总是笑语盈盈，宛若家人。言谈间，除生活琐事外，话题大抵围绕佛法与人生、社会的关系。

记得有一回，向真禅长老请教有关"渐悟"与"顿悟"的差别。老人家告诉我："渐顿两门，只是方法相异。渐门主张息除妄念。念息妄除，妙心便显，因要积渐修持，故名为'渐'；顿门觉得妄想本空，妙心本有，空故不待破，有故不待显。当下开悟，不假长期修持，故名'顿'。神秀所谓'渐悟'，实际上就是坐禅习定，住心看净，这与其'身是菩提树，心如明镜台，时时勤拂拭，莫使惹尘埃'的思想完全一致。而惠能认为，世人的自性本来就是清净的，只是由于执着外界的境物，受妄念覆盖，才不得明朗，这就好比明月为浮云遮障，才上明下暗，一旦风吹云散，森罗万象，一时皆现，所以才会有'菩提本无树，明镜亦非台。本来无一物，何处惹尘埃'这首偈。"

他还以虚云老和尚为例，说，老和尚有一次在禅堂因沸水溅手，茶杯脱手落地，于一声杯盏破碎声中，豁然开朗，大彻大悟，随即口占一偈："杯子扑落地，响声明历历；虚空粉碎也，狂心当下息。"他似感意犹未尽，又占一偈："烫着手，打碎杯，家破人亡语难开；春到花香处处秀，山河大地是如来。"当时正值八国联军入侵，山河破碎，但"国破山河在，城春草木深"，他也带着一颗破碎的心巡游故国山河，寻师访友，终成大德。真禅长老认为，一个人只有放下身心，摆脱俗虑与妄念，才能看清事物本质，真正懂得自我，成就人生大业。故此，老人家为我精心撰写一副对联："山静无人水自流，庭小有竹春常在。"希望我能摆脱都市喧嚣、名利纠缠，保持一颗淡泊、宁静的心。

说起"放下身心"，这其实与真禅长老的童年经历有关。大和尚出身寒门，降临人世不久，家乡连遭灾荒，食不果腹，衣不蔽体，幸而得到家乡"净士庵"老和尚收留，方得以延续生命。虽然每日伴随他的只是糙米饭、咸菜以及草席,但小小年纪便从佛经中窥得人生真谛。即便他日后成为众人拥戴的高僧大德,仍以"一瓶一钵"俭朴生活为乐。每日青菜豆腐,照样喜不自胜。对穿过的衣服,用过的什物,即使有破损,也从不舍得丢弃。

如今已成为玉佛寺方丈的觉醒大和尚回忆,真禅长老有天凌晨于庭院里打太极拳,偶然发现角落里有一双半新不旧的袜子,老人家便顺手捡起,询问究竟是何人丢弃。觉醒法师只得如实承认。大师并未一味责怪,只是淡淡吐出两字"惜福"。虽只简单两字,觉醒法师听来却犹如醍醐灌顶,从此以后,遵循恩师教诲,把每件旧衣裳,哪怕磨损不堪,均整整齐齐折叠起来,这一习惯一直延续至今。

另一方面,因为童年的困顿与苦寒,真禅长老对孤残儿童尤为关心,特意捐资在上海儿童福利院开设"真禅学校"。承老人家厚爱,我曾陪他多次往访学校,主持捐款仪式。他常说,办这样的学校主要是使不能或不便到普通小学受教育的孤残儿童,与普通孩子一样得到受教育的权利,体现"众生平等"思想。每次看到他与孩子其乐融融地相拥在一起,嘘寒问暖,我内心满是欢喜。

甲戌岁末,适逢真禅长老八十华诞,深受大师法乳的广大信徒及海内外锱素弟子云集玉佛寺,共庆盛事,以报老人家恩德。大和尚亦满怀激情写下一首《八十述怀》:"童真入道快先鞭,玉佛皈依八十年。南海寄归曾经胜,春风拂槛不知妍。赤乌月好心同湛,汴寺钟寒声暗传。一笑人天真似客,禅边风月不须钱。"在法会上,他反复强调"上报四重恩,下济三涂苦"之思想,将香仪悉数捐给儿童福利院与希望工程,广种福田,造福大众。

之后,老人家又风尘仆仆回到故乡东台,修缮当年接纳他的"净土庵",兴建"真禅学校",回馈乡梓。原本那次返乡,老人家邀我同行,可惜我因杂务羁绊,未能如愿。不想,这一别竟成永诀!

"钵翁"苏渊雷先生曾在《玉佛丈室集》序文中写道,真禅长老对佛教思想流布最大的贡献在于"对于华严教诲,博大精深之意理,充满法喜……又对菩提达摩禅法与惠能禅三种法门所谓'三层楼'者的理解,以及'一心为宗'之旨趣,真参实悟……同时生性敦厚,悲心洋溢,以出世精神做入世事业,广施饶益,利乐有情……"因此,从应慈、震华、圆瑛、太虚、弘一、持松、虚云,直至真禅诸长老,我们可以看出近代佛学思想的承续、流变与发展。而真禅长老则是那条长长思想之河无法绕过的转折点,这也奠定了他作为近代大德无可撼动的地位。

真禅长老思想博大精深,非吾等门外所能窥尽,非吾等秃笔所能描摹。故于真禅长老百岁诞辰之际,不揣浅陋,谨以短文表达对大师深深的怀念。

○ 华文漪：一生爱好是天然

阳春三月，阴云沉沉，细雨绵绵，忽然传来华文漪老师"回家"噩耗。尽管我先前知道华老师与病魔抗争多年，且健康状况日渐衰退，有一定心理准备；然而，一旦阴阳两隔，终究有些不舍与难过。

其实，平心而论，与华文漪老师算不得很熟。

现在回想起来，最早知道华文漪的名字，是因为一部根据白先勇同名小说改编的话剧《游园惊梦》。此剧以蓝田玉前往窦公馆赴宴时的心理感受与回忆为线索，描写旧贵族没落的悲怆气与沧桑感。

关于《游园惊梦》的创作背景，白先勇先生曾说过："记得十余年前初次接触昆曲，立刻震于其艺术之精美，复又为其没落而痛惋。当时我正在研究明代大文学家汤显祖主要的作品《牡丹亭》，这是一则爱情征服死亡、超越时空的故事，是我国浪漫文学传统的一座里程碑，其中《惊梦》一折，达到了抒情诗的巅峰，由于昆曲《游园惊梦》及传奇《牡丹亭》的激荡，我便试图用小说的形式来表现这两出戏的戏剧境界，这便是我最初写《游园惊梦》的创作动机。"

此剧在台北首演时，女主人公蓝田玉由卢燕老师饰演，而大陆版《游园惊梦》之主人公则是由华文漪老师出演。

记得后来读到话剧《游园惊梦》导演胡伟民先生给白先勇先生的一封信："最让人高兴的，恐怕是请到了昆曲表演艺术家，上海昆曲团团长华文漪担任此剧的女主人公钱夫人（蓝田玉），说实在的，当我向华文漪发出邀请，并承她热情允诺时，高兴极了。她雍容华贵的气质，昆曲表演艺术所达到的炉火纯青的造诣，是不作第二人想的，我想有了她演钱夫人，作品的高贵气质一定会传达出来的……"字里行间，可以看出胡伟民导演对华文漪的殷殷期盼。

我曾经问过华文漪老师何以有胆量接受这一挑战？因为戏曲程式化表演和话剧生活化表演毕竟相去甚远。然而，在华文漪看来，演员就是要勇于接受新颖艺术的养料，崇尚"拿来主义"，努力吸收其他艺术门类精华，即使失败，也可从中获得宝贵的经验。

因此在具体实践中，她首先要协调"写意"与"写实"之间的关系，"感情处理，传统戏曲演出，情绪激动处毕竟有他的程式规范，痛苦想哭时，角色可侧身双肩抽动，面对观众水袖一遮。可以是真哭，但也可以似真似假。话剧演出接近生活，要真情实感，感情出不来，戏就上不去，人物也站不起来，这无疑是一大看点"。

其次，就是要处理好"真嗓"与"假嗓"。昆曲闺门旦无论是唱腔还是念白，基本以"假嗓"为主，而话剧则必须用"真嗓"，而此剧又有不少"戏中戏"，演员在舞台上要在极短时间内完成真假嗓转换。当然，最难之处还在于对角色的理解。

"钱夫人这个人物心理很复杂，多次的长篇心理独白中，蕴含着丰富的心理层次，要把她体现好很不容易，毕竟我对她们那一代和那个阶层人的生活不熟悉。但是也正因为有这些难点，激起了我的强烈创作追求，我要在这追求中使艺术水平得到提高。"华文漪在表演心得中如是说。

与昆大班大多数同学相似，华文漪并非出身梨园世家，只是因为随祖母观戚雅仙出演的《白蛇传》而迷恋舞台。不想，阴差阳错，竟考进了戏校"昆大班"。当时，历经艰辛的传字辈老师看到这群千里挑一的学生时，无不视若珍宝，恨不得将平生所学倾囊相授。

华文漪回忆道，那时候朱传茗老师整天哄着她们这群小孩子。孩子们难免使性子，不愿意唱，朱先生又是买糖又是买橘子，将这些叽叽喳喳的女孩子视作亲生骨肉。初入学校，华文漪曾因个性沉默寡言而未受到关注，但随着年龄的增长，其出色的综合条件和表演上的悟性越发突显，逐渐成为闺门旦行当中的尖子。

连昆曲泰斗俞振飞先生也感叹："华文漪确实是昆曲旦角中不可多得的人才。她自幼考入上海市戏曲学校，随昆曲名家朱传茗老师习艺多年，有道是'强将手下无弱兵'。她也深得乃师真传。她的扮相、身材、歌喉，都是很出众的，加上她秉性聪明，刻苦好学，日渐长成大器。"

一九六〇年，梅兰芳、俞振飞两位大师赴京拍摄昆曲电影《游园惊梦》，昆大班学生风华正茂，有幸参与拍摄，饰演花神。梅先生还亲切地问华文漪是否为传字辈艺人华传浩之女，因为梅大师一眼看出华文漪身手不凡，想来必有家学渊源。当得知华文漪出身普通人家，连声赞叹"不易！不易！"

拍摄数月间，梅先生出神入化的表演就像一颗艺术种子，种植到华文漪的脑海之中，并逐渐开花结果，再加上梅先生入室弟子——俞夫人言慧珠点拨，华文漪的表演更有梅先生风韵。

俞、言排演《墙头马上》时，华文漪与岳美缇作为青年演员同时排了"青春版"。所以《墙头马上》和《贩马记》两出戏，华文漪酷似言慧珠，甚至作派也如出一辙，故有"小言慧珠"美誉，同时，她也细心揣摩李玉茹老师的《思凡》。《思凡》很冷，又是独角戏，从头到尾大概有半个多小时，但李玉茹老师以其非凡功力，紧紧抓住观众视线！"

当然，对于华文漪来说，俞振飞大师更不会错过，俞老当时曾撰文说："文漪初排《偷诗》之时，开头有段说白，怎么也念不好，便来问我。我知道这是一首长短句组成的词，就教她如何正音，念出词中的韵味；接着便为她拍曲，授之以唱法要领。由于她好学不倦，一折《偷诗》唱得顿挫有致，收放相宜，听来气韵生动，似有绕梁余音，从此她便将我的唱法熔铸在其他一些旦角戏之中。这便是她聪慧之处，我也因此倍感欣慰。"转益多师亦吾师，再加上天赋异禀，华文漪终于成长为首屈一指的昆曲闺门旦。

昆曲本就以生旦戏为主，与华文漪合作时间最长的当属两位同窗好友，蔡正仁与岳美缇，前者擅长出演典雅大气的冠生，后者则精于刻画细腻儒雅的巾生，他们在舞台上演绎荡气回肠的帝王之爱，也活化了一对对浪漫爱情的才子佳人，对于华文漪而言，蔡正仁先生与恩师俞振飞神肖毕现，有冠生的宽阔大气，而且蔡正仁个性大大咧咧，所以华文漪心理上略感轻松；而岳美缇老师相对精巧细致，更富书卷气，身段、地位、眼神有其独到之处，两人有种心灵感应，但压力自然也随之而来，故此，华文漪戏言："和蔡正仁排戏，他听我的；与岳美缇合作，我听她的！"

作为前辈艺术家，华文漪对年轻一代亦不忘提携、鼓励，数年前，当她得知史依弘将按当年梅兰芳先生赴美演出的路子排演昆曲《刺虎》，感到欣喜万分，提笔给史依弘写信："听到你要恢复梅派《刺虎》的好消息，这是一个明智的选择，感到欣慰，因为梅派《刺虎》从此有了继承人，而且我相信会演得很好。《刺虎》以前一直是个禁戏,在二十世纪八十年代才开放的,所以想把它恢复过来,苦于没有地方去学,后来找到了韩世昌老师的粉丝,是一直跟着他,向他学的,所以学的是韩派,这是三十年以前的事了,现在早就忘光了,最后祝贺你演出成功。"

史依弘也回信表示:"我们年少时代常看您这一辈艺术家的演出,对你们崇敬与敬仰,甚至你们的艺术也一直激励着我……"两代人一来一去两封手写书信,字字真实朴素,读来叫人感动,上善若水,美好艺术绵延不绝,滋润心间。

俞振飞先生称华文漪为"五十年来难得的闺门旦"。华文漪之艺术造诣虽不敢说"前无古人后无来者",至少也是凤毛麟角,后人难以比肩,愿华文漪老师安息!

○ 孙道临和王文娟：日记里的爱与关怀

道临先生与文娟姆妈的爱女庆原在整理母亲遗物时，发现老太太留下的一本记事簿，里面零零星星记录了几段日记。

仔细翻读，居然找到四则与我有关的叙述，内容皆为道临先生与文娟姆妈跟我的交往，文字晓畅，情感深沉，读来眼眶湿润，勾起诸多回忆……

日记之一

记得最清楚的是，《红楼梦》剧组主创人员都被邀请来《可凡倾听》。《红楼梦》越剧电影已放映，观众只看到（演员）银幕上的表演，但对主创人员的创作态度、导演处理的主导思想，（以及）各种花絮，都一无所知。

可是，（这些内容）在《可凡倾听》里都被揭示出来了。在做节目时，可凡同志思维敏捷，抓住不放，（紧紧）追问，做得很活跃。如导演岑范，可凡问他："听说你爱越剧，（是否）还会唱越剧？"

岑范点头，并当场唱了一段贾宝玉选段。观众也喜欢看,(节目)最可贵的是,为《红楼梦》剧组留下了一份珍贵资料。

文娟姆妈日记中所提《红楼梦》主创大聚会,指的是《可凡倾听》二〇〇五年春节特别节目《红楼梦圆》。

越剧电影《红楼梦》台前幕后主要成员,导演岑范,编剧徐进,舞美设计苏石风,作曲顾振遐,演员徐玉兰、王文娟、周宝奎、吕瑞英、金采风、曹银娣、孟莉英等悉数到场,热闹非凡。

那日,徐、王两位大家率先登场,回忆塑造宝、黛角色的体会。玉兰老师印象中,如何"约束"自我是电影拍摄期间顶顶重要的信条。

因为,相对于舞台表演,电影中的表情与动作皆不可过于夸张,幅度需大大降低,即便甩水袖亦不可无所顾忌;舞台表演情节连贯,人物情绪循序渐进,最后水到渠成,但电影拍摄跳跃性强,前一场要求演员欢快无比,后一场则要迅速进入悲痛欲绝情境,笑与哭之间需无缝切换。

这对于戏曲演员来说,简直难以适应。文娟姆妈记得拍"黛玉焚稿"时,原本她着一件浅色窄腰裙子,但银幕效果"偏胖"。她灵机一动,想到看歌剧《茶花女》时,玛格丽特临死之时身穿宽松纱裙,于是,与服装设计师反复研究,最终赶制出一套蓝色宽松裙子,穿上果然显得婀娜多姿。

无论是事业上,还是生活中,拍摄《红楼梦》那段时间,对文娟姆妈而言,都是人生转折点,因为她与道临先生恋爱正是发生在那个阶段。媒人即为黄宗江、黄宗英、张瑞芳和徐玉兰。

随着《红楼梦》拍摄渐入佳境,道临先生与文娟姆妈的爱情之花炽热绽放,决意长相厮守。正当两人筹备蜜月旅行时,导演岑范兜头泼来一盆冷水,表示"黛玉焚稿"那场戏未拍完之前,文娟姆妈不可离组蜜月旅行,否则容易造成前后情绪脱节,影响影片艺术质量。

彼时,道临先生与文娟姆妈已属大龄青年,他们不由得在心里嘀咕"好不容易结个婚,你还横加阻拦",但表面上则一切如常。所以,待"黛玉焚稿"拍摄完毕,道临先生和文娟姆妈才如愿前往庐山共度蜜月。

当时正值三年困难时期,物质资源严重匮乏,两人在旅途中花两元钱买了一只叫花鸡,算是庆祝结婚;等重返剧组,再分送些许"蹩脚"糖果,人生大事就此告一段落。

《红楼梦》拍摄过程中,导演岑范严谨不苟,对细节的苛求近乎偏执,尤其"黛玉焚稿"那场戏在他看来,堪称"戏眼"。故紧抓不放,容不得半点差池。这也是他为何拒绝在这场戏拍摄前给文娟姆妈准婚假。

正式拍摄时,岑范特意嘱咐化妆师,着力突出林妹妹临终前的惨淡、幽怨、悲苦,摒弃廉价唯美主义,仅穿一套裙子,还原一个病危女子临终前的真实状态。

在气氛渲染方面,他用风扇将幔帐吹动起来,炉中燃烧的诗稿化为灰烬时,也随之飘浮于空气之中,氛围显得更为惨淡;原本那句"最后只落得一弯冷月葬诗魂",由林妹妹演唱改为旁唱,更显凄凉无比,鬼气森森。

细节决定成败,越剧电影《红楼梦》之所以成为经典,与艺术家物我两忘、倾情投入紧密相关。

越剧《红楼梦》堪称戏剧大工程,每一个演员均不可替代。在《红楼梦圆》聚会中,"老祖宗"周宝奎说:"老祖宗一角首先要演出其'威势',于是,从斯氏表演体系中获取灵感;为解决身高不够的缺陷,靴子里装内高跟,凸显人物威严";"薛宝钗"吕瑞英说:"从平日擅演的天真少女或巾帼英雄,忽然变为腹笥深厚、心机重重的薛宝钗,唯有反复阅读原作,方能完成艺术的蜕变";"王熙凤"金采风说:"影片一开始,王熙凤那句'林妹妹来了,林妹妹来了'奠定人物基调";"紫鹃"孟莉英和"琪官"曹银娣也分别以外柔内刚的情感把握清新脱俗的气质,为影片增添光彩;"贾政"徐天虹因病未能亲临现场,但在医院和大家分享了表演体会。

总之,那次《红楼梦圆》聚会,从不同维度展示了越剧电影《红楼梦》的艺术魅力,并留下了一份极其珍贵的艺术资料。

日记之二

可凡平时也是我和道临的好朋友,常来家玩。他对老人很尊重,也为老人解决一些问题。如道临要出一本诗文集,先在北方一家出版社印,结果非常不理想,道临很生气。

是可凡帮助找到人民出版社,介绍崔美明同志,才于一九九七年出版《走进阳光》。后来,可凡又觉得道临的朗诵应该记录下来,又帮助出版了。他来我家做客,总让老人先坐下,他再坐。

《走进阳光》是道临先生唯一的一本诗文集,此书原本交北方一家出版社出版,但书被粗制滥造,讹误连篇,甚至成段脱落,个别珍贵旧照也遗失了。为此,道临先生郁闷不已。

于是,我敦请上海人民出版社资深编辑崔美明老师重新编辑出版此书。待手捧透着墨香的新书时,道临先生感慨万分,顺手在扉页写道:"谢可凡大媒。"

道临先生挚友黄宗江为此书撰写序言。他称孙道临是"一首舒伯特和林黛玉合写的诗"。在他看来,这位老友太过善良:"我常在生活中,日常谈笑中,窥测我这一密友,受人敬爱的大演员,得意的'大明星',内心有难以说清的,与人生人世共存的忧郁。"

而道临先生也将《如果没有宗江》一文作为全书首篇,记录彼此的深情厚谊。书中《没有失去的记忆》一文,满含真情,读来令人印象深刻。

对于散文家朱自清先生哲嗣朱迈先,道临先生以生动笔墨描摹了这位昔日同窗:"他借给我一本尼采的《苏鲁支如是说》,扉页上有幅尼采的照片,我发现那浓眉下的眼睛,竟和他有些相像。只不过,他的眼神不是那么冷峻,而是在深沉之外,又显得那么仁厚,有些怅惘……"

他曾经常随朱迈先同往清华园拜访朱自清先生,意想不到的是,朱迈先后来竟遭遇不测。在那个非常时期,道临先生曾一度怀疑自己对朱迈先的判断。

待天朗气清,朱迈先冤假错案得到平反,道临先生为之深深忏悔:"我为自己曾经那样轻率而无情地把他勾画成敌人而感到惭愧!我,这就是我!我知道,忠厚的迈先是会原谅的。他深知我这样的人是软弱的,思想是容易被环境所左右的。然而,我却不能不感到痛苦,对于自己曾经这样信托过、深深敬爱过的人,我到底有多少情真呢?!"中国知识分子的自省精神,尽显无遗。

书中还收录了一封道临先生给李雪健的短笺。道临先生对李雪健在《焦裕禄》中的表演大为赞赏:"……你用自己的一片诚心和整个灵魂统帅了你的设计和技巧,因此才能如此震撼人心,传达出这样一个纯净忘我的精神境界。某些炫弄技巧、展示个人'魅力'

以至扭曲自己生命的表演者看到你在《焦裕禄》中的演出，应当会感到惭愧的吧。你走的是一条康庄大道。"

字字句句，透出一位长者对晚辈的殷殷期盼。

至于那本有关朗诵的书则是《银汉神韵——唐诗宋词经典吟诵》。此书由王群教授与我主编，邀请道临先生以及乔榛、丁建华参加朗诵。道临先生对朗诵有其独到见解。

他认为，当一首诗用朗诵方式传播时，"诗，不再只是环流于心底的孤独的潜流，她插上了声音的翅膀，飞向听众，引起交叉共鸣的回响。她沟通千万心灵，共同融入一个时代的感情巨流之中"。

道临先生的朗诵之所以自成一家，主要依赖其对文学作品深邃的理解力和有声语言非凡的表现力。譬如李白的《将进酒》。

开篇伊始，诗人以夸张的语言，描绘黄河之水西来东去不可阻挡的豪迈气势，对此朗诵者通常会用豪迈粗犷的方法进行处理，但道临先生则反之。他没有采用与文字相应的巨浪排空的语势去震慑听众，而是将其与下面两句形成鲜明对比的句子在整体上加以考虑，抓住一个"悲"字，以与两个长句相协调的舒展语调吟诵，代诗人向听众传递痛苦的呼告。

朗诵李白的另一首《梦游天姥吟留别》时，道临先生对长诗的第二部分，即从"我欲因之梦吴越"一直到"仙之人兮列如麻"，声音处理极见功力。此段写诗人梦游情景，时空变幻，景象迁移，一切都显得如此神秘怪谲，奇异曲折。

道临先生忽而气提声凝，忽而气虚声轻，忽而气满声高，忽而舒缓，忽而强疾，尤其是吟诵"迷花/倚石/忽已暝""熊咆/龙吟/殷岩泉"两句时，彻底打破固有节律常规，改变了"长言"的吟咏方式，一顿一挫，仿佛诗人在"千岩万转路不定"之时，一步一景，一处一声，令听者凝神屏息，有变幻莫测、身临其境之感。

即便是吟诵贺知章《回乡偶书二首》那样明了晓畅的诗作，道临先生似乎无特别处理，但整体音调凄婉苍凉，并在低声泣语中吟诵完"春风不改旧时波"一句，表达诗人对世事的嗟叹。

日记之三

> 道临2005年住医院治疗，可凡也常去看望他。最后一次采访时，道临已记忆极差，好多事都记不起来了。我在外面听了也很急，可凡却不厌其烦地提示他，才（最终）完成！

每每说起道临先生晚年记忆衰退，我总是心痛不已。印象里，道临先生一直十分健朗。二〇〇〇年，他还奔赴白雪皑皑的白山黑水，执导电影《詹天佑》。

有一天，《詹天佑》中詹天佑扮演者冯淳超先生来电告知，道临先生记忆严重受损。我听完大为惊骇，赶忙奔向医院，走进病房，只见道临先生笑语吟吟，迎上前来，似乎并无异样。

待坐定，他一边削梨，一边用试探的口吻询问我工作状况。很显然，其记忆处于空白状态。

于是，我便若无其事地暗示他我究竟是谁。道临先生听罢，忙说"知道！知道！"试图掩盖真相。之后，他又重复数次同样的问题，以期打开记忆闸门，但均告失败。那个瞬间，我心如刀割，无言以对。

那段时间，每隔两三周我总会去医院陪道临先生聊聊天，尽管，常常出现交流障碍。某日，与张瑞芳老师偶遇，她问我前日是否前去探望过道临先生，并说是老人家亲口告知。听罢此言，我大喜过望，猜想先生记忆或许恢复，次日清晨便赶赴医院与之做采访。

道临先生素来注意仪表，那日，照样穿戴整齐，仪表堂堂。遗憾的是，老人家的记忆断断续续。不过，他对母亲的爱依然深沉，仍记得母亲送给他覆盖着红色剪纸的茶杯；他对共赴朝鲜战场的同事范正刚充满怀念，仍记得穿越炮火连天的山谷，与冯喆一起寻找战友的遗体；当然，他也留存着有关电影《乌鸦与麻雀》《家》《渡江侦察记》的零星片断……

端坐在道临先生对面，望着这位曾经如此神采飞扬的艺术大师，我内心不禁涌起一股酸楚，但也想起他曾经跟我说过的话："有不少人都说，是看着我的电影长大的，我倍感欣慰。虽然已慢慢变老，但也可自豪地说，此生未曾虚度青春，没有辜负人民乳汁的培养。作为电影工作者，深感无以名状的幸福。"

的确如此，那些胶片，或黑白，或彩色，都记录了道临先生多姿多彩、充满阳光的人生旅程……在道临先生诞辰一百周年时，忆起这些片段与感悟，更是别有一番滋味与意义。

日记之四

道临说，看到一个好苗子，投可凡一票，平时（他们）偶尔也一起朗诵。

文娟姆妈所说的"投一票"，说的是一九八七年上海电视台举办的大学生节目主持人评选活动。继《你我中学生》节目大获成功后，电视台又开始筹划《我们大学生》节目，并从大学生中遴选主持人。

我当时在上海第二医科大学就读，因经常主持学校文艺晚会而被推选到大赛，经层层选拔，最终闯入决赛。按比赛规则，参赛者需自行设计一个五分钟的小栏目。

我有位同学特别擅长小发明，设计了新型输液软针，校园内外反响强烈，但他学习成绩不佳，对于如何评价这类学生，大家意见不一。

于是，我便想到以此事作为切入点，就学生成绩与能力的辩证关系进行讨论，故将栏目定名为《观察与思考》，采访嘉宾则为我的恩师、时任上海第二医科大学副校长的王一飞教授。

一飞师文理兼擅，上课时常常妙语如珠，对学生提问对答自如。因此，待我上场时，便以采访方式与王一飞教授进行交流。

针对当今医科大学生如何应对时代挑战的问题，一飞师答曰："有人说，医学生应该准备一个装知识的口袋，但在知识裂变的今天，每年发表的论文有五百万篇，每一分钟就有一本书出版。如此这般，这个麻袋过于沉重，究竟谁才能背得动？因此，医学生在学校积累知识的同时，更要注重能力的培养。第一要有科学的思维；第二要有勤劳的双手，再高级的仪器也需要人来操作；第三便是自学能力的培养。"

这段采访虽然只有短短数分钟，但一问一答之间，条分缕析，基本点明能力与成绩的关系，因此，受到大家赞许。作为大赛评委会主席，道临先生对这段设计与表现给予肯定，投出关键一票，使我在比赛中拔得头筹。

后来，庆原跟我说："那时候正逢我出国前夕，晚饭时听爸爸说起，发现一个主持好苗子，还是个大学生，决定要投上一票。"道临先生的关怀与爱护，完全改变了我的人生轨迹。

人的生命之河，如同自然界的大江大河一般，时而碧波如镜，时而波涛汹涌，但在几个拐弯处，总会遇到贵人、恩人、善人，让你感到世间的温暖与良善，避免走入歧途，助你背起行囊，继续前行。

无论我们走到哪里，无论我们取得何等的成绩，永远不要忘记那些扶持过你、关注过你、爱护过你的人。

感谢所有像道临先生、文娟妈妈那样的前辈，赐予我们以智慧、勇气、怜悯、关爱。我们这一代人也会将人间大爱不断传递下去。

○ 秦怡：一个了不起的演员

回顾与秦怡老师数十年交往，种种往事，如同电影胶片在头脑中闪过，点点滴滴，难以忘怀……

记得首次见到秦怡老师，我只有十岁。那天父母陪我在淮海中路和茂名路转角处的"老大昌"买一块奶油蛋糕，突然，从灰黑色人群中闪出一个美丽身影，只见她素面朝天，身着一件普通"毛蓝布"罩衫，朴素中透出与那个时代格格不入的清丽脱俗。母亲轻声说道："那是秦怡，一个了不起的演员。"秦怡老师那种脱俗之美便久久留存于脑海之中……

考入大学后不久，朋友带我去摄影棚参观电视剧《上海屋檐下》拍摄，近距离感受秦怡与康泰、杨在葆演绎一段爱恨情仇。只见秦怡老师独坐一隅，默不出声，随着导演一声"开麦啦"，她瞬间进入规定情境，泪如雨下。拍摄间隙，忽然电闪雷鸣，狂风大作，康泰站在摄影棚廊檐下，高声朗诵高尔基的《海燕》，秦怡依然不响，端坐一旁，面带微笑，静静聆听，顿时让人感到一种娴静之美……

我成为电视主持人之后，曾有缘和秦怡老师同往武汉录制节目，秦怡老师朗诵《鲁妈的独白》，钢琴伴奏则为音乐家陈钢。尽管此前节目已演出无数次,但秦怡老师仍不敢有丝毫怠慢。正式演出时,她款款走上舞台,待钢琴奏出一声震天轰响的雷鸣时,秦老师两行眼泪已挂满脸庞,有些"此时无声胜有声"的力量之美……

二十世纪九十年代后期,我与秦怡、孙道临前辈,还有同事袁鸣一起,赴京朗诵长诗《小平,您好!》。临行前,道临老师召集我们排练。他对每个人的气息和情感处理,甚至每个字的读音、调值、停顿都提出严格要求。秦怡老师是地道上海人,说话带有本地口音。道临老师与秦怡老师是同辈人,而秦怡老师出道甚至比道临老师更早,但道临老师仍不愿放过任何细枝末节,秦怡老师也并不以此为忤,如同小学生般在诗稿上一一记录清楚,体现出其严谨之美……

我作为晚辈,与老一代艺术家相处,有时不免会存拘谨之感,尤其是遇到像白杨、刘琼、贺绿汀、唐云那样的大家,往往有些手足无措,但我与秦怡老师见面则如沐春风,一派祥和,甚至还有点没大没小的放肆。

有一回,我居然斗胆问起坊间流传的她与苏联人民艺术家,曾主演过电影《奥赛罗》的邦达尔丘克之间的"绯闻"。秦怡向来低调处事做人,从不想与人争夺,然而作为女演员,她仍会受到名利困扰,甚至还遭遇了一次啼笑皆非的诽谤和攻击。

时光回溯到二十世纪五十年代,一个有关她与邦达尔丘克的谣言以讹传讹,流布甚广,而事件背后的真相剖开后竟显得如此荒谬简单。

承秦怡老师告知,她曾随中国电影代表团访问苏联,对方派出的翻译是个嗜酒如命的家伙,长相与邦达尔丘克颇有几分相似。元旦之夜,翻译喝得酩酊大醉,并且借酒壮胆,死缠秦怡。秦怡见状不妙,夺门而逃,但那个醉汉紧追不舍,秦怡刚进自己屋内,还来不及关门，醉汉已推门而入。

秦怡急中生智，迅速将自己反锁在洗手间，静观事态发展。没想到，那醉汉一屁股坐在椅子上，竟呼呼大睡。于是，秦怡蹑手蹑脚走出房间，请求同行的一位导演帮忙将醉汉移走，不料，谣言便在次日四处传播。就这样，一个长得像邦达尔丘克的翻译，一次醉酒闹剧，加在一起，便演绎成一则无中生有的"绯闻"。背负传言，秦怡却笑而应对，淡然处之。

秦怡老师常被人誉为中国荧幕上的英格丽·褒曼，但她本人却对同时代的演员舒绣文与赵丹钦佩有加。抗战期间，经导演应云卫和史东山引荐，秦怡在山城重庆叩开表演艺术大门，并且凭借陈白尘的《大地回春》一炮而红，紧接着又演了老舍的《面子问题》，而她在杨村彬编导的话剧《清宫秘史》里所演的珍妃更是轰动一时。

秦怡老师和我说，由于已积累些许表演经验，到了演珍妃的时候，已经懂得如何分析人物了，在她看来，珍妃并非一个平庸的"小可怜"，相反还是一个有头脑、有主见的不凡女子。她甘于冒生命危险，抵抗权倾一时的慈禧，竭力保护光绪，因此，从某种程度上讲，珍妃比光绪更坚强。

正是因为《清宫秘史》一剧的成功，秦怡竟与白杨、舒绣文、张瑞芳平起平坐，与她们并称为重庆话剧舞台"四大名旦"。不过秦怡和舒绣文最为亲近，因为她俩同住一个宿舍，舒绣文对她也照顾有加。在秦怡印象里，舒绣文虽算不得漂亮，但表演极具张力且不失自然，举手投足，均魅力无穷，故此秦怡对舒绣文崇拜不已。

抗战结束，秦怡从重庆回到上海，继《忠义之家》后，与赵丹拍摄《遥远的爱》。虽然在舞台上已摸爬滚打多年，但面对赵丹那样的"戏痴"，秦怡仍觉得自己的技艺捉襟见肘，难以应对。

赵丹在戏中饰演的大学教授萧元熙经常手拄拐杖。平平常常的一根拐棍在赵丹手里竟能变出多种不同的花样。秦怡埋怨赵丹为何白相出嘎许多"花头经",但赵丹却得意地说:"花头经嘛,都是从生活里提炼出来的。"不过秦怡也毫不示弱,回怼道:"我演的余珍只是一个从乡下来的佣人,对上海这个花花世界一窍不通,不需要那么多花头经。"赵丹大概也觉得一时难以反驳,只得讪讪地说:"侬现在的确不需要那些'花头经',老老实实演,就像了嘛。"

秦怡老师从艺近八十年,其作品见证了从二十世纪开始的中国电影表演艺术史。不管是《女篮五号》中经历磨难的运动员林洁,铁道游击队中唯一的女性角色芳林嫂,还是《青春之歌》中信仰坚定的知识女性林红,无不给观众留下了一个个生动鲜明的人物形象。然而,殊不知,秦怡老师所演角色大多数都属配角,而非主角,因此她曾将其随笔集定名为《跑龙套》。

然而,无论角色大小,秦怡老师都一视同仁。譬如《铁道游击队》中,芳林嫂戏份不多,但为拍好扔手榴弹那场戏,秦怡老师花费不少心思,导演要求芳林嫂扔出的手榴弹,正好落在岗村的脚后跟,于是秦怡老师每天跟在扮演岗村的陈述身后,仔细观察其脚后跟,弄得陈述莫名其妙。经过一段时间准备,秦怡成竹在胸,正式拍摄时一条便过,引得众人大笑。

而拍摄《摩雅傣》时,她为那套露出肩膀的傣族服装与三位导演据理力争,因为秦怡从小喜爱体育,篮球、单杠、双杠样样精通,故而膀子相对粗壮结实,拍出来恐有不美之虞。导演架不住秦怡执拗,只得勉强同意改穿坎肩,但是,"膀子粗"的问题仍未得到真正解决。影片审查时,专家批评摄影师把秦怡肩膀拍得过于粗壮,摄影师暗暗叫苦,而秦怡老师则暗自窃笑:"我肩膀粗是事实,如何能拍细?"每次说起那些陈年往事,秦怡老师总是像孩童般露出天真的微笑。

正如秦怡老师在荧幕上塑造的光彩夺目的角色一样，作为女性，她也要在生活中扮演不同角色。女儿、妻子、母亲，这些角色都让她饱尝艰辛与坎坷，幸好秦怡从小有独立自主的见解，懂得在人生十字路口做出正确选择。

秦怡为躲避第一任丈夫陈天国，在夏衍、吴祖光、唐瑜的暗暗帮助下，从重庆独自一人坐船到乐山。然后，再到宜昌找到应云卫想办法。隐藏一段时间后，又与丁聪一起乘一辆破旧不堪的汽车转往西康，终于化险为夷。

后来秦怡与"电影皇帝"金焰由刘琼牵线搭桥，彼此一见倾心。没过多久，金焰陪秦怡去香港拍摄电影《海茫茫》，好友吴祖光、吕恩夫妇为他们操办婚礼，旅居香港的文化人茅盾、郭沫若、翦伯赞等悉数出席，证婚人郭沫若题写"银坛双翼"四个大字。

在婚礼上，酒酣耳热之际，向来老成持重的历史学家翦伯赞先生竟拉着新娘的衣角，高声叫道："我要做秦怡的小尾巴！"而曾在西康途中向秦怡表达过爱意的丁聪随即拉着翦伯赞的衣角，也附和道："我也要做秦怡的小尾巴。"吓得秦怡只得赶紧绕回去，拉着翦伯赞的衣服说："我要做你的小尾巴！"婚礼气氛由此达到沸点。

不过，爱情归爱情，婚姻归婚姻。由于金焰个性古板、木讷，远不如人们想象的那样浪漫，因此，秦怡花费不少精力经营婚姻生活。她记得两人恋爱期间相约去大光明电影院看电影《煤气灯下》，秦怡因为补拍一个镜头，晚到了五分钟，金焰一气之下独自进影院看戏，只是让刘琼在影院外等候恋人，待秦怡摸黑进入影院，连忙跟他解释，但"电影皇帝"仍一脸怒气。观影完毕，两人各自散去，直至数天之后才和好。

二十世纪五十年代,金焰赴"东德"拍戏,突发胃出血,故而切除大部分胃,只得长年卧床,无法继续工作,内心苦闷不已,性格随之有所改变,时而沉默,时而暴躁,但秦怡老师总是默默承受。在她看来,自己的丈夫始终保持一副绅士派头,从不口出恶言,待人彬彬有礼,而且还擅长烹饪,所制泡菜、炸鸡均口味独特;甚至还会裁制衣服,制作微雕,真可谓多才多艺……

秦怡老师晚年,身边的亲人——卧病在床二十载的丈夫、患有精神疾病的独子、相依为命的姐姐,相继撒手而去。面对一系列打击,她从未被击倒,依然以平静心态面对命运撞击,与儿子的永别,无疑深深刺痛她作为母亲的柔弱内心。但在暴风雨过去之后,她仍一如既往展示她的大爱:"儿子死了,固然难受。但是也会想到社会上其他不健康的孩子。一个人的一生难免会遇到许多不如意的事,我总是说,要想开。想开了,就什么都不怕了,人只要有理想、有追求,就是幸福的。"

所以,秦怡老师热爱表演,并借由角色延展她的生命宽度。九十三岁那年,她自编自演并自筹资金,拍摄电影《青海湖畔》,还不顾年迈,登上青藏高原拍摄;两年之后又在陈凯歌导演的电影《妖猫传》里饰演老宫女,仅仅数分钟的戏,秦怡老师丝毫没有懈怠,而是反复揣摩角色,力求尽善尽美。她还想把所剩不多的岁月看成自己人生的下半场,好好学习英文,以便与外国同行交流。

我最后一次与秦怡老师通话是二〇二〇年二月十一日,那日忽接秦老师女儿菲菲姐电话,原来她正陪秦怡老师看电视,偶然看到《可凡倾听》。彼时,秦怡老师记忆力已极度衰退,许多人和事早已淡忘,但她却看着屏幕脱口而出:"这是曹可凡吧!"菲菲姐听了都觉诧异,故赶紧电话告知于我,于是我在电话里向她老人家拜年,她也缓缓地回了六个字——"祝你新年快乐!"

对于秦怡老师来说,坚忍、耐烦,是她一生的信条准则;宽容、豁达,是她一辈子的生命底色。

此时此刻,只想和秦怡老师说:"愿您一路走好!"

○童芷苓：痴情与戏情

——纪念童芷苓百年诞辰

辛丑秋日往访"程派五老"仅存硕果——京剧大家李蔷华老师。蔷华老师虽已九十二高龄，依然头脑清晰，戏文与唱词仍倒背如流。由此想起廿余年前我反串《龙凤呈祥》"孙尚香"一角，曾向先生请益。对于吾等京剧爱好者，蔷华老师一字一句教唱，任何一个气口都不轻易放过，严谨不苟。作为初涉京剧的外行，我自然缺乏基础，常常前教后忘，但蔷华老师从不疾言厉色，而是不断耐心纠正，反复训练。

演出当天，蔷华老师亲临现场把关，仔细交待化妆师相关细节。由于摘掉眼镜，眼前模糊一片，待化妆完毕，蔷华老师又亲自将我搀扶至台口，轻轻拍着我的手，嘱咐道："只能送你到这儿了。不过，不用害怕，一定会成功！"虽然那段"昔日梁鸿配孟光"两皮慢板唱得左支右绌，但观众却给予鼓励的掌声。而那晚演出的行头却大有来头，因为那是京剧大家童芷苓先生的专用戏装。

说起童芷苓，京剧戏迷无不交口赞誉，由其创立的"童家班"和厉慧良领衔的"厉家班"是京剧界有口皆碑的家族戏班。童芷苓天资聪慧，痴迷京剧，同时博采众长，表演与唱腔融梅、程、荀、筱等各家之长，又旁及京韵大鼓、河北和河南梆子、时代歌曲，几乎无所不能。

二十世纪四十年代，京剧名家林立，童芷苓靠《纺棉花》和《大劈棺》脱颖而出，但更以荀派戏独步天下，但绝不亦步亦趋，他总会融入自己的表演特色。报人唐大郎在《关于童芷苓》一文中说："童芷苓之聪明，尤在言慧珠之上。你别看他这个人，似门板实梗一扇，然而剔透玲珑，无人可及。其嗓音宽而甜，得天赋之厚，即私底下闲谈，音调亦脆朗可听。"翁偶虹先生也称赞童芷苓"性格开朗，洞察时代气息，荀派之外，亦钦梅、程；传统之外，更喜新作"。连荀慧生先生本人也感叹，自己这个不安分的学生，学荀，但只取荀的"肉"和"骨"，却输入童的"血"。

那个时代的京剧大师除了演骨子老戏，都有自己的"私房戏"，而这些"私房戏"剧本通常秘而不宣，只有老师青睐的弟子方可获得。当年，程砚秋先生《锁麟囊》轰动一时，而童芷苓向来痴迷程派，自然也想贴演，但苦于手头没有剧本，故数度拜访"程祖"。《程砚秋日记》曾记载："童芷苓姐弟来访，恭维我一番而去，我想他们来此，不外又要将我作宣传，《锁麟囊》定又唱，本子将来定要张嘴向我要了。"

而《锁麟囊》一剧的作者翁偶虹回忆，童芷苓去他家做客，看见桌上"放着上海王蕙蘅女士录制的《锁麟囊》唱片三张，芷苓如获至宝，擎而抱于怀，惊喜地说：'我找《锁麟囊》唱片，真是踏破铁鞋，没想到它就在我眼前了。'童芷苓欲尝试《锁》剧之唱，而程砚秋之唱片，尚未问世……芷苓凤知蕙蘅学程极肖，谓得王片无异程片，开口求借，予又喜其诚朴而慨然付之。哪知未过两月，芷苓既演出《鸳鸯泪》于'三庆'，又演出《锁麟囊》于'吉祥'，两剧均获好评"。由此可见，童芷苓学艺之艰难与曲折。相比之下，恩师荀慧生对童芷苓则有求必应，荀慧生《小留香馆日记》留下多处记录，如"童芷苓索《白娘子》，全部抄好赠送"；"童寿苓来借《辛安驿》行头，其妹芷苓今晚'三庆'演出，并说《黄鹤楼》"；"芷苓来说《鱼藻宫》"；"芷苓索《炉妇诀》剧本，已抄好送伊"……不一而足。荀慧生对童芷苓厚爱有加，一旦发现童有不足之处，亦严加批评，不留情面，譬如其日记有如此记载："偕兰亭、舍予至'黄金'看童芷苓演《大劈棺》《纺棉花》二剧。《劈棺》失却戏意，信口开河，大说上海话之流言；《纺棉花》尤甚，学四大名旦之短处变本加厉……"

正是在恩师谆谆教导之下，童芷苓不断调整完善演出剧目与表演风格，去芜存菁，并逐渐融入自身特点，独成一派风貌。一九四六年，童芷苓以梅之《凤还巢》、程之《锁麟囊》、荀之《红娘》和尚之《汉明妃》在上海天蟾舞台掀起一股"童旋风"，从而真正奠定自己在京剧界的地位。

除京剧表演之外，童芷苓还尝试涉足电影。应黄佐临之邀，童芷苓加盟电影《夜店》，扮演"金不换"的老婆"赛观音"，与石挥、周璇、张伐同场竞技。她在片场拜石挥为师，不耻下问，同时还向佐临夫人，话剧版"赛观音"扮演者丹妮虚心求教，再加上自身天赋和感悟力，因此表演水平迅速提高。报人唐大郎在《童芷苓与周璇》一文中说："《夜店》在舞台上，丹妮饰此角；今移诸银幕，佐临乃派与芷苓。芷苓初不喜此角，曰：赛观音为反派，演之将不得观众同情。特以受佐临命，不敢固辞，遂开始拍戏。芷苓之从业态度，乃为文华人所信服，往往先众人而到，有时研求表情，则携剧本求正于丹妮，谦抑之怀，为任何明星所未有，佐临夫妇故深悦其人，桑弧亦极奖其气质之美，而言芷苓今日，更成大方家数矣。"

后来，桑弧导演还专门撰文，称颂童芷苓的创作态度："凡是才气纵横的人，不必拿格律限制他。童芷苓小姐数年来，走红大江南北，某一些人说她艺事不守法度，但我想她的好处正在于有一股子忽略传统的豪气……艺术的色相是多面的，恣意也好，谨严也好，只要有创造，都不难成为一家。童小姐的艺事属于恣肆的一路，眼前她正走向灿烂的顶点，我们不必希望她马上归于'平淡'，但以她的聪明才智，慢慢地自会敛才就危，没有经过绚烂而侈谈平淡，是不值得去羡慕的。"

曾经与"名丑"孙正阳先生聊起童芷苓《宇宙锋》"装疯"那场戏的革新。孙正阳先生说："按老戏演法赵艳蓉下台将青丝扯乱，服装再脱一袖子，台上的哑巴和花脸两人就得你来我往撑足时间。可是，就戏而言，松散拖沓，但芷苓演来别出心裁，她直接从头上拔出长簪，一绺水发顿时散乱开来，然而背对观众，将口红往脸上一抹，仿佛血痕一般，最后拉开尼龙搭袢，不着痕迹完成脱帔动作，整个过程一气呵成，如行云流水。"

前年我在纽约拜访童芷苓胞妹童葆苓，她则讲述了如何与姐姐重新整理《樊江关》姑嫂比剑的过程。"原来《樊江关》姑嫂二人只是随便比划一下，但姐姐设计了一套对剑，忽紧忽慢，意趣盎然，省去些许程式化表演，强化真实感。"

而童芷苓晚年与俞振飞、刘斌昆合作之《金玉奴》更是经典之作，虽然那时我只是一个青涩的中学生，但对演出盛况记忆深刻。彼时，俞老年近八旬，但舞台上仍风流倜傥，神采飞扬，其中有一场"喝豆汁"的戏可谓精彩绝伦，莫稽饥肠辘辘，忙不迭将金玉奴手中一碗豆汁抢夺过来，一饮而尽，随后用手指刮着碗边，再把手指上残留的豆汁吸干，紧接着，又伸长舌头，将碗底舔得干干净净。俞老一系列出神入化的表演将这个落魄书生刻画得惟妙惟肖；而童芷苓所饰演的金玉奴也光彩照人，特别是最后《棒打》那场戏，金玉奴以排山倒海式的逼问，显现莫稽的卑鄙狠毒。待看清莫稽的真实嘴脸，她又以从冷笑到痛哭的过渡，抒发内心的痛苦与悲愤。整场戏节奏明快，高潮迭起，极富生活烟火气，通俗易懂。后来，童芷苓自己也感叹："自与俞老、刘老同台，《金玉奴》的高峰就算过去了。"

自一九三九年拜师荀慧生先生，年仅十七岁的童芷苓便挑起"童家班"重担，当时取名"苓社"。戏班由其父母担任总管，大哥童侠苓负责宣传，也是戏班智囊，后来也参与编导，如《孟丽君》《杜十娘》等均出自他手；二哥童寿苓初学老生，后改习小生，拜姜妙香为师，是"童家班"早期主力演员，又是妹妹芷苓"御用保镖"，芷苓走南闯北，寿苓总是如影随形，即便到百岁高龄，他仍记得闯荡江湖之艰辛："跑码头最怕遇到意外。有一回去东北，火车巡警非逼着芷苓唱戏，芷苓坚决不从，待到达目的地，衣箱被浇银灰水（腐蚀性液体），所有戏服毁于一旦。"

童芷苓四处奔波，赚钱养家，还要着力培养妹妹童葆苓和弟弟童祥苓，尤其对相差十三岁的弟弟格外疼爱，为弟弟学戏更是一掷千金。祥苓先生常感叹："姐姐一辈子所挣来的钱，差不多有一半都花在我学戏上了。"

但芷苓对弟弟管教也十分严格。祥苓年轻时和名角赵慧秋唱《坐宫》，年轻气盛，调门越唱越高，弄得青衣差点下不来台，结果遭姐姐狠狠教训一通。及至二十世纪六十年代，芷苓因得罪"权贵"被迫离开《海港》剧组，但为弟弟祥苓能入选《智取威虎山》而感到无比欣慰。

祥苓先生记得，他和南云去告知姐姐这一喜讯时，芷苓老师脸上绽放出一丝笑容："姐姐不断给我揿菜，并且叮嘱我万万不可任性。临别时，姐姐还用手抚摸着我的脸，像对孩子一样对我说：

'全家对你期望最大，机会难得，无论遇到何种困难都要咬牙坚持，一定要争气，拼了命也要成功。'"显然，芷苓老师将"童家班"的所有希望都寄托到弟弟身上。所以芷苓生命最后阶段从妹妹葆苓口中得知，弟弟祥苓帮长子开店，不免一声叹息，说了三个字："可~惜~了！"

己亥夏日，童芷苓老师女儿童小苓由美返沪，参加二舅童寿苓百岁寿宴，我们同往芷苓老师位于淮海中路的旧居"登云公寓"，与她们当年的老邻居见面。邻居们说起童芷苓滔滔不绝。在她们印象里，童家陈设极为洋气，家具都是白色的，一家人围着长形西餐桌用餐。小苓的小伙伴们还挤在童家一辆奶黄色敞篷车外出兜风，那辆车还被电影厂借去拍摄电影《魔术师奇遇》和《霓虹灯下的哨兵》。

在邻居们印象里，芷苓老师与丈夫陈力先生待人和蔼，邻里和睦。但小苓记得，母亲每次演出前，身穿一件旧衣裳就坐在餐桌前边吃饭边看报纸，宛若普通人家的女子，全然没有想象中的明星派头。"有时候，母亲会把琴师和鼓师请到家里，简单扎两个水袖，对着大镜子排戏。"小苓还带我走进主卧室的洗手间，说："这里原本有个'炮仗炉子'。有个冬天的晚上，我和妈妈等着'炮仗炉子'将水烧热，在那段时间，妈妈就让我唱《尤三姐》，一段接着一段唱，直至全部学会。"

不过，我与童芷苓老师唯一一次见面却是在她的"新居"，靠近中山公园的"西园公寓"。那次是由祥苓先生哲嗣胜天陪同前往，只为近距离与大师接触。虽然那次会面仅半小时，况且我京剧知识浅薄，无法与她对话，只是聆听她们姑侄闲聊家常，但那次会面却激发我日后对芷苓老师艺术以及"童家班"的追寻。己亥初秋，经多年筹备，终于完成专题片《童家班》，以此献给芷苓老师，以及

"童家班"每一位京剧艺术家!

在童芷苓老师百年诞辰,作此小文,以表达一个京剧爱好者对她的无限缅怀,并期待其艺术绵延不断。

○ 贺友直：大雅近俗，各显风采

有人说，贺友直的连环画，尤其是《山乡巨变》，与齐白石的变法丹青、林风眠的中西妙合、潘天寿的文人画变体、叶浅予的舞蹈速写、黄永玉的《阿诗玛》版画，以及李可染的长江写生等共同构成的美术浪潮，震动、唤醒并影响了中国一代美术人士的眼、手、心！

然而，不知道为什么，每次见到贺友直先生，就好像面对隔壁邻居家一位退休的普通老头，从来没有把他看成一个正襟危坐、不苟言笑的艺术大师。我习惯称他"老头"，他则唤我"小鬼"，即便在上海文学艺术大奖颁奖典礼上也是如此。

因为他不屑将自己装扮成所谓大师，一言一行，哪怕是衣着，都是一派平民气象，更不爱说空话、假话、废话，有啥说啥，表里如一。照理说，能获得终身成就奖，终究是一件人生大事。无论从着装到讲话，总该细细琢磨一番。没想到，他竟套了一件平时上街的黑大衣，里面还穿一件半旧不新的羽绒背心，头戴一顶鸭舌帽。当华丽的大屏幕徐徐拉开，只见他信步走向前来，脱下鸭舌帽向观众致意，在舞台中央站立之后，还举起右手敬了个礼，顿时，笑声四起。

作为主持人，平时采访向来自己手握话筒，以便嘉宾讲话"跑马"，可以及时切断。但"贺老头"却不由分说，一把夺过话筒，竟自说来，且不落俗套："今天得奖，用宁波话讲，非常'威武'，也就是感到难为情，因为我赖以为人民服务的阵地没有了，连环画已遭淘汰。当然，得奖仍感到高兴，因为国家和人民没有忘记我……"然后，略有停顿，转头看着我。正以为他还有话说，老头儿却冷不防来了句："Finish(结束)。"弄得我一时竟不知何言以对，他倒露出"狡黠"的笑容，表情与平时私下里聊天并无二致。

"贺老头"生活里"放噱头"也常常用这种类似周柏春的"阴噱"，表情一本正经，自己从来不笑。譬如，他讲首度赴欧讲学经历便极为有趣。由于中途需要转机，他和师母不得不在休息室耐心等待。

忽然有人热情地将二老请至餐厅用餐。刚落座，侍从就相继送上面包、黄油、色拉，还有一道蘑菇浓汤，老两口满心欢喜享用一番后，便自行回到休息室。不一会儿，那侍从又焦急地过来招呼他们再回餐室。"贺老头"顿时面露难色，和师母悄悄地说："要命了。大概刚才没有付账，被人又捉回去了。"

那时候出国只能带几十块外币，所以，师母赶紧数数包里的外币，思忖是否足以付账。待重新坐定，他们这才发现闹了一个大乌龙，原来是主菜尚未上桌。惊魂甫定，两位老人这才得以从容品尝牛排。

后来，"贺老头"说，其实自己还是知道一些英语的，只是慌乱之中，居然一个单词也想不出来。细问之下，方才知道，"贺老头"年轻时家境贫寒，想着学点英语，可以吃"外国饭"，赚多点钱，每日黄昏时分，从天平路的家，一直走到雁荡路的夜校，补习英语。上课时，附近"锦江餐室"洋葱猪排的香味会飘到教室里。

虽然吃不起，但闻一闻香味，也算解了馋。遗憾的是，断断续续学了四年，背下了不少单词，却无法将单词组合成完整的句子。所以，他感叹自己的英语属于"散装英语"。因此，最终也没能吃上"外国饭"，倒是画画的天赋赐予他新的生命色彩。

由于父母早亡，生活拮据，"贺老头"读书读到六年级便辍学，自己一无技术，二无资产，三无社会阅历，是个"上无片瓦遮身，下无立锥之地"的"穷光蛋"。幸亏太太的嫡亲娘舅在文庙摆摊，认识一个画连环画的人，于是"贺老头"意外得到画连环画的机会。虽然不懂何为连环画，但匆匆翻阅几本租来的连环画，便凭想象，大胆画起了赵树理的《富贵》。

没想到，处女作印成书后，老板早已逃至香港，"贺老头"一分钱稿费也未到手。生活日渐窘迫，有时就靠一副大饼油条对付一整天。年三十晚上，仍东奔西走，借钱过年。可是，待钱借到手，已到傍晚时分，菜场早已打烊，只得买两罐"梅林"罐头肉，捱过那个难熬的除夕……直至进入上海人民美术出版社，他才看到艺术的光亮。

相对于程十发、顾炳鑫、刘旦宅、韩敏、赵宏本、汪观清的连环画，"贺老头"的作品以其深厚的"白描"功夫独步天下。他服膺李公麟和陈老莲的线条，也迷恋徐悲鸿的素描；但"贺家样"的线条并非照抄照搬，而是按照自己的理解，根据人体解剖，或是运用明暗调子进行组织，让笔下线条更富装饰性；而对所绘人物充满爱与温情，更是其成功之独门绝技。

同时，"贺老头"善于运用细节刻画，表现对描写对象的真挚情感。他常挂在嘴边的一句话就是："即便是一部《红楼梦》，也需依靠无数细节堆积起来。否则，便成不了《红楼梦》。"

连环画也是如此，必须要从生活细节着手。譬如连环画《李双双》，其中有一场景颇为经典。小说描写喜旺和双双闹别扭离家出走足一月有余，内心感到愧疚，终于回家表示歉意，但李双双尚未收工，喜旺便在院里劈柴。李双双回家见状，噗嗤一声笑出了声，于是示意怀里抱着的儿子将家里钥匙交给喜旺，说了句："这个家不会开除你。"整个画面细腻传神，意蕴无穷。

曾经问"贺老头"此灵感从何而来，他说："钥匙代表家和财富，但出于尊严，双双不能直接递过去。但她将钥匙套在怀中抱着的孩子指头上，暗示孩子递过去，以示原谅。这样，就把'这个家不会开除你'这样一句文学语言转换成绘画语言。所以，画连环画，就要像电影导演那样，用蒙太奇手法把故事尽可能说得生动有趣。"

后来，"贺老头"坦白，这些构思均来自生活："有时候和老太婆闹矛盾，晓得她快要下班了，赶紧拖拖地板，装装样子给她看。她一进门，看到我卖力做生活，面孔马上阴转晴，事情圆满解决。"

所以，"贺老头"日常一大乐事，就是"荡马路"，观察生活。他每天起床后，自己下一碗面，用前日吃剩的辣酱或是排骨作浇头，美滋滋地享用一番。如果吃腻了，就上街随便买些点心，然后到襄阳南路、淮海中路兜一圈，了解世情百态。

难怪"贺老头"下笔，每一个人物，或美、或丑、或庄、或谐，总是活灵活现，千变万化，绝非千篇一律，泥古不化，而是有个性、有感情、有故事、有谐趣，令人过目不忘，回味无穷。"贺老头"论齐白石画时，说："好看，高雅，功夫。""贺老头"与白石老人同样功力深厚，所不同的是，"贺家样"更加"有劲，世俗"，真所谓大雅近俗，各显风采。

最难能可贵的是，"贺老头"虽然"艺高胆大"，满身绝活，但一辈子安贫乐道，两袖清风，既不为"稻粱谋"，改行画国画赚取些许碎银，也不让自己的作品流入市场，进行商品交易。二十世纪五六十年代，"贺老头"一张插画所得稿费，可以去锦江饭店吃上一桌，可是到了晚年，尽管他已被公认为艺术大师，一张插画也就只有数百元，但他毫不在乎，照样精心绘制，乐此不疲。

至于住房，"贺老头"数十年一直居住在巨鹿路一幢老式楼房的二楼，逼仄的屋子还被划成几个不同功能，"一室四厅"说法由此而来。有人为他忿忿不平，他总是一边喝着黄酒，一边拣一点家常小菜，乐乐呵呵地说："戆伐？人活着，住'平方'；一到'漕溪北路'，就住'立方'啦！财富是身外之物，更是累赘。做人就是要开心，要明白，要知足！"

这些道理其实人人都懂，但要真正付诸行动，却比登天还难。一辈子的曲折经历令"贺老头"拥有这样一份睿智和大度，足以使他笑对人生的风云变幻。

"贺老头"的故事很多很多，且暂时就说到这里吧……

○ 袁雪芬：清清白白来，也要清清白白去

我刚刚入行时，常常有机会与越剧前辈艺术家同台演出。那些流派创始人很少以大师自居，亲切和蔼，吾等后生小子对她们也尊敬有加，其中，和王文娟、毕春芳两位尤其熟络。毕春芳老师是宁波人，我们称她"阿姆"，见到"林妹妹"王文娟老师，干脆就叫"姆妈"。有一回，傅全香老师听说后，故作愠怒状，问我该如何称呼她。我情急之下，脱口说一句："我喊侬'妈咪'哪能（怎么样）？"傅老师顿时喜上眉梢。不过，我见到袁雪芬老师，总是毕恭毕敬，从来没敢开过玩笑，因为她老人家有一种不怒自威的气场，有威严有余、亲和不足之感，然而，经过几次近距离接触，我对袁雪芬老师则大为改观。

一九九二年七月一个闷热潮湿的午后，我随《戏剧大舞台》摄制组，来到袁雪芬老师位于淮海中路"新康花园"的家中，倾听她对刚刚过世的邓颖超大姐的缅怀与思念。据袁雪芬老师回忆，她与邓大姐相识于上海，彼时，中华人民共和国成立在即，邓大姐专程来沪迎接宋庆龄女士北上商讨建国大计，百忙之中，还特意到剧场观看雪声剧团演出，并在演出后，与袁雪芬亲切交谈。

一九四九年九月，雪芬老师与梅兰芳、周信芳、程砚秋作为戏

曲界代表，前往北京，参加中国人民政治协商会议第一次会议。会议期间，还应邓大姐之邀，往中南海西花厅做客。周总理与邓大姐与之畅谈艺术与生活，交流中，袁雪芬还首度得知，周总理曾在上海悄悄进剧场，欣赏其代表作《凄凉辽宫月》。后来，周总理亲自发展袁雪芬加入中国共产党，并鼓励她以书信方式与之进行沟通交流，而周总理与邓大姐也不时抽空回复。袁雪芬老师珍藏了数十封周总理与邓大姐的亲笔信函，尤以邓大姐来信居多。说到这里，袁老师从抽屉里取出那些珍贵的手迹，让我们一一拍摄。

仔细阅读，可以发现，邓大姐书信朴实无华，情感丰富，仿佛一位长者对晚辈的殷殷教诲，字里行间流淌着爱的暖流。譬如，得知袁雪芬罹患肺病，邓大姐劝慰她："肺病是个麻烦的病，但并不可怕。我患过肺病，但也有了胜利斗争的经验。只要不犯急性病，全力与病作斗争，胜利一定属于你的……"有时候，邓大姐也会告知周总理的工作状况："你最关心我的他，能在国外归来后争取休息下，但我看他的工作情况，可能不大。在此小住六日，亦在忙于开会写报告，事情一完就走了。差堪告慰你的，他的身体健康还好，只是感到疲劳，发落且加白了。"

有意思的是，邓大姐还会在信中谈及她与周总理的爱情观："能够巩固至今，最主要的一个条件，亦是一条经验，那就是感情和政治互相渗透，互相结合，结合起来，而又以政治为主，去加以处理，加以发展……"摩挲着那泛黄的信纸，重温那熟悉的字迹，袁老师禁不住眼眶泛红，陷入无限思念之中……沉吟片刻，她又从回忆转向现实之中，从周总理邓大姐关心戏曲事业，谈到戏曲对国家文化普及之重要性。"我们中国十亿人口，八亿农民，老百姓文化知识从何而来呢？他（她）们就是通过看舞台上的戏曲表演，懂得岳飞是忠的，秦桧是奸的，诸葛亮是聪明的……"曾经听过无数专家有关戏曲的阐述，但袁老师对戏曲的精辟见解至今仍萦绕耳际。

时隔十二年，待《可凡倾听》开播，才有缘再次走进"新康花园"那幢西班牙风格的小楼，与袁雪芬老师做访问。袁老师所住小楼分上下两层，外观为淡绿色水泥沙浆墙面，屋顶为红色西班牙瓦片，上、下两个住房均独立进出，彼此互不干涉。袁老师住二楼，底层住户则为油画家颜文樑，袁老师客厅悬挂一幅颜文樑油画。据袁老师告知，颜老前后花费数年，方才完成此画，弥足珍贵。

由于小楼二层阳台颇为宽敞，而且还竖立两根爱奥尼柱式螺旋形立柱装饰，取景效果甚佳，于是我们就端坐于阳台交谈。袁雪芬老师毕生致力于越剧改革，不仅率先引入导演编剧制度，而且博采众长，将话剧电影现实主义表现手法与戏曲载歌载舞的美学风格相融合，还创造出千回百转，如泣如诉的"尺调"，并逐渐发展完善，使之成为越剧主调之一。

但袁老师似乎看淡自己在艺术上所取得的非凡成就，思绪却总是回到年轻时与她合作的马樟花："我和马樟花在舞台上配合默契，她美艳动人，也聪慧无比，捧她的观众无数。她与丈夫琴瑟和鸣，但剧场老板却不时动她的歪脑筋，企图破坏她的美满婚姻。后来，无良小报又对她无端攻击，她郁郁而终，生命停止在二十一岁的美好年纪。我内心愤怒，为她鸣不平，却又无力反抗。她去世后，我竟吐血不止，几乎无法登台……直到今天，我还会在梦里与她相遇，并且一起登台唱戏……"一位耄耋老人，回忆起十六七岁时的小伙伴，依然充满不舍，实在令人动容。

采访中，我小心翼翼询问两个"敏感"问题：一个有关婚姻，袁老师也并不以为忤，在她看来，婚姻生活必须要互爱、互敬、互勉、互助、互信、互谅、互慰、互让，但感情的压舱石则是人生观与世界观，当这一基础被损坏，婚姻便会走向末路；还有就是"霸道"问题。袁老师数十年来一直是越剧界领袖式人物，拥有崇高威望，故而有少数人会私下议论其"霸道"，对此，袁雪芬老师也直言不讳："我个性率直，说话向来斩钉截铁，不会转弯抹角，可能有时尊重人家不够，但我从来没有为名利去霸道过任何东西，有人劝我做人要'内方外圆'，圆滑也许会给人以好印象，但我不愿意牺牲原则，去迎合别人。我时刻告诫自己做人要问心无愧，不能阿谀奉承，更不能趋炎附势。爱惜自己，珍惜他人。"听罢此言，我不觉为之叫好，并打趣道："袁老师姓'袁'（圆），但做人一点也不圆！"老人也忍不住笑出声来："确实如此！确实如此！"

也就是在二〇〇四年那年，徐俊导演有意将白先勇先生的小说《玉卿嫂》搬上越剧舞台，"玉卿嫂"扮演者锁定袁派花旦方亚芬。为此，袁雪芬老师还约徐俊和亚芬一起，同往苏州青春版《牡丹亭》排练现场。白先勇先生甫见方亚芬，便兴奋不已："啊呀，活脱一个玉卿嫂！"听说亚芬是袁派弟子，白先生饶有兴致说起与袁雪芬老师的渊源。原来当时越剧院所在地原为"白公馆"，而袁老师的办公室恰巧就是白先勇先生卧室。"《玉卿嫂》要做成越剧，越剧本身擅长表现男女爱情。方亚芬又是袁老师学生，真是缘分啊！"一席话，说得亚芬信心满满。可是，袁雪芬老师却对"玉卿嫂"这一人物有疑虑，迟迟没有表态。

时间不等人，于是袁雪芬又去征求何赛飞意见，何赛飞师从张云霞，而张云霞的"张派"脱胎于"袁派"。赛飞虽长年脱离越剧舞台，但对"玉卿嫂"一角跃跃欲试，并很快投入排练，遗憾的是，赛飞因健康原因不得不退出剧组。值此关键时刻，亚芬挺身而出，表示愿意救场，只是需要得到袁老师首肯。得知事情来龙去脉，袁老师没有半点犹豫："戏比天大，救场如救火。尽快排练，不可有延误。"

不仅如此，老人家还劝亚芬取消原定赴宁波祭奠母亲的计划："孰重孰轻，必须要想清楚。如果能创造一个成功的角色，你母亲在天之灵也会感到欣慰的。"亚芬说，老师的话让她感到暖意浓浓，从这件事中，也可看到袁老师作为一代艺术大师的襟怀与品格。数天后，我和徐俊登门拜访。那时候，袁老师因血液细胞异常正接受治疗，但一说起越剧来，袁老师精神陡增。她说，两次越剧改革解决了像《西厢》《梁祝》那类剧目的表演问题，却因各种阻挠，未能完成自己希望塑造历代中国女性的宏愿，尤其是秋瑾那样的人物，她寄望我们能够帮助亚芬完成她未竟的愿望。

越剧《玉卿嫂》经历各种困难，终于于二〇〇五年十一月一日在美琪大戏院首演。首演当天，袁雪芬老师亲自到场督阵。那晚，亚芬与其他演员配合默契，将整场戏演得回肠荡气，富有张力和节奏感。可是，毕竟是首场演出，各部分工作人员均神经紧绷，但音响还是略有瑕疵，"金燕飞"演唱时，声音忽轻忽响，飘忽不定，袁雪芬老师赶紧示意予以调整，力求尽善尽美。白先勇先生看完演出后给予高度评价，电影《玉卿嫂》主演杨慧珊对剧本创作的演员表演也大加赞赏。最后谢幕时，袁雪芬老师走到舞台中央，向白先勇先生深深致意："感谢您为我们越剧做了一台好戏。"

袁雪芬老师当年从嵊县一步一步走向上海，始终谨记父亲教诲，认真唱戏，清白做人。记得她曾对我说过："我从曹娥江而来，经钱塘江，再到黄浦江，百年之后，一定要将我的骨灰撒入黄浦江，流入大海，我是清清白白来，也要清清白白去……"

袁雪芬老师是这么想的，也是这么做的！

○ 陈歌辛与金娇丽：永远的微笑

一年一度的《我和春天有个约会》主持人歌会启动在即，节目制作人林海提议，是否可以和黄龄演唱经典上海老歌《永远的微笑》，并由作曲家陈钢亲自伴奏。听罢此创意，不禁拍案叫绝。《永远的微笑》为陈钢父亲陈歌辛赠与爱妻金娇丽的礼物，当年一经周璇演唱，迅即红遍上海滩。说起此歌，不由得想起廿余年前与袁鸣联合主持的一档综艺栏目《共度好时光》，其中专门设置一"情怀追寻"版块，邀请知名人士讲述亲人或友人的非凡情感故事。

之所以策划这一主题，是因为综观人们一生，其美好时光往往无法绕开一个"情"字。生活因情而丰富生动，温暖感怀。好时光离不开一段段动人交往，一个个难忘之人。正是拥有那些刻骨铭心的生命片段，人类方能享受此刻欢愉时光，短暂的生命之河才会流出璀璨金色。

而《美丽到八十》单元叙述的便是一代"歌仙"与妻子金娇丽的动人爱情故事。陈歌辛曾追随德籍犹太音乐家弗兰克尔学习音乐，风流倜傥，才华横溢，金娇丽为其学生，十六岁便被推选为校花，还在新新公司楼上"琉璃电台"担任播音员。金娇丽曾如此描写陈歌辛："他在上课时穿一件熨得平整的深蓝竹布长衫，而且半件已洗刷得发白了。我喜欢上这英俊青年,认为他'穷'就是好的。"

然而,这段"师生恋"却差点因家境与门第悬殊而中途夭折。金娇丽为吴宫饭店经理家的掌上明珠,陈歌辛虽为印度贵族后裔,但早就家道中落、勉强度日,世俗偏见几乎棒打鸳鸯。金娇丽虽外表看似柔弱娇小,内心却坚强无比。她断然违抗父命,与陈歌辛租借陋室,共筑爱巢。

兴许是受爱情滋润,《玫瑰玫瑰我爱你》《蔷薇蔷薇处处开》……一首首情歌从心底汩汩流出,而金娇丽永远是丈夫作品的第一读者,两人蛰居逼仄旧屋,但心怀大爱,相互激励。没过多久,陈歌辛"歌仙"雅号便不胫而走。一时间,海上流行歌手,如周璇、姚莉、李香兰等,均以演唱陈歌辛作品为荣。

艺术家天生浪漫敏感,与女歌手相处之间,难免互生情愫,陈歌辛也不例外。他与姚莉哥哥姚敏,一度对李香兰倾慕不已。而李香兰对陈歌辛亦赞赏有加,彼此惺惺相惜,但碍于家室,陈歌辛始终保持克制,后与姚敏相商,共同创作一首歌曲,以纪念彼此的友谊。

于是,姚敏借用唐代诗人张籍《节妇吟》中名句"还君明珠双泪垂,恨不相逢未嫁时",与陈歌辛共同写出传世之作《恨不相逢未嫁时》,歌中唱道:"冬夜里吹来一阵春风,心底的死水起了波动。虽然那温暖片刻无踪,谁能忘却了失去的梦。你为我留下一篇春的诗,却叫我年年寂寞过春时。直到我做新娘的日子,才开始不提你的名字,可是命运偏好作弄,又使我俩无意间相逢。我们只淡淡地招呼一声,多少的甜蜜辛酸,失望苦痛,尽在不言中。"舒缓委婉的旋律之下,蕴藏翻江倒海的情感纠葛,无奈苦恼,缠绵欢愉,尽在不言之中。

而一首《苏州河边》则是陈歌辛记录他与"银嗓子"姚莉的一次难忘的姑苏之旅。那时,他俩随公司同时往苏州游玩。月夜之时,他们漫步于小桥流水间,感受单纯的美好。回沪后,陈歌辛以白描方式写出《苏州河边》。"河边不见人影一个／我挽着你,你挽着我／暗的街上来往走着／夜留下一片寂寞／河边只有我们俩个／星星在笑／风儿在妒／轻轻吹起我的衣角／我们走着迷失了方向／仅在暗的河边彷徨／不知是世界离弃了我们／还是我们把他遗忘／夜留下一片寂寞／世上只有我们俩个／我望着你／你望着我／千言万语变作沉默。"音乐与词曲均返璞归真,唱出少男少女纯净的内心世界。

姚莉晚年说起这段往事,仍感动不已:"那时候,虽然歌中唱道'挽着手',但实际上,手根本没有碰过,是名副其实的'发乎情,止乎礼',但是非常美好。"彼时,姚莉已是耄耋之年,但说起前尘往事,眼睛里仍闪过一丝光亮。

虽然生命之河翻起几朵情感浪花,但陈歌辛一生挚爱仍非爱妻莫属。"心上的人儿,有笑的脸庞／他曾在深秋,给我春光／心上的人儿,有多少宝藏／他能在黑夜,给我太阳／我不能够给谁夺走,仅有的春光／我不能够让谁吹熄,胸中的太阳／心上的人儿,你不要悲伤／愿你的笑容,永远那样。"这首陈歌辛专为妻子创作的《永远的微笑》旋律简洁优美,情感真挚浓厚,有疼爱,有怜惜,更有鼓励,难怪陈歌辛哲嗣陈钢称"这是父亲送给母亲的音乐素描"。

一九五七年,陈歌辛不幸被错划为"右派",发配至白茅岭农场。作为妻子,金娇丽不离不弃,每年春节都不辞辛劳,独自一人,冒着风雪,踉踉跄跄行走于崎岖山路。漫漫四十公里长路,耳边尽是凄厉风声,心里却涌动着《永远的微笑》的旋律。

金娇丽女士曾在一封家书中记叙与丈夫相见的难忘时光。"相聚一夜,诉不尽的情。没条件像在家里时那样对饮红茶,谈天说地,只能苦中作乐,用刚洗过套鞋的泥水放在小铅桶里煮滚而饮,也就够满足了。茶未喝完,队里的哨子吹响了,让家属乘汽车去赶火车。此时此刻难分难离,但必须走呀!我,一路哭到家。"

但回到家里,作为母亲,她又必须抹干眼泪,承担起照顾孩子的职责。她靠没日没夜抄谱挣来七十二元救命钱,维持全家最低生活线。原本想着终有等到丈夫回来的那一天,但陈歌辛仅留下一盏煤油灯和一句"你要保重"的叮咛,长眠异乡。闻听噩耗,金娇丽浑身抽搐,不省人事,但她仍坚强铭记,只身前往白茅岭,用一只小木箱,捡回陈歌辛遗骨,将眼泪咽进肚子里。

屋漏偏逢连夜雨,继丈夫被发配异乡,次子陈铿也被错划为"右派",参与劳动改造。由于内心煎熬,想一死了之。金娇丽为此赶至复旦大学与儿子谈心。"你父亲客死他乡,我一个女人,独自将他接回。虽说万念俱灰,但从来没想过'死'这个字。是我的儿子,就一定不能自暴自弃,否则便不是我儿子。"母亲这一番话,让次子从绝望中获得重生。所以,长子陈钢感慨:"母亲经历太多苦难。如果是一个稍微脆弱点的女性,恐怕就承受不住。就在那么困难的情况下,她还能充满自信,热爱生活。这一点是我们全家受用不尽的财富。"

果然,当金娇丽女士身着白底绿花丝裙,款款走上舞台,讲述过往艰难与坎坷时,仍保持一份难得的淡定与优雅。她说:"我只是一个很平凡的母亲。虽然经历过不少风风雨雨,但现在我觉得很幸福。为什么呢?因为我的孩子们都是在逆境中长大的。所以,他们懂得自尊、自爱、自强不息。他们非常爱我,我也非常爱他们。我记得冰心老人说过,有了爱就有了一切。我有了这些爱,所以我的晚年很幸福。"她还风趣地教育陈钢兄弟要向劳模徐虎学习,为人民服务。观众席顿时爆发热烈掌声。

她还告诉我，原本她要去美国看望幼子陈东，但听说要录制回忆陈歌辛的节目，毅然更改行程。为了率子女在舞台演唱《永远的微笑》，她还专门去位于衡山路小红楼的中国唱片厂试音，所用话筒还是当年周璇所用旧物。睹物思人，金娇丽在微笑中流下热泪，但她说，自己早已走过悲伤，生命航船正驶向圆满彼岸。所以，这是充满幸福与感恩之泪。

在陈钢先生的钢琴伴奏下，与黄龄共同唱起《永远的微笑》，我仿佛看到陈歌辛先生与金娇丽女士正相依相偎含笑注视……人生固然转瞬即逝，但艺术却可使之获得永恒；生活难免会遇到困顿与挫折，但微笑能让我们在风雨里战胜苦难，从黑暗中寻到光明。

○ 王安忆：热眼看自己

二十世纪八十年代后期，作为电视台《我们大学生》栏目主持人，我曾采访过吴强和茹志鹃两位前辈作家。

吴强先生的长篇小说《红日》有口皆碑，根据同名小说改编的电影更是影响深远；而茹志鹃女士的短篇小说《百合花》则是中学语文课本必读篇目，清新、纯洁的文字里透露出对美好人性的呼唤，尤其是结尾处："'是我的'——她气汹汹地嚷了半句，就扭过脸去。在月光下，我看见她眼里晶莹发亮，我也看见那条枣红底色上撒满白色百合花的被子，这象征纯洁与感情的花，盖上了这位平常的、拖毛竹的青年人的脸。"百合花被子作为线索贯穿全文，读来意蕴无穷。

所以，听说有机会采访两位文学大家，我颇为兴奋。吴强先生的采访好像是在作协进行的，而采访茹志鹃女士则是说好去她"愚谷邨"的家。"愚谷邨"是位于愚园路与南京西路之间的一条新式里弄，弄堂里住宅鳞次栉比，纵横绵延。

王安忆后来曾如此回忆"愚谷邨"："'愚谷邨'路通愚园路和南京路，两端均是闹中取静，于人间世而有冥思，合乎父母知识分子的人道情怀，他们的晚境因而增添暖意。是为市井福地。"

然而，那次采访究竟关乎哪些内容，完全不复记忆，只是与大作家如此近距离接触，对一个大学生来说，到底还是带有一种精神冲击。后来与王安忆相识，也常常会说起和她母亲那唯一一次的采访。

按照固有思维方式，人们总以为王安忆的文学才华来自母亲茹志鹃的精心培育，但茹志鹃女士在《从王安忆说起》一文中说："在孩子小的时候，我除了给他们吃饱、穿暖之外，还给了他们一些看不见、摸不着的东西。我认为这在目前盛行'实惠'价值观的时候，提一提是必要的。给孩子一些感情上的、文学上的熏陶。孩子们还小的时候，背过一些唐诗宋词，先是背，然后让他们懂一些诗里的意境……"作为母亲，茹志鹃只是努力培养孩子的文化情趣，但从未刻意将子女往特定方向培养，甚至不鼓励他们从事文学艺术工作。

尽管母亲不赞成女儿搞文艺，但一切就像命中注定一般，王安忆的人生轨迹终究向着文学步步趋近。十六岁那年，王安忆离开上海，去往安徽淮北农村插队落户。在那个物质条件与精神生活都极为贫乏的时期，其文学天赋开始显山露水。由于担心女儿身处异乡，寂寞难耐，再加上自己也处于边缘状态，故此，母女相约，通过鱼雁往来，寻找生活乐趣。

女儿来信所述，仅为周围凡人琐事，但母亲却凭借敏锐文学嗅觉，发现女儿的观察与叙述能力。茹志鹃女士说，女儿王安忆"信里写了她的劳作，生活，环境，农村里的小姐妹，老大爷老大娘，写他们对自己的爱惜，也写他们的纠纷。我发现写的这些平常的生活情景，生动，亲切，如见其人，如闻其声。使人看了就难忘。她写的有些事，我直到现在还记得。比如她们下工回家以后，农村生活的寂寞、刻板，一旦听见井边有人吵架，于是在挑水的丢下水桶，在切菜的丢下菜刀，纷纷出去看，结果，人家不吵了，大家就叹了一口气，不无遗憾地又回到屋里做饭。有一年的春天，她来信说，乡亲说燕子不来做窝，这家人一定是恶人，要倒霉的，而她住的那屋子，梁上还是空的。过了几天她来信报告说：今天早上我一睁眼，就看见梁上有燕子来做窝了。她写了一些小事，但从这些琐琐碎碎的事里，我了解到她的生活，她的思想感情，甚至她的形象，都能透过纸感觉到"。

数年后，王安忆回到上海，在《儿童时代》杂志担任编辑，并正式开启写作生活，但母亲茹志鹃依然奉行"不去管她，让她自己去探索，去走路"的原则，任凭女儿在文学道路上驰骋。王安忆和我说，随着自己作品数量增多，母亲甚至都不看其作品，更遑论具体指点。茹志鹃女士也颇为得意，以为这样的"放手"，才促使"王安忆在创作上较快形成自己的一种表现方式，在她的成长道路上，我如果有点作用的话，这恐怕要算一功"。

一九八三年，王安忆与母亲茹志鹃一起远渡重洋，参加美国爱荷华大学"国际写作计划"。此项计划由华裔女作家聂华苓参与创办，每年邀请来自世界各地的作家共聚一堂进行交流与写作。白先勇、林怀民、余光中、吴祖光、王蒙、莫言、郑愁予等两岸作家都相继参与其间。

聂华苓在《踽踽独行——陈映真》一文中回忆那年聚会："那年是中国作家在爱荷华最有趣、最动人的聚会。吴祖光诙谐，……茹志鹃沉毅。王安忆敏锐，对人对事，都有她独特的见解，扎两条小辫，明丽透着点儿腼腆，偶尔冒出一针见血的话，多带批判性。她对新鲜事物特别有兴趣，比其他作家活动多一些。"

这段"爱荷华"经历，对王安忆的写作产生了重要影响，尤其是同访"爱荷华"的中国台湾作家陈映真，以及旅居纽约的艺术家陈丹青。我曾经问王安忆，为何陈映真会对她心灵成长和文学发展产生如此强烈撞击，甚至让她在《英特纳雄耐尔》一文中感叹"我从来没有赶上过他，而他已经被时代抛在身后"。王安忆说："我们刚从知青的命运里挣脱出来，心中充满愤怒，要对那个曾经走过的时代进行激烈的批评，但陈映真则认为，相对于同来'爱荷华'的其他国家的作家的悲惨命运，我所遭受的苦难不值一提。"

虽然，彼此观念不同，争论不休，但从聂华苓的文章可以看出陈映真对王安忆投以青眼："在大陆作家之中，他对年轻的王安忆最关心，最好奇也最赞赏。那时大陆作家的作品还不能在台湾发表，他在爱荷华一口气读完她送的几本集子。一九八四年，他将王安忆的《本次列车终点》在台湾的《文季》发表，也许是台湾初次发表大陆作家的作品。他认为：'作为一个年轻一代的作家，她的焦点和情感，毋宁说是集中在年轻一代身上的遭遇和感受。她在作品中所透露的批判，虽然没有大陆年轻一代哲学家的深刻，但她所提出的质疑，却有王安忆的认真和诚实，感人至深。'"

至于陈丹青，其旅居纽约时的那份孤独与苦闷赢得王安忆的尊重。王安忆记得当时陈丹青在地铁里阅读王安忆赠他的两本小说集，泪流满面。"别人都忙着向西方认同，他却在向中国认同。"王安忆说。

而陈丹青则回忆，王安忆的《本次列车终点》曾让他感动："第一次看到有个同代人写我们自己的生活，非常高兴。记得小说结尾写主角回城后心里苦，跑到外滩人堆里去，家人又去找他回来。这种感觉写得很对。我小时候不开心，也跑到外滩瞎走。"读罢王安忆赠予的小说《六九届初中生》，陈丹青还与王安忆在通信中讨论阅读感受，提出个人意见，并煞有介事地判定《六九届初中生》只能算是一部拉得很长的小说，而算不得真正的"长篇小说"。

但是，无论如何，王安忆始终看重与陈丹青的对话，有时候难免也会生气，会有歧见，可是，又会在某一点上达到契合。因此，王安忆将陈丹青称为自己的"思想伴侣"。

说起王安忆的文学创作，《小鲍庄》无法绕过。《小鲍庄》与莫言的《透明的红萝卜》发表在同一期文学刊物，并引发读者关注。作为写实主义作家，王安忆曾戏言，为何非得"红萝卜"，"红山芋"似乎也未尝不可。此话传到莫言耳中，莫言自然五味杂陈。所以他起初对王安忆略有偏见。

然而，对文学的执着追求，使得他俩愈发融洽。王安忆说，她和莫言同受邀请访问瑞典。旅行期间，他们同访瑞典文学院。"莫言非常忠厚，问了句'诺贝尔文学奖有否可能两个人同时获得？'对方说，历史上有过……"王安忆清晰记得那段有趣的对话。荣获诺贝尔奖之后，莫言对王安忆说："如果我们俩同时得奖该有多好啊！"王安忆认为莫言得奖对中国文学最大的影响在于奖励"持续性写作"，意味着对职业作家的认可与褒奖。

"回顾中国文学史，只有我们这代人才有了真正意义上的写作。之前的写作，从'五四'开始算好了，老是被打断。只有到了我们这一代，才有了持续性写作。这才是莫言得奖真正的意义！"王安忆说。不过，虽然莫言得奖是因为其长篇小说，但其实他的中篇小说更佳，因为中篇小说"有所节制，不可能泥沙俱下，而短篇太拘束，长篇又太繁复"。

当然，长篇小说往往会因为故事跌宕起伏，人物命运千回百转而受到影视工作者青睐。莫言的《红高粱》便是最好的佐证。王安忆的作品虽然向来与影视剧疏离，但《长恨歌》却是例外。王安忆对弄堂女儿王琦瑶这一人物的塑造，以及对市井百态、家长里短入木三分的描绘，显然来自她对上海这座城市的深刻体察。

曾不止一次听王安忆说，小时候住在淮海路、思南路附近，那里的弄堂结构和房屋布局颇为奇异，前面是五光十色的巴黎风尚，背后则是柴米油盐酱醋茶的烟火气息。生活于此的女孩子必须拥有足够的定力，方可抵御繁华与喧嚣。事物总是分为两极，有进取的，也有沉沦的，这一切，才构成生活的本来面目。

因此，《长恨歌》里的人物或许都不是作者所喜欢的，却是真实存在的。更由于人物经精雕细刻，呈现出生命感，一个个人物便勾串起一段历史洪流。

自《长恨歌》后，文学评论界时常将王安忆与张爱玲相提并论。她们都是生活在老上海的女作家，都以上海为背景进行创作，写作手法和风格上也有相似之处。其实，在王安忆之前，也有人探寻白先勇与张爱玲文学基因的相互关系，白先生给出的答案是，他与张爱玲的文学之路都是"喝《红楼梦》的奶长大的"。尤其张爱玲创作完全绕过"五四"，直接与《红楼梦》《海上花列传》等相接。

中国台湾作家朱天心将大陆作家大致分为两类：大多数人属于"三国"系，而王安忆恰恰属于"红楼"系。不过，在王安忆看来，张爱玲与"五四"虽然关系紧张，但她仍然从中汲取养料，譬如对人生的观照，以及对人世的批判。"如果没有'五四'，张爱玲的东西与'鸳鸯蝴蝶派'就可能殊途同归。反过来说，张爱玲似乎也给'五四'补了一个缺。'五四'成长起来的作家对市民生活是持批判态度的。他们觉得民众是等待他们来启蒙的，所以，他们不关心日常生活。而张爱玲则关注庸常生活，并从中寻找救赎。"王安忆说。至于自己与张爱玲的根本差别则在于世界观的不同，张爱玲是冷眼看自己，而她则是热眼看自己。

也许在王安忆看来，上海这座城市"历史太短促，物质太多，人们也因此变得不够浪漫",所以,她始终不认为备受追捧的《长恨歌》为自己巅峰之作。她甚至提出过一个有趣的观点,即希望"能用上海的材料来制造一个不是上海的地方",否则,一个作家实在难以经受这座城市所带来的挑战。故此,王安忆认为"上海写作只有两条路,一是走出城市,二是走进书斋"。

纵观王安忆《长恨歌》之后的创作,《逃之夭夭》和《妹头》尚处于上海体系之内,《上种红菱下种藕》的视角已转向浙江小镇,而《遍地枭雄》更是"离谱",小说全然没有女性,而是一个纯粹的男性世界,王安忆以无穷想象力,将诡异的通俗故事,赋予纯文学的格调。

随之而来的便是像《天香》那样写顾绣,《考工记》那样写建筑的,以文化遗传的溯源与传承为内核的作品。紧接着,一部着眼于"一把刀"——淮扬菜的长篇小说《一把刀,千个字》横空出世。主人公是靠精湛厨艺混迹于纽约法拉盛的厨师陈诚。但凡有过纽约法拉盛游历经历的人都知道,法拉盛是纽约一道奇特风景线,甚至仿佛是一座西方文化包围的东方文化孤岛,活色生香,云谲波诡。

王安忆说:"我第一次去那里,便被吸引住了,身前身后的人脸,都有故事,有的找得到范本,比如林语堂的'唐人街',比如白先勇的'谪仙记',比如聂华苓的'桑青与桃红',二十世纪七十年代'保钓'运动,中美建交,改革开放。还有找不到范本,原始性的,单是看那写字楼电梯间的招牌,不知道有多少故事的头尾:律所、牙科、相术、婚姻介绍、移民咨询、房屋中介、货币兑换。至于门面后的隐情,完全摸不着头脑了。"

作者赋予一个淮扬名厨异乎寻常的成长经历。他降生在冰雪皑皑的东北,却又阴错阳差地寄居于上海逼仄的亭子间,继而蜕变成淮扬系厨师,最终称雄于纽约法拉盛私人订制宴席……王安忆以一以贯之的写实主义手法，将柴米油盐酱醋茶的滚滚红尘融入时代潮流的汤汤大河，让软兜、狮子头、宫保鸡丁、冰糖肘子、鸡火干丝、松鼠鳜鱼那样的家常小菜映照出日常的火热，折射出生活的真谛。

那些看似平淡无奇，破碎不堪的人与事，经由小说家的精心黏合，重新还魂，且元气满满，从而堆垒成一条历史的河流。正如书中人自己所说，"人们总以为历史是由纪念碑铸成的，更可能是石头缝的草籽和泥土"。读罢全书，意犹未尽，相信《一把刀，千个字》可以像《长恨歌》一样，再次赢得读者的青睐，从而创造王安忆又一个文学高峰。

记得数年前，白岩松翩然来沪，我曾约他和王安忆、金宇澄相聚。席间，谈及《长恨歌》与《繁花》，白岩松说："所谓的文学盛世，也不是人人都写得好，人人都爱写，只是说，那个时代有五六支豪笔而已。角儿的作品，终归会流传下来。"王安忆的《长恨歌》《一把刀，千个字》便应该属于"角儿的作品"！

○汤昕：从"锦园"走出来的银行家

久久伫立于汤昕的彩色照片前，望着他那渊雅风流、逸兴遄飞的模样，很难想象，数十天前尚在觥筹交错间问疑论道、砥砺切磋的昔日同窗、邻居，竟然在离天最近的地方羽化登仙，记忆瞬间由彩色转为黑白。

汤昕照片一侧悬挂着钱君匋先生的字幅，其中有"鸟语空山静，傲霜鞠吐英"的句子，这原本是君匋先生送给汤昕外祖父赵家璧先生的诗句，现在看来，也仿佛是汤昕的人生注脚。

同在"锦园"一起成长的小伙伴们，大多比较淘气，譬如我和同学常常跑到弄堂后方上针二厂（上海针织机械二厂）无花果树上摘取果实。弄堂大修期间，我们还攀上脚手架，钻进邻居家，把冰筒里的雪块消灭殆尽。汤昕相对文雅，属于"闷皮"，最大爱好是到黄沙堆掏黄沙，结果弄得浑身都是沙子，为此没少挨母亲训斥。

每逢寒暑假，汤昕与姐姐被送到山阴路大陆新村外祖父家。鲁迅先生与茅盾先生当年曾居住于此，瞿秋白来沪避难时，也曾在这里留下足迹。汤昕的外祖父赵家璧先生为出版大家，与蔡元培、鲁迅、老舍、巴金、徐志摩、丁玲等熟稔。

这些作家的诸多重要作品均经由家璧先生之手出版。鲁迅先生曾给家璧先生写过近五十封书信。家璧先生藏书丰富，家里专门辟出一间亭子间作为书库，连走廊都堆满书，因此，汤昕便在那书的海洋里尽情吮吸，所读尽是《呼啸山庄》《家·春·秋》那样的世界名著，而且，汤昕从小练就"一目十行"的本领，一本数百页的名著，往往两天便给读完，且能详尽复述故事内容。

钱君匋先生还给年仅九岁的汤昕刻过一方名章，边款为"好好学习，天天向上"。事实上，汤昕也的确是"锦园"里我们一班小朋友中最用功的。他每日黎明即起，参加长跑，从愚园路一直跑到延安中路展览中心，随后再折回，到家洗个澡后，便一个人到楼顶晒台上温习功课；每天晚饭后，他又在底楼"灶披间"，借着昏暗的灯光，读书写字，如此晨兴夜寐，终得回报。汤昕以优异成绩考入华东师范大学哲学系。华师大由光华大学与大夏大学合并而成，外祖父赵家璧当年毕业于光华，祖孙先后就读同一学校，自然喜上眉梢。

一九七九年适逢改革开放浪潮掀起，国家亟需栋梁之才，决定公费派遣留学生去欧美留学深造，于是，汤昕负笈德国，前往法兰克福歌德大学学习国际金融。初抵德国，首先要过语言关。其实身为翻译家，赵家璧先生看重孙辈的外语学习能力，故常带着年幼的汤昕朗读英文，而汤昕本人对语言也天赋异禀，认为外祖父朗读英文有"松江口音"，不以为意。

要知道，赵家璧先生早在光华附中就读时，便因翻译但丁、王尔德、莫泊桑等人作品，得到恩师徐志摩赏识，但汤昕却认为，遣词造句与语音语调，同样是探得外语骊珠的不二法门。

据说，在德国朋友眼里，汤昕德语之用词发音，几乎与当地人无异，可见其用功之深。除了学习，如何维持生计也是摆在汤昕面前的一大难题。由于国家提供经费有限，汤昕不得不四处打工，从厕所清洁工，到饭店帮厨，不一而足。据说他靠从饭店所学厨艺，居然为一德国朋友五十人婚宴掌勺。迫于生计，他还曾一度参加过"舞狮队"，与另一同学一头一尾，共同完成舞狮表演。

后来成为他妻子的玲妍飞抵法兰克福后，两人蜷缩在仅九平方米的陋室，由于房屋年久失修，冬天暖气管漏水，往往一觉醒来，满脸挂满水珠，但汤昕天生达观，一副名士派风度，从不为经济拮据而苦恼。

有一日晚饭前，忽然发现竟身无分文，赶紧嘱咐女友到有限的几件衣裤中仔细寻找，玲妍苦苦寻觅，才在衣服里意外发现五十马克，两人高高兴兴吃了顿晚餐。次日清晨六点，汤昕便一骨碌爬起来，赶到学校排队申请打工名额，否则便有断炊之虞。所以汤昕与玲妍在德国始终省吃俭用，甚至登记结婚也是出于省钱目的。

按规定，中国留学生结婚登记需到位于波恩的中国大使馆办理，方具法律效应。但汤昕与玲妍却拿不出从法兰克福到波恩的旅资，恰巧汤昕有位德国友人和中国妻子不和，打算去波恩办理离婚手续，因为担心语言障碍，德国友人邀请汤昕陪同前往，于是玲妍提议，不妨搭朋友顺风车去波恩登记结婚。

德国友人闻之不禁茫然，因为他们选择了十一月二十二日，当地将那天视作"忏悔日"，人们离婚大多选择那天，但鲜有人会在那日喜结良缘。汤昕与玲妍为省钱也顾不得许多，于是，"忏悔日"当天，在波恩中国大使馆，朋友办理离婚手续，汤昕与玲妍则荣谐伉俪。

茨威格在《人类群星闪耀时》一书中写道："一个人生命中最大的幸运，莫过于在他的人生中途，即在他最年富力强的时候发现了自己的使命。"汤昕便是如此。当他即将完成学业时，就期待成为一个银行家，能够在金融领域一展身手。借着一口流利的德语，汤昕广交朋友，倾听各方高见。

汤昕的好学引得一位名叫Jutta Pilling的女士关注。Jutta是位居住于德国的意大利人，她曾任职于生产费列罗巧克力的费列罗集团，精通商业与金融，故为汤昕订阅相关书籍与报刊，让汤昕开阔眼界。平日生活里，Jutta更将汤昕视如己出，汤昕也把Jutta看作自己的母亲。年复一年，在意大利妈妈的鼓励下，汤昕回上海筹办德国商业银行上海分行，终于成为银行家。

二〇二二年六月，汤昕与玲妍专程前往意大利探视年近八旬的Jutta妈妈，与她一起寻访其儿时生活足迹。在阿尔卑斯山的一处山崖边，Jutta找到她全家"二战"期间躲避纳粹的避难处。那时候，其父常坐在山巅，眺望远方的故乡。

七十年后，Jutta坐在同样位置的一条长椅上，一连四天，沉浸在回忆之中，汤昕则陪伴左右，毫无不耐烦。但Jutta万万不会想到，仅仅过了一个多月，这位意大利妈妈与中国儿子便天人永隔。

曾经读到过这样一句话："I can't give the world, but I can give you my world."（我不能给你全世界，但是我的世界可以全部给你。）对父母，对妻儿，汤昕永远一往情深、毫无保留。生老病死，有情皆苦，人生是一场倾盆大雨，命运有时更像一把千疮百孔的伞，吾等凡夫俗子哪怕粉身碎骨，也不得不挺起胸膛抵御风雨侵袭。

山阴道上，应接不暇，但知己又有几何？别了，汤昕，一路走好！"生死何所道，托体同山阿。"来世有缘，我们再聚！

○ 梅艳芳：成为伴在你身旁的一颗星

阳春三月，《张国荣十年祭》专题刚刚尘埃落地，梅艳芳的名字却又浮上心头。只可惜，那么多年，与梅艳芳仅一面之缘，谈话也不超过十句，做专题更是无从着手。

事有凑巧，有一天，不经意间，发现刘培基先生居然转了我有关张国荣的一条微博，忽然想到，若从刘培基看梅艳芳，岂不是个绝佳的视角。因为，刘培基当年一手打造"百变梅艳芳"，而梅艳芳也成就了作为香港殿堂级形象设计师的刘培基。他俩如同"合欢树"一般，难分你我。

于是，我试着给刘培基发了封私信，说明原委。没想到，不到半小时，我们便联系上了。他表示自己不日到沪，届时可见面详谈。挂电话前还不忘加一句，若不嫌弃，可称他Eddie哥哥，这样可显得不那么生分。

一周后，Eddie哥哥如约而至，我约他往半岛酒店饮午茶。坐在靠窗的桌边，他一边喝茶，一边望着缓缓流淌的黄浦江水，自言自语道："上海真是一座充满魔幻色彩的城市啊！"原来，当初学做裁缝，师傅便是上海人，"师傅戴眼镜，戴领结，斯文优雅，从不疾言厉色"。他记得师傅最先教授的基本功就是拿针，即左手持布，右手拿针,用右手大拇指和食指把针夹着,手部只是轻微移动,缝左手的扣布。因常常被针扎到,左手中指留有厚厚的茧。

虽然后来赴英伦圣马丁学院深造,Eddie哥哥却仍不忘上海师傅为他打下的扎实基本功,所以,他将自己的成功经验归结为"上海裁缝+圣马丁学院"。他还曾经设计过一款"夜上海"系列,灵感便是白光的老歌。白光慵懒、妖媚的神态与音乐,激发了他无穷的创作热情。

不过,说到梅艳芳,Eddie哥哥眉头紧蹙,神色凝重。"得知自己身患绝症,阿梅希望按既定意愿走完最后一段人生之路,而之前她几乎所有事情都听从我的想法,因此,我也不勉强,她只是要求我为她最后的音乐会做件婚纱。我问,你要嫁给谁呢?她答:舞台呀!"

说到这里,Eddie哥哥早已泪眼婆娑。但令他最难过的是,即便病重期间,仍有不少心怀歹意之人跑来向阿梅借钱,向来豪爽的她碍于面子,均一一签了支票。在生命走向尽头,身体极度虚弱的状况下,她递给Eddie哥哥一叠支票存根,说:"我也是个女人,这些钱总该有个交待吧!"

Eddie哥哥感叹道:"亲人将她视作赚钱机器,受她恩惠的朋友又背信弃义,这都令她难过。但阿梅内心没有仇恨,有的只是感伤、无奈。"他计划要办个设计展,既记录自我成长历程,也展示他与梅艳芳刻骨铭心的友情,以纪念她离世十周年。

七月中旬,我应Eddie哥哥邀请,专程赴港出席在香港文化博物馆举行的"他Fashion传奇Eddie Lau,她Image百变·刘培基"展览。正式开幕前,Eddie哥哥带我参观他几十年来的创作结晶,尤其是为梅艳芳设计的那些服装,其中有唱《烈焰红唇》的"菠萝钉"晚礼服,《伤心教堂》的一白一黑两款婚纱,《梦里共醉》里的二十世纪二十年代好莱坞女星造型以及 *Stand By Me* 里的百老汇服装。更有"邦女郎""埃及艳后"造型和胸前露两个大洞的"太空装"。

当然,最令人震撼的莫过于梅艳芳告别演唱会上那套开场"宫廷装"。"宫廷装"以红色真丝缎作骨干,全套衣服绣金线,钉宝石和珠子,连头饰、面罩,还有裙内打底裤,全为手工制成,给人雍容华贵、喜气洋洋的感觉。

至于那套白色婚纱,Eddie哥哥几乎不敢多看,因为内里充满太多苦涩的回忆:"当阿梅跟我说,希望有一套属于自己的婚纱,我觉得很心疼。我平生最痛恨设计婚纱,但偏偏这辈子设计得最好的一件衣服,就是梅艳芳最后这套婚纱——一套没有新郎给她掀开头纱的婚纱。记得音乐会那天我在舞台楼梯上等她上来,帮她换头纱衣服时,默默注视着她,觉得她不是在歌唱,而是在演绎生离与死别。每天演出完毕,我把头纱连同假发一起拿下,她才如释重负。回到家里,因水肿加剧,她根本吃不下东西,而且因为肿瘤蔓延迅速,体积越来越大,甚至每次上厕所都要忍受扯开肿瘤的剧痛。我劝她放弃,她搂着我的脖子,悄声说道,不做就再也没机会。那一刻,我知道,我们的时间不多了……"

设计展开幕式当天,细雨霏霏,但旧遇新知,络绎不绝。他们都相识于微时,那些平凡岁月毫无功利色彩的交往,自然远胜于风光场面上的寒暄、恭维与逢迎。刚进门,便瞥见戴着大草帽的冯宝宝。"你知道吗?Eddie哥哥是我的老板。我在英国学橱窗设计,回香港后第一份工作就是Eddie哥哥赏赐的,他是个真正的创意艺术家。"而身着大红套装的作家林燕妮下车时因地面湿滑,不慎摔倒,惊魂甫定。不过,说起Eddie哥哥,仍一派从容:"我可算是Eddie哥哥第一个主顾。但他脾气很古怪,有位朋友选中一件衣服,但

Eddie哥哥觉得不合适，无论如何不肯出售。他与黄霑为梅艳芳还曾大吵一顿，但没多久又和好如初。他的性格就是如此，聪慧、敏感、冲动，容易生气。不过，他几乎像孤儿那般长大，冷暖自知，一直奋斗到今天，很不容易。我们大家都支持他。"

说起Eddie哥哥的身世，也的确很蹊跷。天底下很少有母亲会为了婚姻和事业抛弃亲生儿子，但他那位当作家的母亲居然如此薄情寡义。当Eddie哥哥听到母亲说，"从今天起你不要再叫我妈妈了"，心里竟无半点波澜，因为他知道，此生将会如一叶扁舟漂泊于汹涌波涛之间，惟有靠双手来养活自己，而那时他还不过是个十多岁的孩子。

对Eddie哥哥来说，最酸楚的是成长中缺乏青春期与叛逆期，只能乖乖地接受命运的安排。安抚他心灵的唯有那一轮明月，他曾对月亮狠狠立誓："我不会令人失望，正如你从没令我失望。总有一天，我会成为伴在你身旁的一颗星。"

所以，他将自传取名为《举头望明月》。他也常告诫自己"坠入爱河是最大的罪孽"，只有用"无情"两字，才能抵御一切诱惑与伤害。但事实上，他又极重情义。"不怕你对我不好，只怕你对我好。"这是Eddie哥哥挂在嘴边的话。

入夜，月亮在薄薄的云层间徐徐移动。我躺在床头，借着昏黄的灯光，一页页翻阅那本《举头望明月》。读着读着，脑海中闪出韦应物的诗句"西楼望月几回圆"。其实，阴晴圆缺，悲欢离合，原本就是真实生活的写照。人生如梦，万事皆空，如同梅艳芳《女人花》所唱的那样："花开花谢终是空，缘分不停留。"

○"开心果"沈殿霞:愚园路的童年时光

黄梅季节,天空下起了淅淅沥沥的小雨,平日里喧嚣的愚园路似乎也沉静下来,路过靠近江苏路口的"歧山村",往里探头一看,一排排新式里弄房子修葺一新,宛如一位仪态雍容的少妇,风韵犹存。

曾经不止一次,走进"歧山村",登上发出吱吱呀呀声响的楼梯,穿过充满油烟味的走廊,拜访文坛前辈施蛰存先生,不过,此时耳边响起的倒是香港主持人沈殿霞所讲述的有关"歧山村"的故事。往日时光里的那些寻常琐事,伴随着肥肥姐招牌式的笑声,更显得活色生香。

肥肥全家原本居住在"美琪大戏院"附近的"大华路",后搬至"四明银行"楼下。由于父母移居香港,肥肥不得不借住于"歧山村"姑妈家,读书便在附近的"中西女中",因为从小长得胖乎乎的,且皮肤黝黑,被同学冠以"乌克兰大黑猪"绰号,而其闺蜜,京剧大师周信芳幼女周采茨则被称作"乌克兰大白猪"。虽然家境优渥,但毕竟父母不在身边,凡事要看姑妈脸色,颇有"寄人篱下"之感,个性上也显得沉郁内向,寡言少语。

不过,肥肥也常常会有"惊人之举",譬如她和同学悄悄将一堆垃圾放置于教室门框之上,待老师推门而入,垃圾便如天女散花般从天而降,弄得老师狼狈不堪。

有时看完一部电影便会惟妙惟肖模仿片中不同人物。某日,心血来潮,将床单披在身上,煞有介事地扮成仙女散花,一不留神,把家里的古董花瓶碰碎,顿时吓得面如土色,佣人们更是惊恐万状,生怕主人怪罪,偷偷用胶水将花瓶粘牢,总算躲过"一劫",肥肥的"闷皮"由此可见一斑。

其实,肥肥姐日后成为香港娱乐界"大姐大"与其童年时代"顽劣"和"调皮"的个性不无关系。当年,邵氏电影公司招聘童星,沈殿霞前去应聘,导演让她表演"乘兴而来,却瞥见厌恶之人",肥肥不假思索地吹着口哨步入考场,随即对着考官发出"哼"的一声,并露出鄙夷的神情,其一颦一笑,一举手一投足,令导演捧腹。

待试镜时,难度更大。她被要求将两只手摆在背后,喝完桌上的一碗罗宋汤,其他孩子面露难色,但肥肥灵机一动,干脆将整张脸埋于汤碗之中,快速喝完满满一大碗汤,还把碗舔得干干净净,然后抬起头,憨憨地望着镜头。只见她满脸都是红红的汤汁,滑稽可爱,导演二话没说,当即拍板,决定录用。从此,肥肥开始了长达半个世纪的演艺生涯。

虽然事业做得红红火火,但肥肥平生最牵挂者有二:一是故乡上海,一是女儿欣宜。1996年,肥肥姐应邀来沪,与程前、袁鸣以及我共同主持上海国际电视节开幕典礼。尽管驰骋演艺界数十年,经历过无数风浪,但肥肥姐却做足功课,尤其是那些与她过往表达习惯截然不同的语句和用词,她都用红笔一一圈出,并且背得滚瓜烂熟,不敢有丝毫懈怠。

排练间隙,我陪她往愚园路去一遭。当踏入"歧山村"那条今天看来并不阔绰的弄堂时，肥肥姐竟兴奋得如同孩子那样手舞足蹈，以一口地道、老派的上海话，回忆童年时代的点点滴滴。言语间，那标志性的爽朗笑声似乎要穿透整条弄堂，惹得不少住户推开窗户，带着疑惑的神情，看着我们这些疯癫之人。

夜幕降临，来到黄河路，面对一只只油光发亮的大闸蟹，肥肥姐更是笑得灿若桃花。肥姐吃蟹别有一功，她可将蟹盖、蟹脚吃得干干净净，吃完后竟然仍能拼成一只完整的蟹，教人佩服。肥姐嗜蟹如命，移居温哥华后，因无蟹可尝，煎熬难忍，于是尝试空运，由于航空公司禁止携带活蟹，她便想出一绝招，即先在香港将蟹蒸到半熟，偷偷随行李带上飞机，抵达目的地再蒸上一会儿，便可食用。

二〇〇七年，肥姐因肝癌紧急入院手术。出院没几天，便给我打来电话，说，医生对其饮食严格管理，但她实在想吃几只大闸蟹，再来上一碗小馄饨和一打小笼。为排遣病中寂寞，她嘱我为其复刻数十集沪语情景剧《老娘舅》，以解乡思之苦。

肥肥姐一生总体而言算是顺风顺水，唯独婚姻颇多磨难与坎坷。与秋官劳燕分飞后，女儿欣宜成为她的心理支柱。有一回得阑尾炎，肥肥姐独自打出租车从清水湾的家赶赴医院急诊，汽车刚启动时，她从后视镜瞥见保姆怀抱女儿默默注视，微风将女儿头发吹起，虽然肥姐平素乐观好强，但此时心里泛起一阵酸楚与凄凉，禁不住潸然泪下。

待到医院，医生决定手术，也没有家属签字，一切都由她自己解决。短暂的脆弱与茫然过后，一想到女儿，肥姐便会变得更为坚强。

所以，肥姐对女儿百般疼爱。欣宜想要减肥，肥姐四处寻觅减肥良方，得知有一种脂肪运动机，可通过搓揉震荡方式吸取脂肪，她忍痛亲自试验，弄得身上青一块紫一块，她自嘲道："洗完澡照镜子，自己都吓一跳，来了个全世界最肥的斑点狗。"但疼爱绝非溺爱，肥姐对欣宜管教甚严，欣宜减肥期间情绪波动大，用脚踢门以缓解压力，肥姐毫不客气地要女儿拿压岁钱作为维修费。当发现女儿顶撞外婆，肥姐更是严加呵斥，绝不手软。

然而，女儿毕竟是自己的心头肉，是自己生命的延续，当人生大幕即将关闭时，肥肥姐更是拼尽最后一点气力，为女儿加油。

二〇〇七年欣宜来沪参加明星戏曲真人秀《非常有戏》，以母亲钟爱的沪剧和越剧一路过关斩将，闯入决赛，于是肥肥姐不顾医生劝阻，暗暗决定来上海为女儿打气。由于担心女儿阻拦，肥肥姐刻意隐瞒，登机前谎称要做检查，不便接听电话。

抵沪后，又特意与女儿分住不同酒店。决赛现场，肥姐身着绣花图案大红民族服装，突然现身。看到母亲身影，欣宜泣不成声，责怪母亲不听话。但肥姐大笑道："女儿回家乡表演，我这个做妈的即使高烧发到华氏一百零五度，哪怕被抬出演播室，也一定要来。"

彼时，她身体虚弱，说话时，几乎有点站不住，我紧紧搀扶着她，仍能感到她身体不停颤抖，但表情仍泰然自若。观众为肥肥姐那难以言表的母爱所感动，以掌声向这位伟大的母亲致意！可是，回到后台，肥肥姐立刻瘫软在沙发上，歇了一会儿，握着我的手，轻轻地说："真想再去'岐山村'看看，可惜已力不从心了。"

时间忽忽已过十二载，但刹那的感动仍时常浮现脑海，也祈愿肥肥姐，这位在愚园路度过童年的"开心果"，在天上永远笑声朗朗。

○ 张培：甜美纯净的"上海声音"

每年五月二十九日，我总会想起主持道路上的引路人张培。

与张培相识纯属偶然，一九八七年圣诞之夜，我与同学相约前往八仙桥的青年会宾馆参加圣诞派对。我们一帮年轻人在楼里跑上跑下，煞是热闹，结果，不经意间推开了演员休息室的门，刚想退出，一个悦耳雅致的声音将我叫住了，定睛一看，竟然是主持人张培。

彼时，张培事业如日中天，无论是电台还是电视台，重大活动均有其身影，堪称一张文化名片。而我仅仅是刚刚在上海电视台《我们大学生》主持大赛冒了个泡的普通大学生。没想到，张培全程观看比赛，对每个选手的基本情况了如指掌。

她和颜悦色地对我说："从比赛中的表现可以看出，你不管是语言表达能力，还是知识构架，都有相当大的潜力。如果未来想走职业道路，前途不可限量！"当时的我从来没有想过有朝一日会成为专业主持人，但能得到前辈嘉许，简直受宠若惊。一时不知何言以对，只是傻傻地看着张培。

印象中，张培那晚穿一件白色羊毛衫，里面则着黑色高领薄衫，再配一条浅灰色裙子，灰黑白色调显得端庄大气，素雅质朴。

见我不说话，她又试探道："有没有想过来电台做主持人？"还没等我回答，她又接着说："当然电视台的发展空间或许更大。"那次对话虽然只有大约十分钟，却为我开启了一条通往未来的长长通道。

自打那次会面之后，原本不善交际的张培，竟然利用自己的人脉给我寻找机会。因为这个缘故，我才得以与张培老师共同主持电台名牌栏目《星期戏曲广播会》。那个时候，我对主持人这份职业缺乏起码的认知，基本上也就是将稿子背出即算完成任务。而张培则将她实践中获得的经验毫无保留地传授与我。

她认为，主持人不同于播音员，不必要严格拘泥于文稿，但又不能肆意"跑火车"，而是要在大量案头准备基础上，融入自己的思想与情感，以最简单、生动的语言进行表述，力求达到"既在情理之中，又出于想象之外"的效果。

她的经验是，主持人面部表情和肢体动作，甚至步态也大有讲究，这些"身体语言"也向受众传达某种信息。"有人走路是踱方步的，有的是蹭着地板走，有的是跋着步子走，有的左右手前后大幅度摇摆走，有的一着急便舌头一伸，脖子一缩，这些动作在镜头前一经暴露，形象便会大打折扣。"她说。

针对我走路时略有驼背，且双肩因过于紧张而耸起等缺点，她嘱咐我练习走台步，注重收腹、挺胸、沉肩、收臀、平视、下颚微收，展现年轻人应有的朝气、大气和豪气。经过一段时间训练，我的出镜效果明显改善，自信心也大大提高。

当然，张培语言中出现频率最高的词便是"责任"，因为一台节目，不管排练多少遍，待直播开始，主持人必须掌控全局，有责任让节目有条不紊进行下去，故此，她将歌德的名言抄录于我，那就是"责任就是对所做的事情有一种爱，正是这种爱，让我们能从中获得心灵的一种满足"。

那时候,张培主持的晚间谈话节目《知心话》,也成为我平日学习的范本。按张培设想,作为谈话类与艺术类综合体的广播节目,《知心话》要以音乐和语言来营造一个宁静、温馨的氛围,过滤掉白日的喧嚣与纷扰。

所以她在声音塑造上有自己独特的美学追求:"要让听众说心里话,主持人的形象应该是成熟的,有诚意的,令人信赖的。嗲声嗲气的语言让人起腻,不时往上调的语调,显得造作、轻浮、稚嫩、欠说服力,语气语调稍平稳些,能显出主持人的稳重感,不快而有韵律的语速,给听众留有交流的空间,显示主持人的可亲;叙述事情或对待问题不要带有强烈的主观色彩,做些提示、提问,或谈些自己不成熟的想法,也可表示自己的无奈,不要总以为自己比人高明,这就显得主持人含蓄,有诚意。"因此,《知心话》超越了广播节目本身,自然而然地成为听众心目中的心理医生、知心姐姐。

而后来的《半个月亮》除延续了《知心话》的美学追求之外,与听众距离更近,也更采用平视角度、平等心态,形成了张培融高雅气质与朴素自然于一体的风格特征。

或许是受张培潜移默化影响,我自己也开始琢磨语言构成,既摒弃诘屈聱牙的书面语言,也杜绝不登大雅之堂的俚词俗语,寻找一种雅俗共赏的语言特色。经过一段时间训练与实践,自感主持的水准获得一种飞跃。

后经张培老师引荐,和她共同主持《星期戏曲广播会》两百期特别节目和"国际相声交流广播"两个重要项目,前者让我有缘和俞振飞、张君秋、陈伯华、袁雪芬等南北戏曲大家零距离接触,其中俞振飞和张君秋联袂演唱《贩马记》片段轰动一时,至今仍被戏迷津津乐道;后者则让我见识侯宝林、马季、侯耀文、姜昆、冯巩等相声大家的风采，并从中揣摩相声语言魅力。

正是因为有这两台节目的基础，后来我到电视台主持晚会便游刃有余。所以，在我心里，张培便是我事业的引导者，是传道、授业的恩师，没有她的提携，我便不可能走到今天。

与张培相处日久，愈发可以感受到其真诚的品格，可她说，没有真诚，此生也许就和主持人这一职业失之交臂。她当年从部队复员，本想去上海电影译制厂，且已通过乔榛老师等专家考核，却阴错阳差地又得到电台面试资格。但考试当天因为要和朋友看李秀明的电影而错过面试时间，待她看完电影匆匆赶往电台，却发现主考老师依然在那儿耐心等待，并询问她迟到理由。

张培也毫无隐瞒，如实相告，主考老师见状也噗嗤一声笑了出来，竟然仍按原计划让她参加面试。结果，没过几天，电台就通知她去上班，后来播音组组长告诉张培，接纳她的主要理由就是其诚实的态度，不过她那"马大哈"的行事风格也令人啼笑皆非。

有趣的是，她生活中类似的事情层出不穷。甚至出现带儿子去电台加班，待播音结束后竟自回家，完全忘了儿子还在办公室的咄咄怪事。尽管"马大哈"，但张培一直追求一种浪漫情怀，自称是炒青菜也要点上蜡烛的人，她说过，"我们这种人，看起来很随意，骨子里总想追求完美。生活将我们圈入无法摆脱的忙碌，内心还涌动着一份浪漫"。

然而，追求浪漫并不意味着只是对物质财富的向往，相反，更是根植于朴素的美意。儿子和儿媳领取结婚证后，家里举行了一个传统的拜堂仪式。按传统习俗，新人向长辈敬茶，父母则要向他们奉送红包，但张培与丈夫出人意料地给新人送了一把锄头和一根扁担，意在教导儿子儿媳要永远热爱劳动，且自力更生，靠自己的双手耕耘属于自己的美好生活。后来，她儿子说："我们在接受妈妈美好创意的同时，也接受了父母倡导的健康思想理念。"

平时闲聊时，张培也一直强调，每个人都要热爱专业，靠自己的真才实学去创造美好生活，并赢得他人尊重。所以，她一辈子看淡名利，视信仰、理想为人生至高目标。

其实电视事业飞速发展的十年，张培至少有两次华丽转身的机会：一次是东方电视台成立伊始，穆端正台长力邀她加盟，但她难以割舍广播情怀；还有一次，便是有家知名大学筹办传播学院时，决意聘张培为教授，她犹豫再三，依然婉言谢绝。她说："我在播音间里好像更自在。"

可以这样说，张培大概是这个时代少有的，具有浪漫情怀的理想主义者。在她的人生词典里，永远只有爱，只要别人遇到困难，她就会伸出援助之手。我一度事业受挫，情绪低落，她总是约我喝咖啡聊天；我收王冠为徒，共同主持《舞林大会》，请她把关，她便仔细收看节目，不厌其烦地与王冠交流。

她的词典里没有恶与坏人那样的字眼，即使有人冷落她，甚至伤害她，她也永远不出恶言。她丈夫说过："张培是没有对立面的。"也许就是因为这样的个性，她的播音才如此甜美、纯净，给人带来温暖与惬意，听众们把她的声音称为"上海声音"，实至名归。

二〇一〇年年底，张培被诊断为肺癌晚期，我去医院探视，发现她虽然看上去略显虚弱和疲倦，但情绪却异常稳定，没有丝毫的颓丧和绝望。她还打趣问我，是否记得当年我煤气中毒时，她来医院看我时的情景。那次张培来医院，十分担心我因一氧化碳中毒出现智力衰退现象，当她看到我一副活蹦乱跳的模样时，泪中带笑。我也顺势劝慰她，事实往往比想象的要好。

不过，她仍悄悄问我："我这病要紧吗？"言语间透出些许期待。作为医科大学毕业生,我无法隐瞒,但又不能直言,只得含含糊糊地说:"病自然是要紧的,但天无绝人之路。如今医学上有个新概念,那就是'带瘤生存'。也就是说,癌细胞虽然无法被完全剿灭,但在某种特定条件下,可以和正常细胞和平共处。所以要做好与癌细胞长期周旋的准备。"

张培听罢,沉吟片刻,说,她小时候是个游泳爱好者,为横渡黄浦江和长江,经常要进行高强度体能训练。刚开始时,游半个多小时便难以支撑,但教练却决不手软,不停打气,当闯过极限后,便立刻进入自由王国。她表示会拿出当年横渡黄浦江的勇气,来与病魔搏击。虽然生命最终会被疾病吞噬,但张培的坚强意志与乐观态度令人敬佩。

张培远行已整整十一载,但我仍会不时想起她的音容笑貌。我以为,人与人之间的相遇,相知,是一种缘分。我为在我的生命河流中,有张培那样的师长、朋友而感到骄傲和自豪。我们合作的一台又一台节目也成为最美好的记忆。

○赵深：一位被历史尘埃遮蔽的建筑大师

自出生到考入大学的近二十年时间，我们全家一直居住在愚园路的"锦园"。"锦园"所在地原为荣氏企业创始人之一荣宗敬（宗锦）先生的私人网球场，后辟为荣氏企业高管寓所，住户基本为供职于"申新"系和"福新"系的高层管理者，大多为无锡同乡。

这条在当时颇为惹人注目的新式里弄之所以取名"锦园"，意在纪念荣宗敬先生。有人曾如此描述"锦园"："三四十年代的'锦园'，是愚园路上一道风景线。无论是出租车、三轮车，或黄包车，只要说起愚园路的白房子，没有不知道的。红色的瓷砖墙裙，乳白色的外墙，朱红色的钢窗，沿墙是齐窗台高的碧绿冬青树，错落的建筑中央是个矮黄杨环绕的椭圆形的花坛，椭圆形花坛两端的细竹竿棚架上，爬满蔷薇、玫瑰、喇叭花，花坛里是美人蕉、大丽菊，四时鲜花，清香不断；还有散落在花坛四周的长栏凳、短栏凳；弄堂后面是夹竹桃和黑色枪篱笆隔开的'网球场'……朱红色的大铁门时常紧闭，弄堂很清静……"

然而，经过近百年历史风雨的洗礼，"锦园"早已变得面目全非，昔日的静谧、雅致荡然无存，弄堂里曾经有过的活色生香故事也随风飘逝，只是有几位当年的伙伴们仍居住于此，因而维系着我与这条弄堂的感情纽带。至于"锦园"出自哪位建筑师之手，更是无从知晓。随着"建筑可阅读"浪潮掀起，人们将兴趣聚焦于寻访城市角角落落每一幢建筑的前世今生，许多民国时期建筑大师的名字，被拂去历史尘埃，慢慢浮出水面。

其中有邬达克、赉安那样的西洋建筑师，也有范文照、陈植、赵深那样的本土建筑师。而无锡籍设计师赵深，则因为"青年会大酒店"和"上海音乐厅"常常被人提及。"锦园"便出自赵深之手。遗憾的是，相对于当年宾夕法尼亚大学建筑系同窗梁思成、林徽因、陈植而言，赵深的名字显得有些落寞，我对其生平也只是略知一二。

近日读《烽火中的华盖建筑师》(张琴著)一书，得以从历史纵深度，一窥赵深先生作为一代建筑大师，对中国现代建筑事业所作的贡献。从书中得知，赵深出生于无锡寒门庶族，其父为当地私塾老师，家境清寒。父亲去世后，生活更是一落千丈，全家只能靠族人接济勉强度日。由于营养不良，赵深从小体弱多病，据说五岁那年患重病几至奄奄一息。家人眼见孩子回天乏术，只得含泪预备后事。

临下棺前，祖母为其梳发时，赵深忽然睁开双眼，家人又惊又喜，连忙将他抱出棺材，延请郎中救治。经祖母和母亲精心照料，赵深终于转危为安。或许因为有过这样一次经历，赵深从此以悬梁刺股、凿壁偷光般的毅力，刻苦学习，十三岁便考入北京清华学堂，八年求学期间，品学兼优，享受公费待遇。随后，又被选拔派往美国深造，官费就读，只是因突患肠瘘而急需手术，故而推迟了赴美计划。

一年之后，赵深入美国宾夕法尼亚大学建筑系深造，同窗中有梁思成、林徽因、杨廷宝、童寯、范文照、陈植等。同学中还有一位无锡籍的姑娘，也就是后来成为赵深妻子的孙熙明。赵、孙二人青梅竹马，赵深姐姐与孙熙明哥哥喜结连理，故赵、孙也算是亲上加亲。孙熙明和林徽因是宾大建筑系仅有的两个中国女留学生，艺术天赋极高。

孙熙明曾与丈夫赵深一起参加上海江湾"新上海中心市政府大楼"设计方案征稿，并拔得头筹，可惜后来因受家庭事务羁绊，英才惨遭埋没。但赵深的养孙女曾见过那些珍贵的图纸，并用文字描摹孙熙明晚年的心境："阿婆的独特，在于她用一种智慧自救——任凭线条在纸上不规则地蔓延。直线、弧线、斜线，纵横有致的线条排列出多种建筑轮廓……隐隐有钟楼的尖塔，那细细的光束已把暗夜照亮。当她悄然打开草图时，黑夜就被关到门外去了。她在孤独的想象力中自我周旋。'把生活欠下的，交给美去完成吧。'草图，是她精神的泄密者，'在白天我什么都不是，在晚上我就是我。'"孙熙明胞妹孙熙仁许配荣德生长子荣伟仁，故赵深与荣伟仁是连襟。或许因为这层关系，赵深承接无锡江南大学、申新纱厂无锡分厂，以及"锦园"等项目。

从宾大建筑系毕业后，赵深应同窗范文照之邀回沪，没想到，刚抵达上海，便被旅美华裔设计师李锦沛捷足先登。李锦沛推荐他参与八仙桥青年会大楼设计。经赵深、李锦沛和范文照共同努力，一幢中西合璧建筑风格的楼矗立在西藏南路。建筑主体以现代样式为主，但局部带有民族形式，尤其是顶层有两重蓝琉璃瓦翼角飞檐，檐下设有斗拱，新颖别致，体现建筑师力图融合东西方文化的思想。

而赵深与范文照合作设计的"南京大戏院"（现在的"上海音乐厅"）则是深受西方古典式建筑风格和折衷主义思路影响，建筑立面为新古典主义构图，门厅内有如巴黎歌剧院的大理石楼梯，以及二楼那十六根罗马立柱，气势恢宏，雍容华贵。没过几年，赵深又与陈植、童寯三位志同道合的伙伴创立上海华盖建筑事务所。

按《烽火中的华盖建筑师》："'华盖'之名由赵深的好友，陈植家的世交叶恭绰选定，一寓意为中国建筑师在中国盖楼；二愿景为在中国顶尖，盖为'超出、胜出'之意。英文名Allied Architects。华盖建筑事务所，无论其中文名字还是英文名字，都非常贴切地预见了之后长达二十年其在中国建筑界的辉煌成就和难以撼动的领先地位，以及三位合伙人保持终身的令人感动的互相信任和诚挚友情。"

华盖建筑事务所成立后，承接了不少载入史册的项目，譬如大上海大戏院和上海金城大戏院等。以大上海大戏院为例，当时的杂志就给予高度评价："大上海大戏院的外表，可说是一座匠心独运的结晶。'大上海大戏院'几个年红（霓虹）管标识，远远地招徕了许多主顾，是值得提要的。正门上部几排玻璃管活跃地闪烁着，提起了消沉的心灵，唤醒了颓唐的民众。下部用黑色大理石，和白光反衬着，尤推醒目绝伦也。"

而上海金城大戏院（现为黄浦剧场）也新颖独特，"图样为华盖建筑事务所设计，采用最新样式。除入口上部开辟高大之窗数行外，另则设小窗几点而已。其余部分，则施以极平粉刷，不尚雕饰，为申江别开生面之作"。当时，《桃李劫》和《风云儿女》等影片均选择金城大戏院作为首映之地。《风云儿女》主题曲《义勇军进行曲》便是率先在此唱出。

全面抗日战争爆发，华盖建筑事务所在上海的业务完全处于停滞状态，四十岁的赵深转赴云南寻求发展机会。南屏电影院便是他那个时期的杰作。据当地报纸报道，南屏电影院"外部建筑图样及内部灯光座位等，均依据科学，参合美术而完成"。随着南屏电影院的成功，赵深成为云南赫赫有名的建筑师，设计、项目源源不断。

然而，危险也悄然而至。由"华盖"设计和监工的"大逸乐影剧院"倒塌，一时哗然。其实，剧院倒塌并非设计问题，而是剧院后面市场遭日机轰炸，剧院山墙墙体受损。赵深为谨慎起见，专程赴剧院检查，果然发现山墙出现倾斜，于是提醒剧院董事会及时加固，并提出具体整修计划。但董事会因考虑到资金问题，迟迟未作答复，终酿大祸。

事发之后，赵深敢于担当责任，亲赴警局"自首"。虽然事实清楚，但赵深仍陷入牢狱之灾长达数月，身心受到极大伤害。"祸兮福所倚，福兮祸所伏"，祸、福之间有时会发生微妙的转变。正是因为这场无妄之灾，"华盖"与赵深名声大振，并得到龙云和卢汉等云南实力派人物青睐，"华盖"在云南的建筑业版图不断扩大。"华盖"的其他两位合伙人童寯和陈植都充分认可赵深的管理、协调能力，称其为"华盖"的灵魂人物。陈植晚年感叹："三人合作二十年，自始至终非常融洽，竟未有任何龃龉，贵在意见相互尊重，设计共同切磋……"

当年的"华盖"三杰，童寯归于沉寂后，赵深与陈植仍活跃于设计领域，华东设计院成立后，诸多重大项目都留下了赵深的心血。唐山大地震后，赵深不顾余震危险，亲临灾区工地视察，加快重建唐山步伐。两年后，赵深先生积劳成疾，驾鹤远行。离世前半年，他还赴南京与童寯等老友聚首。临别时，与童寯紧紧相拥，互道平安！

有人如此总结赵深先生一生："多数时候，他都是缄默的，却在缄默中活出了人生的最响亮！"的确，他以建筑这一凝固的交响，默默地为我们生活于其中的城市谱写华美的乐章，为时代，也为自己交出响亮的答卷。

○ 曹启东：我的祖父与红色金融

记忆中的祖父瘦弱、寡言，做事谨小慎微，说话惜字如金，唯有聊起他一生钟爱的猫，以及参与投资的钱庄，并以此为平台为解放区筹措资金和运送粮食，紧锁的双眉才会慢慢松开。尤其说到掩护身为地下共产党员的表妹陈云霞与表妹夫陈其襄，更是滔滔不绝……

祖父曹启东先生出生于无锡书香门第，曾祖父曹逸臣先生是一名颇具民主意识与平民意识的地方绅士，致力于平民教育，曾任无锡竢实学堂校长。祖父原本可以选择读书做官之路，但他却醉心于经商，将读书机会让给弟弟曹郎西，后经亲戚介绍，进入福新面粉公司担任会计助理。福新面粉公司由曾外祖父王尧臣、王禹卿哥俩，荣宗敬、荣德生昆仲，以及浦氏兄弟"三姓六兄弟"共同创办。虽然祖父未曾踏足现代学堂，但靠自学成才，再加上聪明伶俐、心细如发，且待人处事自有一套，故平步青云，没过几年，便任总公司会计兼营业部主任。与此同时，祖父外貌出众、眉清目秀、英姿勃发，很快进入曾外祖父王尧臣先生视野。

于是，曾外祖父决定将自己掌上明珠许配给这位青年才俊。祖父与祖母婚后琴瑟和鸣，事业步步高升。在与家族成员的交往中，祖父与祖母的弟弟王启周先生最为投缘。当时王启周先生就读上海东吴大学法学院。他于学业之外，思想进步、关心政治，召集在沪就读的无锡籍大学生，组织进步社团"锡社"，其中有薛明剑、杨荫浏，还有后来成为我党高级领导干部的秦邦宪和陆定一。这些热血青年身在校园，心系天下，崇尚"富贵不能淫，贫贱不能移，威武不能屈"以及"苟日新，又日新，日日新"等思想，并创办《无锡评论》杂志，意在唤起民众。

"五卅"运动期间，他们又编辑出版《血泪潮》特刊，号召有良知的中国人联合起来，抵制美国货和日本货，声势浩大。祖父虽然并非大学生，但经妻弟王启周先生介绍，与胞弟曹郎西一同加入"锡社"，与陆定一、秦邦宪等均有往来，接受新思想，同情劳苦大众，尤其是《无锡评论》所刊文章对祖父产生深刻影响，如"抱着一腔沸腾的热血、一种严肃的态度，一副公正而尖锐的眼光，以及坦白的胸怀来批评一切社会上的鬼蜮伎俩：顽固的头脑、污浊的舆论、离奇的形态、万恶的行为。我们不知势与利，我们亦不怕势与利，我们不怕摧残，我们亦不怕牺牲，我们只知把沸腾着的热血，一洗那陈腐残破的污迹……"这样掷地有声的呐喊，在祖父看来，振聋发聩。

给祖父灵魂带来震撼的另一股力量，则来自他三个表妹——陈锦霞、陈云霞、陈丽霞，祖父姨妈家的"三朵金花"相继加入共产党，而三位夫婿都是党内重要领导干部。祖父之所以参与国统区红色金融事业，正是因为陈云霞的丈夫陈其襄。陈其襄二十世纪三十年代入党，曾任邹韬奋先生所创办的《生活周刊》发行主任和上海生活书店总店发行主任。他是邹韬奋先生信任的战友，也是邹韬奋先生临终时守护在他身边的少数几个同志之一。一九四二年十月，韬奋先生秘密回上海治病，但最终被确诊为脑癌。陈其襄先生既要妥适安置韬奋先生住处，确保不被敌伪发现行踪，又要给韬奋注射药物，减缓症状。于是陈其襄嘱咐妻子陈云霞、我祖父的弟媳林砚云协助韬奋先生夫人沈粹缜女士悉心照顾韬奋先生。当时也只有十六七岁的堂姑曹月琴还充当信使，给韬奋先生送菜送饭、传递口信。

抗战胜利后，上海地下党组织指示陈其襄筹备创设金融机构，以解决经费问题。同时，也可为解放区筹集粮食与药品。于是，陈其襄先生决定收购一家已登记注册的"同庆钱庄"招牌。解放区华中银行占其中三分之一股份，钱庄董事长蔡叔厚，一位一九二七年入党的资深特工以资助者身份投资三分之一，其余股份由工商界人士认购，祖父是其中重要的一位。"同庆钱庄"成立之后，除了从事私营钱庄一般存放业务，主要为苏北解放区服务。秋收之后，解放区所生产之棉花和生油运到上海等地销售，货款就入"同庆钱庄"，用来拆放（放款和贷出）。上海与苏北有业务往来营业大户，采购物资时缺少资金，便由"同庆钱庄"放款帮助。有时候，钱庄还要承担特殊使命。一九四八年底，有一神秘苏北客拿来一箱尚未拆封的全新金圆券。原来，这批钞票是解放军在淮海战役中所缴战利品，必须尽快处理，以免暴露和贬值。因此，钱庄主管者迅速处理，神不知鬼不觉地将这批巨款"消化"出去。

与"同庆钱庄"同时开设的还有"通惠印书馆"，地点都在外滩附近的一条小马路泗泾路。"通惠印书馆"实际上算是生活书店的分部，同样由陈其襄遵照中共地下党组织指示创办。祖父也毫不迟疑，施以援手，为其主要股东。著名学者王元化先生解放前唯一一部文艺理论著作《文艺漫谈》，便由"通惠印书馆"出版，其中汇集他研究鲁迅、曹禺、罗曼·罗兰等的九篇论文。现在能找到的还有狄更斯《炉边蟋蟀》（邬绿芷翻译）、《一个家庭的故事》，以及《珠算计算法》等生活实用类书。据说，出版社还印刷大量斯诺的《西行漫记》，陆续运往解放区。

那时候尚属"白色恐怖"年代，祖父冒着生命危险，毅然投身于红色金融和文化出版事业，并且秘密向解放区运送面粉，还多次利用自己在商界的有利地位掩护中共地下党员。1948年年底，上海街头已是风声鹤唳，国民党特务到处搜捕进步人士。当时，祖父另一位表妹陈锦霞与丈夫林枫发现住所附近有特务盯梢。祖父闻讯，当机立断将林枫转移到自己的福新三厂经理办公室内，又将表妹陈锦霞隐蔽在我姑父孙锡琪所创的沪江电厂内。这期间，曾有特务闯入福新三厂搜捕林枫。当他们闯进祖父办公室时，祖父正忙于接听电话，而林枫则端坐在一侧写字台前不紧不慢地处理文件，特务以为是厂里高级职员，只得悻悻离去。

一九四九年五月上海解放，"同庆钱庄"升级为"同庆银行"。银行在解放初期对稳定上海金融市场发挥了重要作用，尤其在打击投机倒把、拘捕银元贩子、发挥金融机构主体作用方面，功不可没。后来，"同庆银行"又并入新华银行，而"通惠印书馆"则归入"生活书店"。至此，祖父参与投资的红色金融机构与文化出版机构，完成其历史使命，一个崭新的时代出现在他面前。但这段人生旅程却是祖父毕生最引以自豪的经历，也是我们家族的一份荣耀，值得我们所有晚辈永远铭记在心。

第三辑

流水
十年间

○"点石成金"的选角

举凡优秀导演均有其钟爱的"御用"演员,如梁朝伟、张曼玉之于王家卫;巩俐、章子怡之于张艺谋;张国荣之于陈凯歌;张震、舒淇之于侯孝贤……关于导演与演员的关系,陈凯歌导演有句话说得极其到位:"导演和演员要有心灵沟通的能力,演员代表导演进入电影,好演员以一部分导演身份进入角色。"说到底,导演对演员的选择,其基础在于信任与默契。导演与演员以"角色"为媒介,彼此思想激荡,心灵撞击,直至产生某种化学反应,构建起大银幕上的波澜壮阔与情意绵绵,完成一次永远不可能重复的"行为艺术"。

这些年与电影导演交流,话题也总离不开"选角"二字。譬如吴宇森导演当年拍摄《英雄本色》时,面对的是三个无人问津的演员:一个是被称为"票房毒药"的周润发;一个是初出茅庐的张国荣;一个是早已过气的狄龙。然而,吴宇森导演"点石成金",巧妙利用这一组合,创造华语电影史传奇。

因为导演于影片中并非单纯讲述一个扣人心弦的故事,而是将自身人生经历附着于角色灵魂深处,特别是周润发所饰演的"小马哥"隐藏着吴宇森的个人遭遇,以及理想与信念,如"我永远都不会让人家用枪指着我的头"和"我等了三年，就是要等一个机会，我要争一口气，不是想证明我了不起，而是要告诉大家，我失去的东西我一定要拿回来"。这些台词既是角色语言，也是吴宇森自己的内心独白和人生箴言。这些生活中的真实，经导演精心提炼，传授给演员，再由演员生动呈现，角色个性特征呼之欲出。

在导演王家卫眼中，梁朝伟简直就是天生演戏胚子。梁朝伟生性寡言少语，内敛隐忍，其实内心极其强大，虽口口声声说，若跑马不希望争当领头者，而甘当第二名，但实际上他心里明白透亮，只要自己愿意，随时可以策马飞奔，窜至前方。

因此，对王家卫来说，他只要设法激发其内在动力，逼迫他走向极致，便能产生出其不意的戏剧化效果；但张曼玉则略有不同。从《旺角卡门》到《阮玲玉》，王家卫发现她渐渐脱去花瓶外衣，慢慢开始享受表演，真正向人物性格靠拢。直至《花样年华》，张曼玉彻底完成由"少女"到"少妇"的蜕变，实现表演上的飞跃。王家卫摸清了张曼玉之心理变化轨迹，顺水推舟，不着痕迹地帮助她将艺术小舟从涓涓细流推向浩瀚大海。从此，张曼玉成为一位可以驾驭各类角色的全能型演员。

同样，针对张震、舒淇的不同个性，侯孝贤导演也采用各不相同的指导方式。侯导认为舒淇个性凸显一个"硬"字，而自己的坏脾气令舒淇产生某种畏惧感，导演与演员因此出现一种难得的张力。孝贤导演因势利导，利用这一张力，拍摄时不排练，不割裂，以长镜头处理，一镜到底，给予舒淇充分表演自由。但张震不同，因张是童星出身，表演上免不了会有些许"惯性"。所以，作为导演，侯孝贤首先要打碎其"惯性"外壳，令其重塑自我，但这一切，说起来容易做起来难。故而侯导刻意让他演一些具有暴力倾向，内心叛逆的"奇怪"角色，期待以更强烈的情绪表达来彻底扭转其固有面貌。

　　而老一辈电影导演更是重情重义,将心仪的演员视作亲人,千方百计为之寻找相匹配的角色。银幕角色亦如同戏曲行当,有"生、旦、净、末、丑"之分,谢晋导演以其敏锐艺术眼光,给演员分门别类,安置妥当。即便暂时没有适合的角色,那些演员也会贮存进谢导大脑的"演员档案"库,等待下一次机会。像祝希娟,其直爽刚烈的个性瞬间吸引住谢晋目光,于是《红色娘子军》之"吴琼花"应运而生;谢导拍《啊!摇篮》,挑中施建岚演保育院院长"李楠",不想施建岚学骑马摔伤,急招祝希娟救场,但谢晋自感愧对施,故找她出演《天云山传奇》之"冯晴岚";《牧马人》丛珊亦是如此,谢导原本想让她演"王昭君",因项目搁置只得弃用,直至《牧马人》才完成其愿望;还有《芙蓉镇》演"黎满庚"的张光北,谢导最早想让他演《高山下的花环》里的"赵蒙生",但又觉得他太帅,只得忍痛割爱,换成唐国强,到拍《芙蓉镇》,谢晋才觉得可以还张光北的情;姜文更是如此,谢晋最早看中他是想拍史诗巨作《赤壁大战》,可惜该片无疾而终,令谢晋伤心不已,待筹备《芙蓉镇》时,姜文的名字率先从脑海中蹦出,于是,一个神形兼备的"秦书田"在大银幕大放光彩……

　　所以,当看完一部影视剧,回味演员表演角色的人生故事或扣人心弦,或曲折离奇,或素朴无华,或悲情四溢。我们时而血脉偾张,时而会心一笑,时而又忍俊不禁。那其实是导演与演员的心灵融合,从而绽放出耀眼的艺术光芒。影剧长廊中的经典之作,大抵都是如此!

○ 我的大银幕体验：从"十三钗"到"老酒馆"

俗话说"隔行如隔山"。的确如此，就拿主持与表演来讲，看似彼此相近，实则有着天壤之别。主持人在主持时，必须客观中立，保持本真自我；表演则要求演员抛弃自我，全身心进入角色之中，担当角色塑造重任。故此，当年拍摄《金陵十三钗》时对是否启用我出演"孟先生"一角，张艺谋导演始终犹豫不定，所幸制片人张伟平一锤定音，这才使我完成从主持到表演的跨越。

但张艺谋导演的担忧也不无道理，刚进组拍摄时，我果然有些手足无措，心里七上八下。其中"孟先生"与"约翰"首次相见那场戏，从对话看其实并不复杂：

约翰：You work for Japanese?（你为日本人工作？）

孟先生：Since I cannot save my country, cannot save others, I can only try to save myself. I'm already doing my best, you know. Do you think it's easy working for the Japanese?（我既不能救国家，也不能救人民，只能救我自己了。我只能如此。你以为我愿意给日本人工作？）

约翰：It's good you work for the Japanese, that helps us. What's your plan for your daughter?(我为日本人工作很好，能帮我们，你打

算怎么救女儿?)

孟先生: I would like to try, and use my connections with the Japanese to get my daughter out of city.（我想尝试利用我的关系带她出城。）

这场戏连续拍摄数条均不理想，于是张艺谋导演将我拉到一边，让我尝试以一个字概括人物特征。之前拍摄《秋菊打官司》时，张艺谋导演要求巩俐演出一个"慢"字，因为"秋菊"身怀六甲，行为举止均比平时慢半拍；而"孟先生"为救身陷教堂的女儿不得已委身于日本人，却又无法得到女儿原谅，故要抓住一个"苦"字，即左右为难，苦不堪言。

经过导演一番阐述，再重新调整心态，果然顺利过关。而当拍摄"托孤"时，新的难题又摆在面前，按导演要求"孟先生"慌里慌张，将别在腰间的各种修车工具与通行证一一摆放在桌上，然后告诉"约翰"出城线路，由于深知自己无法逃脱，故郑重其事地将女儿托付给"约翰"：

I can't carry on my plan. You are my only hope now. The Japanese don't trust me anymore. You are a westerner. You can help her. My daughter won't leave without her classmates. Please think of a way to get her out of Nanking. The permit is only good for a short time. When you manage to leave the church, remember, head west. There's a way out of the city there. I have to go. I'm handing my daughter over to you. I have promised her mother, I'll take good care of her.（我的计划泡汤了。现在你是我唯一的希望，日本人不再信任我了。你是西方人，你能帮她。我女儿不想扔下同学一个人

走。请想办法带她离开南京,这通行证有效期很短。你们离开教堂时,记得往西走,那有条离开南京的路。我得走了。我把女儿交给你,我答应过她母亲,要好好照顾她。)

为表达"孟先生"内心的焦虑、惊恐,导演希望我以类似相声"惯口"的语速,快而不乱说完全部台词。当"约翰"与"孟先生"分别时,说:"You are a good man(你是个好人)!"孟先生则面露苦涩表情喃喃自语:"In the eyes of my daughter, I'm a bad man, a traiter."(在我女儿眼里,我是个坏人,是汉奸。)说完,眼泪在眼眶里打转,拍摄当天我独自待在帐篷里酝酿情绪,并与贝尔反复排练以臻完美,正式开机后,贝尔与我全情投入、悲情四溢,连向来含蓄的张艺谋导演也连连称好,居然一条便过。

待拍摄电视剧《老中医》时,我继续沿用《金陵十三钗》的表演方法,同样尝试以一个字作为"吴雪初"写照。作为一代名中医,"吴雪初"与"赵闵堂"(冯远征饰)混迹江湖多年,对于外地来沪行医的"翁泉海"(陈宝国饰)充满敌意,两人携手对抗"翁泉海",但"吴雪初"更为圆融世故,尽管视"翁泉海"为竞争对手,但也看出其医术之高明、故以一"圆"字概括其个性,圆即圆融、圆滑、圆通。譬如在一段戏中,"吴雪初"评价"翁泉海"的用药理念:"那秦仲山愚疾日久,大骨枯槁,大肉陷下,五脏元气大伤,营卫循序失常,脉如游丝,似豆转脉中,舌苔全无,此乃阴阳离绝,阳气欲脱,回光返照之先兆。那翁泉海不用大剂量补气的人参、黄芪,补阳的鹿茸、附子,而偏偏用补中益气汤这么个平淡无奇的小方,以求补离散之阳,挽败绝之阴,清虚中之热,升下陷之气。不温不火,不轻不重,尺寸拿捏精准,谁都挑不出一个不字来。可见此人中医根底深厚,行医稳健。"

编剧高满堂老师的剧作素来严谨不苟，增一字太多，减一字太少。同时，毛卫宁导演又期待这段文白相间的中医表述既要生活化，又要富有韵律，故经反复斟酌，最终用顿挫有致之节奏，以真诚坦荡之语气，表达对"翁泉海"的敬佩之情，这段台词也为日后"吴雪初"面对日寇淫威慷慨赴死作了铺垫。

全剧临近尾声，"翁泉海""赵闵堂"和"吴雪初"等海上名医均遭日本人扣押被逼交出秘方，毗邻而坐的"吴雪初"和"赵闵堂"与对面的"翁泉海"用眼神交流，商量解决方案。此时，"吴雪初"心知肚明，决意以死抗争。原本设计较为简单，"吴雪初"仅仅说一句"我想和翁泉海说几句话"，便准备出门，但远征老师说，既然"吴雪初"与"赵闵堂"也算是生死之交，彼此间也应该有个交代，他提议，"吴雪初"先转头凝望"赵闵堂"，"赵闵堂"刚想站起来，"吴雪初"突然重重地用手摁住"赵闵堂"，顺势起身，示意好友不要作无畏牺牲，然后和"翁泉海"缓缓走出会议室。如此细微改动，使整场戏更富有层次感。

随后，当"吴雪初"与"翁泉海"诀别时，"吴雪初"对自己一生作了梳理，尤其对自己热衷于结交名人的行为进行了自我鞭挞。

"……为名生，为名忙，为名奔波一辈子，为了自己的名，捧着别人的名，满墙照片，可谓光彩照人……原本以为靠这些名字能借来满脸的亮堂，也能靠这些名字保我一世平安。可现在回头看去，擦干净了，它们是亮堂的，可落上灰了，它们就不亮堂了。因为那里人用得着你的时候，你是菩萨，你有个大名；用不着你的时候，你就是无名无姓的小草民，没人在意，甚至在你碰上难事的时候，那些名字躲之不及，说到底，一辈子踏人家光亮照亮自己，不如自己给自己光亮，哪怕只有一点萤头小亮那也是自己的……"

由于缺乏经验，我一开始对于这段富有人生哲理的肺腑之言，处理得情绪饱满，慷慨激昂，但毛卫宁导演认为我这样处理用力过猛，会削弱"吴雪初"对人生真诚悔过的意味。陈宝国老师建议，这段台词不可带有过多朗诵味，应该是两个挚友间的倾心交谈，是从心里慢慢流淌出来的，有点像自言自语，又有点临终忏悔的意思。"一语点醒梦中人"，经毛导和宝国老师点拨，这场戏果然演得酣畅淋漓。当宝国老师紧握我双手，四目相对说出："没憋到时候，谁没气，可憋到时候，火气、勇气、胆气、豪气、杀气，就都冒出来了……"顿时感到身体内有一股热气涌向头顶，不禁眼眶湿润……

　　《老酒馆》是高满堂老师继《老农民》《老中医》之后的另一部力作，讲述其父辈的故事。陈宝国老师所饰"陈怀海"便有高老师父亲的影子，如同老舍先生《茶馆》里有进进出出的茶客，《老酒馆》里的酒客也必不可少，其中有位名叫"村田"的酒客颇具喜感。村田君乃一日本农民，他们全家被骗至东北种地，有一次遭逢狂风暴雪冻僵在山里，幸亏得到当地农民相救。农民用白酒帮他擦拭身体，使其转危为安，村田从此迷上浓厚香醇的东北白酒，常常因酒醉而闹笑话惹出事端，岳父和妻子不得已求救于"陈怀海"。"陈怀海"以"酒风，酒韵，酒德，酒境"教育"村田"，让他从酒中一窥做人的道理，"村田"幡然醒悟，将女儿托付给"陈怀海"。"村田"一角颇有喜感，故以一"嬉"字突显其人物个性。

　　刘江导演是演员出身，故对表演抠得相当细致，对演员台词的断句、逻辑重音都十分讲究，决不轻易放过。有场夜戏，"村田"挽着岳父在大街上跌跌撞撞地往前走，两人都喝得酩酊大醉，边走边唱起了日本民歌《樱花》……唱着唱着，因思念故乡，声音渐渐变成哭腔，泪流满面，然后，两个孤独的背影渐渐消失在夜色中。

其实，拍第一条时，我与饰演岳父的日本演员藤田宗久就已沉浸于规定情境之中，但刘江导演觉得两人最好先是笑着唱歌，悲凉之情慢慢升腾起来，由喜转悲，当"村田"不慎跌倒后，更加伤心欲绝，号啕大哭。导演如此处理固然可增强戏剧张力，但对我这样的"外行"难度不小，年逾七旬的藤田先生不愧是表演高手，一个悲戚的眼神，几句苍凉的歌声，瞬间将我带入规定情境之中，不禁悲从中来……

我于主持已有三十余年经验，于表演还只是初出茅庐的"新人"。然而，从《金陵十三钗》里的"孟先生"到《老中医》里的"吴雪初"，直至《老酒馆》里的"村田"，已初尝角色创造的快乐。主持人或许只能展示本真的自我，表演却可借助于角色，走过与现实截然不同的人生轨迹——表演的魅力或许就在于此。

○ 我在电视台的纯真年代

现在回想起来,艺术的种子或许很早就萌生于心间。

犹记二十世纪七十年代末,改革开放航船起航,文化事业复兴。彼时,我常常去新华书店排队购买外国名著;也借由《王子复仇记》《追捕》《简·爱》等译制片,领略异国文化风采。于是,孙道临、毕克、邱岳峰等配音大师的名字跃入眼帘。尤其孙道临与毕克的语言魅力令人心驰神往,每每经过永嘉路的译制片厂门口,我总会驻足观望,故而萌发当配音演员的念头。母亲辗转托人,找到配音演员翁振新,询问是否存在可能性。翁振新先生听后认为我声音条件不错,但建议高中生们还是应以学业为重,不妨先考大学,待机会成熟,再改行也不迟。

考入医科大学后,我常去学校"电化教研室"给医学资料片配音,偶然发现毕克老师率领其团队也来录音棚配音。于是,我隔三差五去录音棚"偷师"。原来以为配音只要看稿对上口型,但后来才知道,像毕克老师那样的大师几乎将台本悉数背下。配音时,双眼紧盯屏幕,一口气往下说,不仅口型准确无误,连不易被发现的小气口均丝毫不差,看得我目瞪口呆。那时候,很想当面请益,但心中胆怯,虽近在咫尺,终究未敢往前迈出半步。毕克先生晚年受丧子打击，肺功能衰竭日渐严重，常年进出瑞金医院。作为实习医生，我便有机会与他频繁接触，有时候下班之后，去病房与之闲聊。所聊内容大多为生活琐事，与艺术无涉，但每次交谈，都是一种享受，犹如涓涓细流划过心间……

尽管与配音艺术擦肩而过，我却阴差阳错地成了电视主持人，上海电视台继成功创办《你我中学生》，发掘出像袁鸣那样的优秀主持人之后，《我们大学生》又应运而生。经层层选拔，终于闯入大学生主持人遴选决赛。按比赛要求，每位选手需设计一档大约八分钟的节目。由于当时有关大学生分数与能力的关系的讨论大行其道，恰巧我们学校里有个学生学习成绩一般，却拥有多项发明。针对这个同学的评价，众说纷纭。于是，我便以"观察与思考"为题，对此进行讨论，并突发奇想，敦请恩师王一飞教授担任访谈嘉宾。一飞师虽公务繁忙，仍欣然答应。直播过程中，一飞师旁征博引，由点及面，鞭辟入里，分析学生分数与能力的辩证关系。托老师之福，我在短短数分钟的节目中赢得以孙道临先生为首的评委的高度认可，并获比赛桂冠，顺理成章，成为大学生主持人。

然而，没过多久，便面临毕业，何去何从，颇为踌躇：因为一旦到医院做临床大夫，断不可能有闲暇时光去做主持，而那时我对电视主持略有心得，也不忍轻易舍去，左思右想，似乎只有"考研"一条路，于是，前去征求恩师王一飞教授的意见。不过，距离研究生考试仅一月有余，有门"电子显微镜"课程根本未曾学过。一飞师建议我先重点复习专业课"组织胚胎学"，至于专业基础课"电子显微镜"，他可以分三次帮我把主线理出来，而英语与综合测试，则只能靠平时积累，突击学习根本无法顾及。

研究生考试大多选在寒冬腊月。我每晚躲在被褥里看书，仍觉瑟瑟发抖。迷迷糊糊睡上三四个小时，会猛然惊醒，咬几口面包，喝一杯热牛奶，又接着看书。由于家中没有取暖设备，外婆特意为我缝制了一个棉袖筒，实在冷得吃不消，可将双手插入袖筒，还嘱我将双脚放在"焐窠"（用稻草编织而成，冬日烧好一锅饭，后放入，可起保温作用，不易冷掉）里，再放上一个热水袋，以防冻伤。经过整整一个月苦战，我终于如愿以偿，成为王一飞教授的硕士研究生。

二十世纪九十年代，上海广播电视掀起改革浪潮，东方电视台横空出世，应导演郑可壮之邀，我与陆英姿共同主持全国首档游戏节目《快乐大转盘》。节目打破过往程式，以快乐为主轴，用游戏贯穿始终，观众在哈哈一笑之余，获得身心愉悦。节目收视率一度冲高至40%，风靡整个申城。但同时，"鱼与熊掌兼得"的日子也走向终点。因为实在难以在医科大学与电视台之间求得平衡，原本担心一飞师会有想法，不想他竟全力支持，认为我能在工作中寻得一份乐趣，且释放人生最大能量，难能可贵。况且医科大学常年训练出来的观察能力、逻辑分析能力与超常的记忆力，将有助于我做电视主持工作。

进入东视后，承蒙穆端正台长器重与提携，和袁鸣一道，陆续承担数百台重大节目主持工作，慢慢由青涩走向成熟……

三十年弹指一挥间。不过，当年纯真年代的记忆，仍时时浮现眼前，永远难忘……

○ 随电视镜头一起跋涉

"吹醒海岸线上多年的睡梦/吹越大都市灿烂的晴空/你从时代的浪尖走来/让自己的风采和世界相通……"随着《风从东方来》旋律响起，东方电视台横空出世。作为地理概念的"浦东"，随着电视信号传播，与世界相连接。故此，一九九三年东方电视台成立伊始，穆端正台长怀揣梦想，以敢为天下先的精神，策划并制作了大批与世界文化相连接的大型节目与电视栏目。其中第六十五届奥斯卡金像奖颁奖典礼的大陆独家转播权的获得，成为东方电视台面向世界的标志。

按照惯例，长达数小时的直播会穿插广告时间，担任现场转播主持人需利用空隙介绍相关背景资料。当时台领导将这一重任压在我和袁鸣肩上。于是，我俩一头扎进资料堆里，将海内外相关报纸杂志报道奥斯卡奖的文章悉数收集起来，同时又拜托音像资料馆的同事，把那届奥斯卡奖所有报名影片、导演和演员的档案分门别类整理出来。

但最令人头痛的是美方迟迟未将转播脚本传送过来。几经催促，直至三月二十八日深夜才收到美国广播公司所寄厚达数英寸的脚本。粗略翻阅，发现ABC（美国广播公司）对转播安排极为周密。从颁奖顺序，颁奖人员名单到主持人比利·克里斯托串词，从明星座次安排到各类广告插播时间表，一应俱全。于是，我们赶紧与同声翻译通力合作，按脚本进行模拟练习，以求精确到位，万无一失。

那几日，回想起来，真可谓寝不安、食无味，言必称奥斯卡，朋友均戏称我已患上"奥斯卡恐惧综合征"。由于连续数天鏖战，再加上紧张，不仅失眠，且嗓音暗哑，终日与"西瓜霜""润喉片"为伴。一九九三年三月三十日上午，我和袁鸣早早进入直播间，怀着紧张与兴奋，等待那个时刻的到来。北京时间上午十时，随着"东方电视台"呼号响起，我们终于与全球观众同步领略奥斯卡世界，实现我们转播史上零的突破。由于激动，声音略有颤栗；因为紧张，竟前所未有地感到手脚冰凉，胸口甚至也出现压迫感……

奥斯卡直播之成功，树立了"东视人"面向世界的勇气与决心。于是，一档反映海外人文风情的专题栏目《飞越太平洋》应运而生。虽然那时我尚在医科大学任教，并未正式调入东方电视台，但仍受节目制作人滕俊杰先生委派，相继赴美国与日本拍摄。或许因为有医学背景，我首先选择"艾滋病在纽约"与"美国失智患者一瞥"两个选题。恩师王一飞教授的同学张清才博士在纽约诊所以中药诊治艾滋病，远近闻名。

在张医生的诊所，与一位名叫格林的患者交谈。据他介绍，当初前来就诊时几乎是让人搀来的，双腿浮肿，消瘦不堪。自己认为死神已向他招手，抱着试一试的想法，前来寻求张医生帮助。不想，张医生以中医辨证施治方法，对症下药，症状大为改善，且血液病毒载量一直控制在基数之下。格林原本是放射科医生，所以，他常来诊所做义工，宣传中医理论。随后，在张清才医生的陪同下，我们又前往皇后区采访另一位艾滋患者派屈克。走进派屈克家门，一股特有的中药香味扑鼻而来。派屈克也是因为坚持服用中药，症状得到改善。"中医擅长从宏观上调节脏腑平衡，继而达到治愈疾病效果。"他说话的神情仿佛行医多年的"老中医"。

随着人类寿命普遍延长，老人失智问题成为世人关注焦点。我们从纽约飞至圣地亚哥，专程探访当地一家"托老所"。这家"托老所"采取"走读"方式，即家属清晨将老人送至此处，夕阳西下时再接其回家中。院中心理医生鼓励老人们触摸床头摆放的青年时代照片，自己过去使用过的车牌等日用品，以此唤起他（她）对往日美好时光的追忆。

除医学专题外，人文主题亦为拍摄主体。旧金山附近有座不为人所知的小岛——天使岛，这里隐藏着一段华人屈辱史。从一九一〇年至一九四〇年，这里为拘押华人劳工的移民站，数名华人劳工被长期拘留于此，其中不少人由希望而失望，由失望而绝望，终至自了残生，魂断异乡；到亚特兰大，走访"宋氏三姐妹"就读的魏斯利安女子大学，看到宋氏姐妹读书时所用课桌，发表于校刊的文章，以及她们赠送给母校的织锦壁挂、古旧家具和签名照片，追寻宋氏三姐妹求学足迹；而在与古巴隔海相望的基维斯岛，则可感受海明威的文学气息，端坐在其故居书房内，面对那架老式打字机和破旧钢笔，想象作家如何文思泉涌，写出像《战地钟声》和《永别了，武器》那样的长篇巨制……

而到日本拍摄时，偶然在富士山脚下发现"奥姆真理教"制造沙林毒气的工厂，采访与恶魔麻原札幌接触过的当地村民，揭示日本社会信仰危机缘由，而在距东京不远的藤泽市鹄沼海岸，祭拜在此遇难的音乐家聂耳，详尽还原聂耳生命最后旅程的滴滴点点。当地市长叶山骏先生得知中国摄制组正在海边拍摄，盛邀我们去家中做客，并告知其母为第一个将聂耳的《义勇军进行曲》翻成日文的日本人，而他本人也从小哼唱这一旋律。伫立于"聂耳终焉之地"，仿佛感到聂耳就在那里，向我们挥手致意……此片后来摘得日本海外新闻大奖，为中日文化交流再添佳话。

浦东开发开放三十年，沧桑巨变，而广播电视媒体则为其插上腾飞翅膀。东方电视台已完成历史赋予的使命，其呼号渐渐走入历史，但跋涉者的大无畏开拓勇气，以及求新求变精神值得永远铭记。

○ 我牵挂的台湾岛友人

说起宝岛台湾,率先出现于脑海之中的,既非巍峨壮观的太鲁阁,神秘幽深的阿里山,也非梦幻摇曳的九份,奇崛多姿的野柳,抑或烟火气十足的淡水老街,以及碧波荡漾的垦丁海滩那样的自然景观,而是那一个又一个生动又有趣的人。他们或智慧超人,或意趣无穷,或桀骜不驯,或深情内敛……构筑起一道绚烂的人文景观。

余光中与白先勇

细细想来,最早结识的岛内文化大家应为余光中先生与白先勇先生。他们俩一位是诗人,一位是小说家,思维方式截然不同。余先生善于以激情迸发的诗句,记录下心中流淌的意绪与情感,而白先生则擅长用精雕细刻的文字,描绘观察对象。故此,余光中先生尝与白先勇先生打趣道:"若共同与某位美丽女士相处,我多关心情感意绪如何跌宕起伏,而你会将注意力聚焦于女士所着衣服花纹与样式,甚至对一枚胸针的描摹亦细致入微。"

譬如《莲的联想》,余光中先生借由莲的"既冷且热",用澎湃的情感与冷隽的爱怜，表达了那向死而生的高贵爱情："已经进入中年，还如此迷信／迷信着美／对此莲池，我欲下跪／想起爱情已死了很久／想起爱情／最初的烦恼，最后的玩具……"诗人感情之炽烈令人感叹，以至于余太太晚年一直逼问余先生，那"莲"是否意有所指？故此，每次采访余光中先生，老人家总要事先嘱咐，切不可谈论《莲的联想》，以免陷入被动。

而白先勇先生落笔时往往克制、冷静，但描景状物，巨细靡遗，与张爱玲有异曲同工之妙。如《永远的尹雪艳》对尹雪艳的刻画。"尹雪艳总也不老……在台北仍旧穿着她那一身蝉翼纱的素白旗袍，一径那么浅浅的笑着，连眼角儿也不肯皱一下。"寥寥数笔，一个历经沧桑、娇艳妖媚的奇女子便呼之欲出。

平日里，白先勇先生情感奔放，始终以雷达般的眼光，审视寻常事物，让人引发文学联想。记得曾与白先生同往桂林，盘桓于当地白氏老宅，老宅前一对石狮子仍无言蹲守，但门前两棵大树，仅剩一棵孤兀站立。只见白先生轻轻抚摸苍老树干，喃喃自语："树犹如此啊！"此时此刻，白先勇先生想必思念圣巴巴拉家中那几棵柏树。

他在《树犹如此》一文中曾对此有过记述："树的主干笔直上伸，标高至六七十尺，但横枝并不恣意扩张，两人合抱，便把树身圈住了。于是擎天一柱，平地拔起，碧森森像座碑塔，孤峭屹立，甚有气势。"当年，他与故友常常利用假期整理花园，享受人生。"夕阳西下，清风徐来，坐在园中草坪上，啜杏子酒，啖牛血李……"故友重病期间，花园里草木荒芜，一片狼藉；待故友往生后，白老师又重新拾掇花园，使其恢复生机，只是"美中不足的是，抬望眼，总看见园中西隅，剩下的那两棵意大利柏树中间，露出一块愣愣的空白来，缺口当中，映着湛湛青空，悠悠白云，那是一道女娲炼石也无法弥补的天裂。"白老师由树想到人，与故友深情，教人感动。

李敖

相对来说，余光中先生谨严不苟，神情肃穆，仿佛老僧入定，与其青年时代犀利的文风相去甚远。故此，李敖先生晚年以辛辣之言辞讥讽余光中先生。但余光中先生始终八风不动，保持缄默。有一日，我斗胆询问余先生所为何来，余先生答曰："他每日骂我，我从不回应，说明他的生活不能没有我，我的生活可以没有他。"一句话，四两拨千斤，尽得风流。记得在台北采访李敖先生，曾向他转述余光中先生那句话。李先生素来伶牙俐齿，听罢此言，也只得幽幽地说："他以躲闪的方式作为他生活的一部分。可是我一直追杀不停。所以，大家都恨我，恨我的人太多，都快要排队了。"

说起李敖，其特立独行，单刀直入的行事风格往往让人望而生畏。果然，一见到我，李敖先生便微笑着，半开玩笑道："可凡，你的节目开播于二○○四年二月，时隔四年八个月，才来找我做访问，是何居心？之前尽找些'烂人'上节目？"一席话，说得我哑口无言，但他很快便收敛起嬉笑怒骂状态，一本正经回顾自己个性形成的过程，以及"骂人"原则。特立独行是因为他从小在阅读中成长，养成独立思考问题的习惯；而"骂人"不仅仅是因为与被骂者观点相异，有时候某人的长相如脖子短也可构成他"炮轰"的理由。

据说，有人统计，被李敖咒骂者已超过三千人，但李先生援引泰戈尔的话说："你要小心选择你的敌人。"他表示选择抨击对象乃一门大学问，否则便一败涂地。当然，李敖先生最了不起的，还是善于从苦难中寻找快乐。"我从来没有负面情绪，悲哀、痛苦、忧愁、懊恼等，可以瞬间被强大心灵消灭殆尽。"即便身陷囹圄，心理防线也从来没有崩溃过，所以，他称自己有"金刚不坏之身"。

林怀民与侯孝贤

就文化影响力而言，林怀民与侯孝贤之艺术成就可谓跨越地域、跨越时空。就拿林怀民先生来说，他所创立的"云门舞集"，尝试依靠舞者的身体能量，以肢体传达对世界的看法，这如同他自己所言"舞蹈是一种交流，意味着每个人都是和自己形成相互补足的关系，两个身体互相影响，然后自我消失，变成相同的一个"。每每观赏"云门舞集"演出，譬如《竹梦》，舞者运用身体运动展示书法委婉转折之点捺顿挫；譬如《薪传》，演员以各种姿态，体现先民"筚路蓝缕，以启山村"的拓荒精神；而《流浪者之歌》中，金黄色的稻谷倾泻而下，那一粒粒黄澄澄的稻谷仿佛无言的善良使者，倾诉疾苦，播散爱的种子……林怀民先生跟我说，期待"以舞者的'生理发作'，激发观众的生理反应，实现某种能量交换"。故此，欣赏"云门舞集"作品，并无"懂"与"不懂"之分野，只要抛弃杂念，倾心体悟，便可理解充满东方智慧的哲思禅意，使表演者与观赏者浑然一体。与林怀民交流，也有类似感觉，他那缓慢沉静的语调，似乎将你带入冥想境界，回味无穷……

相较于林怀民的"出世"，侯孝贤显得更为"入世"。朴素的衣着，谦和的微笑，一如他的影片，安静而深邃。在他温和平静的话语里，许许多多电影以外不为人所知的趣味和辛酸，变得如此玄妙。其童年经历，一如电影《童年往事》，有着难以言表的孤独与悲凉，但侯孝贤从不以自然主义手法简单陈述残酷的现实，而是赋予其浓浓的人情味。

有人说,侯孝贤是一个俯瞰人世的旁观者,有一定距离,却很温暖。因此侯孝贤电影里面有的只是那些再平凡不过的人物,再平实不过的场景,没有刻意营造戏剧性,一切都是如此的真实,经常使人有种错觉,故事里的人就在你身边,或是生活在你的记忆之中。他对故事人物的交待,冷静含蓄,看了之后,会有一种湿湿的感觉,如同绵绵的春雨,在你防备的时候,已经让你湿透。侯孝贤习惯于从周围环境提炼创作素材,故此,他对以类似手法创造的大陆电影也有共鸣。

他回忆,二十世纪八十年代在香港观看《如意》和《包氏父子》时,竟感动得泪流满面,甚至戏中人物的某一句方言也会触发其思乡之情。他对土地深沉的爱,更催促他不断前行,哪怕困难重重,就像他的合作者朱天文所形容的那样:"不苦相,不愤世,一心只做自己愿意做的事,有时会跌倒,然后又突然爬起来,然后兴高采烈地上路。"这恐怕是对侯孝贤导演最为生动的写照。

星云大师

举凡赴台参访者,无不期待可以登临佛光山,倾听星云大师解读人生。承蒙星云大师厚爱,二〇〇九年深秋我有幸与同事前往高雄拜访。现代社会生活与工作节奏加快,人与人之间的摩擦也随之增加,如何与人相处,便是人间一大学问。在星云大师眼中,人与人之间要和谐相处,首先要改变"我对,你错"的固有思维,其次要无限缩小"自我",遵循"你对我错,你有我无,你乐我苦"的想法,这或许略感辛苦,但也可饱尝苦中作乐滋味。

至于如何分别"益友"与"损友",星云大师的表述也极为形象。"有的朋友如花，你漂亮，他将你戴在头上；你凋谢，他把你踩于脚下；有的朋友如秤，你重了，他低头；你轻了，他就昂头；也有的朋友如大地，他铺垫你；有的朋友好比大山，群鸟野兽集中于此。朋友好好坏坏即为寻常，君子之交淡如水，方为人生之要！"对于生死，老人家更为淡然："生命所赋予的责任与理念必须完成，不要将遗憾与懊悔带入死亡过程，世界变化多端，但坚守分寸，讲究道德却是永恒的。人生要止殇，静朴，对金钱不动声色，见美色不可被诱惑，给伟力不能压迫。人要有支柱，要有所为有所不为。万事要顺其自然，想吃就吃，想睡就睡，真正将内心归于平静。"一席话明白畅晓，听来如醍醐灌顶，受益匪浅！

庾澄庆与高金素梅

当然，最令我牵挂的岛内友人莫过于庾澄庆与高金素梅。庾澄庆出身显赫，其祖先曾创办亚细亚烟草公司，母亲为一代名伶张正芬，与顾正秋一起在岛内传播京剧艺术。正是这样一个传统家庭，诞生出一位流行音乐才子。哈林舞台上张扬喧哗，嬉笑怒骂，信手拈来，而生活中却沉着内敛，甚至有点多愁善感，沮丧落拓，因此写歌与演唱成为其情感突破口。他可以在音符交织中倾吐胸中垒块。

哈林平素极其看重友情，我和哈林年龄相仿，生日也仅相差一天，同属"狮子座"，故脾气个性也相似，彼此投缘。哈林来上海，我常会带他去那些名不见经传的"苍蝇馆子"品尝地道美食；我去台北，哈林也总是想方设法，寻找具有创意感的餐厅小聚，谈天说地，有时还会拉张小燕一起参与。小燕姐与上海有着不解之缘，其外祖父与张爱玲母亲是龙凤胎，她本人也与张氏有过一面之缘。小燕姐为台湾主持界先驱，且对晚辈多有提携。哈林便是由她发掘推荐，成为歌唱、主持双栖明星。小燕姐做人物访谈节目行之有年，并有自己的独到见解。她说："主持人内心要有一把尺，切不可戳痛嘉宾内心，要充分顾及被访者心理，尤其不可肆意暴露他人隐私。"正是受小燕姐影响，我常常避免和过于熟络的朋友做访谈，因为面对摄影机，知道的都是明知故问，而想知道的依旧会避而不答。就像与哈林做采访，他总是瞻前顾后，不愿让公众察觉他内心那隐秘的世界。

说起高金素梅，人们首先想到的便是电视剧《婉君》里那个丫鬟嫣红。其实，她也是因参加小燕姐《大精彩》节目一炮而红。《婉君》之后，她又担纲李安电影《喜宴》的女主角，从小荧屏到大银幕，完成了自我蜕变。正当事业达到巅峰时，人生突遭变故，先是所开婚纱店失火，造成人员伤亡，紧接着，健康也亮起红灯，被诊断为肝癌，术后又遇到"9·21"大地震，真可谓"一波三折"。但素梅以其坚韧毅力挣扎于生死边缘，最终走出困境，由艺人华丽转身，成为民意代表。和素梅相识于二十世纪八十年代末。彼时，她与童安格来沪参加上海国际电影节，大家相谈甚欢。待我二〇〇八年访问台北，她带我穿街走巷，感受当地民风，品尝地道美食。以后，每次去台湾出差，素梅几乎都会帮忙做好攻略，尽可能让我利用有限时间，了解当地民风民俗。二〇一三年，与电视台主持同行，赴台湾参观交流，恰逢本人五十初度，素梅闻讯后，假借一家画廊，为我组织了一场生日派对，并请来台湾电视同行，伴随着悠扬的音乐，两岸电视人其乐融融，共同憧憬美好，令我度过一个难忘的生日。

两岸同胞同文同种，血浓于水。十数年来，我有幸与台湾众多文化界人士结缘，情感上的沟通，文化间的融合，让彼此内心不断靠近。期待我们携手共进，共创灿烂明天。

○ 闲谈西装，现代绅士的盔甲

身着西装背心，嘴里叼着香烟，不停地坐在床沿修剪指甲，然后起身，披上西装，整理下衣袖，在昏暗的灯光下，数着一大叠钞票，再抽出一张餐巾纸，折成手绢模样，插入左侧上衣口袋，最后用梳子对着镜子梳理头发。看了下腕上手表的时间，拉灭床头灯，离开阁楼……

这是电影《阿飞正传》尾声，梁朝伟最经典的一个镜头。梁朝伟身着西装的模样也嵌入人们记忆深处，久久无法忘怀……

西装是名副其实的舶来品，其结构源于北欧南部日耳曼民族服装。法国贵族菲利普从渔民服饰获得灵感，与一班裁缝潜心研究，设计出敞领、少扣，既便于行动，又保持传统服装的庄重。于是，今日所谓的"西装"便应运而生。数百年来，欧洲上流社会对男士西装极为讲究，因为它代表了穿着者的品位、格调与财富，

正如莎士比亚《哈姆雷特》里的台词所说的那样："……尽你的财力购置贵重的衣服，可是不要炫新立异，必须富丽而不浮艳，因为服装往往可以表现人格；法国的名流要人，在这点上是特别注重的。"卡夫卡曾在日记里记下面对裁缝，选择西装时的尴尬与纠结："……当我听说，还要裁剪出西式服装坎肩，而且还得穿上一

件上浆的硬衬衫时，我几乎对我的力量变得有信心了，因为这样一种穿法必须拒绝。我不想要这种式样的西服上装。……当我后来一直羞愧地躲避，没有说明，没有愿望地听任量体裁衣并试穿时，裁缝在理解上就更加产生惊疑了。"

中国第一套西装诞生于清末，由"奉帮裁缝"为民主革命家徐锡麟所制作。历史算不得长。难怪张爱玲感叹："男装的近代史较为平淡。另一个极短的时期，民国四年至八、九年，……目前中国人的西装，固然是谨严而黯淡，遵守西洋绅士的成规，即使中装也常年地在灰色、咖啡色、深青里面打滚，质地与图案也极单调。男子的生活比女子自由得多，然而单凭这一件不自由，我就不愿意做一个男子。"

然而，二十世纪三四十年代，无论是北京、南京，抑或上海、广州那样的繁华都市，政商名流和文人骚客如宋子文、顾维君、胡适、徐志摩、梁实秋、陈光甫等，均以着西装为一种时尚与风潮。梁实秋先生甚至说："西装的势力毕竟太大了，到如今理发匠都是穿西装的居多。"

梁实秋腹笥深厚，对西装自有一套属于自己的美学标准："做裤子的材料要厚，可是我看见过有人在光天化日之下穿夏布的裤，光线透穿，真是骇人！衣服的颜色要朴素沉重，可是我见过著名自诩讲究穿衣裳的男子们，他们穿的是色彩刺目的宽格大条的材料，颜色惊人的衬衣，如火如荼的领结，那样子只有在外国杂耍场的台上才偶然看得见！大概西装破烂，固然不雅，但若崭新而俗恶则更不可当。所谓洋场恶少，其气味最下。"

民国时期，甚至有人因着装而逃过一劫，至今听来匪夷所思。宋子文夏季总穿一套高级全毛薄哔叽西服，头戴一顶黄色礼帽，挂一根手杖，仪表堂堂，风度翩翩，那身装束也几乎成为他的标志。

一九三一年七月二十三日，宋子文由南京抵沪，国民党上海市长吴铁城，淞沪警备司令杨虎，以及黄金荣、杜月笙等一干"海上闻人"聚集火车站迎接。不料，"暗杀大王"王亚樵伺机埋伏于车站周遭，企图行刺宋子文。当火车进站，那标志性形象出现在刺客视野时，刺客迅疾拔出手枪，冲目标连发两枪，那绅士应声倒地。然而，次日报纸一行黑体字标题赫然跃入眼帘：《宋子文今晨遇刺，唐腴庐代主遭难》。原来刺客将与宋子文身材、面容和着装均相似的机要秘书唐腴庐一枪毙命，而宋子文却因与秘书西装风格相似而侥幸逃脱。

不过，那时候也有人对西装嗤之以鼻。林语堂在《论西装》一文里说："在一般青年，穿西装是可以原谅的，尤其是在追逐异性之时期，因为穿西装虽有种种不便，却能处处受女子之青睐，风俗所趋，佳人所好，才子也未能免俗。至于已成婚而子女成群的人，尚穿西装，那必定是他仍旧屈服于异性的徽记了。人非昏愦，又非惧内，决不肯整日价挂那条狗领而自豪。在要人中，惧内者好穿西装，这是很鲜明彰著的事实。也不是女子尽喜欢作弄男子，令其受苦。不过多半的女子似乎觉得西装的确较为摩登一等。况且即使有点不便，为伊受苦，也是爱之表记。"无论如何不能理解，"两脚踏东西文化，一心评宇宙文章"如林语堂者，竟会对西装抱有如此深刻的偏见。

但是，像林语堂那样鄙视西装的人毕竟还是少数。听父亲讲，旧时候的上海，但凡有头有脸的人，总要置办几套西装。据说，做两套上等英国呢三件套西装，或许要花费一两黄金的代价。即便是写字间低等职员，起码也要备上一套像模像样的西装。因此，上海滩的大街小巷，不同层次西装店林立。

如同木心先生所言："西装店等级森严，先以区域分，再以马路分，然后大牌名牌，声望最高的都有老主顾长户头，否则何以攀跻人夸示人？当年是以英国为经典，老中绅士就之；法国式为摩登，公子哥儿趋之；意大利式为别致，玩家骑师悦之。"高级定制店通常服务周到，店内装饰典雅。当客人走进店里，伙计鞠躬欢迎，奉上咖啡或茶，寒暄之间，需察言观色，从只言片语中了解顾客喜好，以便作恰如其分的推荐。

做西装，选料为首要工序，按木心《上海赋》："那时独尊英纺，而且必要纯羊毛……夏令品类派力斯、凡力丁、雪克斯丁、白哔叽等；冬令品类巧克丁、板丝呢、唐令哥、厚花呢等；春秋品类海力斯、法兰绒、轧别丁、舍维、霍姆斯本、薄花呢等。"选完料，就决定要商量西装款式。"……三件头、两件头、独件上装，两粒钮、三粒钮，单排、双排，贴袋、嵌袋、插袋。还要商量夹里，半里、全里、羽纱……"然后，便是量尺寸。伙计量尺寸并非简单记录下一组数据，而是要根据客人不同身材，对固有尺寸进行弹性处理，以弥补身材之缺陷。最后一道工序是试样。木心先生说，伙计给客人试样时，通常"手捉划粉，口噙别针，全神贯注，伶俐周到，该收处别拢，该放处画线，随时呢喃着征询你的意见。其实他胸有成衣，毫不迟疑。而你，在三面不同角度的大镜前，自然地转体，靠近些，又退远些，曲曲臂，挺挺胸，回复原状，并腿如何，要'人'穿'衣'，不让'衣'穿'衣'。这套驯衣功夫，靠长期的玩世经验，并非玩世不恭"。

所以，一件定制西装，绝非普通商品，而是如同竹刻、紫砂茶壶、缂丝、青花瓷一般，是一件无法复制的珍贵艺术品。

记忆中自己拥有的第一件西装是由美国的叔叔一九七九年所赠。我从未见识过西装，可一穿上那件轧别丁浅蓝色西装，顿时感到身材修长了许多，有一种通透清爽的感觉。后来父母又帮我配上一条灰色西裤，系上一条深藏青领带，这在今天看来似乎平淡无奇，可是在二十世纪七十年代末，也算是很时髦的装束。没过几年，我便穿着这身行头，参加《我爱祖国语言美——上海市普通话电视评比》，完成了人生电视荧屏处女秀。

随着生活日益改善与工作需要，购买品牌西装成为首选。然而，对吾等"丰腴"之人来说，要买到合适的西装，亦并非易事。通常要么过紧，西装扣起后，胸前有拉扯感，肩部与肘部活动受限；要么过于肥大，松松垮垮，视觉上呈筒状，袖子也相应过长，遮盖衬衫袖口，一副"瘪三样"。直至西装定制业兴起，我才知道胖人西装制作秘诀在于版型把控，即要让人穿起来有足够空间，不紧绷，同时又需要有腰型的线条。由于"丰腴"型男士主要在"肚子"和"后腰"两部分凸出，故设计师需将肚省加大，也要适当做"减法"，如后背腰做吸腰处理，如此这般，方能更好贴合后腰，显得既有腰身又不肥大。

"Wear your treasure and you will be Treasured."（家珍披身，如若九五之尊。）身着一套尺寸感良好、颜色适度、线条明朗而利落、材质与剪裁耐人寻味、自我与时尚气息平衡的西装，更显品格之尊崇与时代之风潮。无论年长或年少，均可以崭新姿态迎接新一轮太阳。因为，西装便是现代绅士的盔甲！

○ 上海人看无锡：祖辈的旗帜

说起无锡，风光旖旎，物产丰饶固然是其发展基础，但是，知书识礼更是推动地域社会经济文化发展的重要引擎。

譬如薛福成家族便以"读书明理"为家训，强调"天下事，利害常相伴，惟读书则有利而无害。不问贵贱、老幼、贫富，读一卷便有一卷之用，读一日便受一日之益"，然而又不拘泥于，甚至不屑于"专经八股六韵，徒事空谈，抛弃事实"的传统科举之路，崇尚"经世致用"哲学，正如薛福成所言："福成于学人中，志意最劣下，往在十二三岁时，强寇窃发岭外，慨然欲为经世实学，以备国家一日之用，乃屏弃一切而专力于是。"

而荣氏家族前辈，更是从未将"学而优则仕"看作人生唯一进取目标，而是鼓励后人多元发展。"他日不必做秀才、做官，就是为农、为商、为工、为贾，亦不失为纯谨君子"，故荣德生先生在回父亲的信中直言："刻已学商，回去读不成，被人窃笑，不如学商，当留心，亦可上进。"

我的曾外祖父王尧臣、王禹卿昆仲从小在父亲指导下读书识字，遍读四书五经，但父亲对两个儿子有极为清醒的认识："哥哥王尧臣天资愚钝，但能用功勤读，生性憨直，喜欢骑在牛背上读书，待命其背书时，已经滚瓜烂熟。弟弟王禹卿性黠好嬉，对经书不感兴趣，但读司马迁《史记·货殖列传》时，却津津乐道。"所以父亲在一旁揣摩，这两个儿子或许与功名无缘，但外出经商大概也是一条出路，但他只是告诫两个儿子"为人要谦逊为先，恭敬为贵，万不可有骄傲之心。世有骄傲之人，凡事以为己能，皆不及我，与人晋接、周旋，不肯佩服。此等人，必顿致寸步难行。所以，谦敬两字，何地不可往，何处不可藏。复望儿去骄为谦，转傲为敬，无论上中下，终要以礼相待，无生嫌隙。"

从这封父亲给儿子的信中可以看出，我的高祖，这位清末秀才，尽管自己是通过科举求得的功名，但他却不迂腐，主张儿子可按自己天赋与本性，寻找属于自己的人生之路。不过他老人家却将如何为人处世看得尤为重要，特别是将"谦敬"二字视作取得成功的必要条件。

其实，纵观无锡近代工商业者的人生轨迹，除了顽强的意志、开阔的胸襟、灵敏的头脑、知书达理、灵活多变，亦是其获得成功的制胜法宝。

其次，我们的先辈能以前瞻的眼光寻找事业的基点，规划未来蓝图。当中国绝大部分地区仍秉承"重农抑商"保守思维时，他们早已身先士卒，在"商业"领域开疆拓土、建功立业。同时，浓厚的乡梓观念促使他们与乡亲共同携手，发挥各自优势，甚至甘愿损失些许个人利益，着眼于大局，抓住机遇，快速推进。

譬如，曾外祖父王尧臣、王禹卿昆仲最早为荣家的茂新面粉厂做事，但面对辛亥革命前后面粉行业的红火局面，他们不甘心依附于他人、寄人篱下，毅然决定与企业负责购买小麦的浦氏兄弟联手创业。荣宗敬、荣德生昆仲得知原委之后，非但没有气恼，反而主张与之合伙开创"三姓六兄弟"合作办厂模式，并看准国际市场因第一次世界大战而对面粉的需求激增，欧美列强此时无法向中国倾销，进而迅速推进企业"孵化"，不出十年工夫，便成为面粉行业"巨轮"，独占鳌头。按如今现代管理学的观念来说，这种合作模式堪称最早"中国合伙人"，其成功完全得益于祖辈高瞻远瞩的思维方式，以及通达开放的内心世界。

历史车轮不断往前行进，"五四"运动风起云涌，爱国与救国浪潮成为无锡籍青年面向新世界的重要推手。我们的祖辈不断接受新思想、新学识、新方法。他们不满足于物质富裕的平淡生活，而是主动介入社会，一展血性男儿本性。

我的舅公王启周当年正在东吴大学法学院读书，他组织在沪读大学的无锡籍大学生，如陆定一、秦邦宪、杨荫浏等有为青年，成立进步社团"锡社"，以天下兴亡为己任。发扬拯救家乡的大无畏精神，鞭挞陈腐残破的社会弊端，并发出呐喊："我们不知势与利，我们亦不怕势与利，我们不怕摧残，我们不怕牺牲，我们只知把沸腾的热血，一洗那陈腐残破的污迹。"

"五卅"运动中，那些年轻人拍案而起，组织声势浩大的集会游行，刊印《血泪潮》小报，号召民众"打倒社会冷血领袖""愿有良心有热血的人们联合起来"。

祖辈那种无所畏惧，敢于冒生命危险参与社会变革的英雄主义情怀，以及"为众人抱薪"的牺牲精神令后人景仰。

无锡人血脉中浸润着仁、义、礼、智、信等深厚的儒家传统，又有兼济天下的雄心壮志，以及对于公平正义的不懈追求，刚正不阿、侠骨柔情，这样的地域文化个性推动着无锡这颗太湖明珠，在长三角一体化发展中散发着更大更耀眼的光芒。

与此同时，随着大批无锡人来到上海、融入上海，无锡人灵活的处事方式、前瞻性的意识、吃苦耐劳的精神和严谨的契约精神也慢慢融入上海的城市文化,成为海派文化中的一部分。我们作为在沪的无锡人,需要高擎祖辈的旗帜,在更为国际化的舞台上,开拓更为广阔的天地。

○ 如歌的行板：建筑里的人与人生

对于建筑，我纯属外行，很难说出个子丑寅卯来。不过，说说建筑这被称为"凝固的音乐"的艺术里的流动人生，倒也无妨！

我曾经在苏州博物馆落成之际，聆听建筑大师贝聿铭先生有关建筑与人的高见。贝聿铭先生早年从包豪斯运动发起人格罗皮乌斯、建筑大师柯布西耶等人的学术中，懂得了建筑是用来行使某种特定功能的。建筑是为人服务的，它必须与生活本身，与特定时间与地点发生某种联系。

因此，贝聿铭先生应邀回故里设计苏州博物馆时，灵感便来自明清建筑粉墙黛瓦的灰白调子。同时，又从石涛的"片石山房"获得启迪，将博物馆外的北墙设计成以壁为纸、以石为绘的米芾山水园景，令人觉得既有历史的回声，仿佛步入充满烟火气的老宅，但又不失现代简约风格应该有的视觉冲击力，并且巧妙运用光与建筑的辩证关系。

所以，贝先生不喜欢用所谓标签式称谓。他说："对我而言，建筑就是建筑，而没有什么现代建筑、结构主义等概念。只要你愿意，就可以使用你想用的主义。但不相信这些，它终究会成为过眼云烟，而真正存活下来的，永恒的东西，还是建筑。"

无独有偶，并非科班出身的安藤忠雄先生也强调拥抱自然，与自然合为一体的思想，尝试将光、水、风等不定型因素运用到建筑氛围营造中，注重人、建筑与自然的内在关系。从理论上，安藤忠雄深受柯布西耶影响；从实践中，又从罗马万神殿顶端光影变化，以及高迪建筑汲取养料，所以，他的清水混凝土，他的光影魔术，他的几何弧线都成了建筑界的传奇。

他所设计的"住吉的长屋"可谓"环保住宅"的前驱；六甲的"集合住宅"则反映出建筑师内心的"乌托邦"理想；至于"表参道"，它可以使我们从商店看到外面的街道，感受彼此的吸引或邂逅。这些以人为本的设计理念得到广泛的认同。

同样，中外建筑大师也在上海这一东方大都市留下一幢又一幢美轮美奂的建筑，其中有新古典主义、哥特式、装饰艺术等西洋风格，也有融中西文化为一体的石库门建筑。无论是像邬达克那样的外国建筑师，还是范文昭、赵深、陈植等本土建筑师，无不以砖石塑造着城市的经脉，书写着城市的历史，而建筑中所发生的有关人的故事则更加耐人寻味。

就拿如今上海市少年宫的那幢大理石建筑来说，它的前身是在沪犹太商人伊利·嘉道理的宅邸。嘉道理家族于二十世纪初来到上海，靠勤奋与智慧积累了丰厚的财富，但灾难也随即到来，嘉道理夫人为救火灾中被大火围困的佣人，不幸葬身火海。老嘉道理悲痛欲绝，嘱咐设计师另外选址设计新的建筑，自己则离开上海，旅行疗伤。待他重返上海，面对的是一幢异乎寻常的大理石巨型住宅，且预算严重超标，但此时木已成舟，没有回旋余地，但也因此留下这幢标志性建筑。

然而再坚固的建筑也无法摆脱恶魔的黑手。"二战"期间，上海沦陷，嘉道理父子三人被日本兵带离大理石建筑，被关押至监狱之中。而我的舅公王云程先生因为与两位小嘉道理关系密切，过去也是那幢大理石建筑的常客，正是因为彼此为莫逆之交，舅公王云程多次冒险前往监狱探视嘉道理父子，带去食品、日用品等。一九四五年日本人投降，两位小嘉道理被释放，伊利·嘉道理却惨死狱中。

出狱后，罗兰士·嘉道理决定前往香港继续拓展家族企业，创建中华电力公司，后又接管闻名遐迩的"半岛酒店"。一九四八年舅公全家十多口人迁居香港，得到嘉道理家族鼎力相助，罗兰士·嘉道理先生聘请舅公为中华电力董事，后来又帮助舅公与荣鸿庆先生创建南洋纱厂，并担任董事。由此，我们家族得以在香港慢慢站稳脚跟。

一九八五年，罗兰士·嘉道理来北京与邓公晤面，并参与大亚湾核电站投资，以八十五岁高龄出任香港基本法咨询委员会委员。罗兰士·嘉道理去世前，留下遗嘱，邀请我舅公执掌中华电力董事长，全权管理嘉道理家族资产，但舅公婉拒嘉道后人的请求，将家族管理权交还给嘉道理家族。这段产生于静安寺那幢大理石建筑的友谊绵延半个多世纪，成为商界的佳话。

相对于少年宫大理石宫殿，位于复兴西路上的那幢三层西班牙公寓则要低调许多，但那里居住着一位中国新文学巨匠柯灵先生。柯灵先生的散文独树一帜，文字凝练，思想深邃，意境开阔。如他在《墨磨人》序文中所言："文字生涯，冷暖甜酸，休咎得失，际遇万千。象牙塔，十字街，青云路，地狱门，相隔一层纸。我最向往这样的境界：只问耕耘，不问收获，清湛似水，不动如山，什么疾风骤雨，嬉笑怒骂，桂冠荣衔，一例处之泰然。"寥寥数十字，生动传神表达其为人作文的高尚品格。在那悬挂着"读书心细丝抽茧，炼句功深石补天"古朴对联的客厅里，无数次聆听柯灵先生教海。在交谈中，柯灵先生反复强调做艺术要"力戒脂粉气，多一些书卷气，要耐得住寂寞，甘于坐冷板凳"。"但是，有一种寂寞最为可怕，那就是观众或读者，冷落你，抛弃你。"虽柯灵先生已离世将近二十年，但他的话语仍如同警钟一般敲打着我。因此，"柯灵故居"不仅是文学圣地，更是一座灯塔，指引我不断前行。

当然，说起建筑，最难以割舍的还是我的出生地，愚园路"锦园"。也许从建筑学上讲，"锦园"只是一条平淡无奇的新式里弄，但它却承载着我们祖孙三辈最美好的记忆。"锦园"所在地原为荣氏企业网球场，后改建为荣氏企业高级职员宿舍。住户在企业是同事，回家则为邻居，彼此亲密无间如同一家人。谁家有喜事，大家共同分享快乐；遇到困难，则相互帮助，不分你我。从长辈的行为言谈之中，我们懂得何为关爱，何为尊重。

直到今天，当年的小伙伴早已飘散，但邻里之情、同窗之谊仍如同一根红丝线，将我们紧紧联系在一起。因为我们居住在同一空间，走过同一条青春小径。就在几个月前，意外接到一封迟到二十五年的同学来信，那位同学虽然并非"锦园"最早的居民，但寄居在弄堂里一户人家，我们朝夕相处，情同手足。这位大脑袋上镶嵌一副炯炯有神的眼睛的男孩从小天资聪颖，智慧过人，长大后就读于名牌大学，却不幸英年早逝。

离世前，他托弄堂里的一位小伙伴转交一封信给我。不巧的是，那位小伙伴彼时正在深圳创业，其母随手将信夹入一本书中。待小伙伴母亲过世，整理旧物时，才偶然发现这封信。其实，这并非一封严格意义上的信，而是他所写的一首诗，诗的题目是《阳光中的青春》。诗中这样写道：

跃出山峦的朝阳如射飞升，

甚至不让我看一眼他通红的脸庞，
　　他已喷射出灼人的光芒。
　　逝去了，过于仓促的青春，
　　只留下淡淡的惆怅。
　　面对你，火红的太阳，
　　我无法要回失去的时光，
　　唯愿你照耀我一如既往，
　　赐我前行的勇气和力量，
　　伴我实现儿时的梦想。

　　短短几行诗句，浸润着对于火热青春的缅怀；淡淡哀愁中，更有对未来的期许，以及克服困难与挫折的勇气；短短几行诗句，更仿佛记录"锦园"里共同成长的小伙伴的深厚友情。它不仅是一个人对另一个人的某种心灵释放与托付，还是对"锦园"这个建筑空间的追忆与记录。

　　建筑是凝固的，但居住其间的人及其人生，却好比如歌的行板，让我们的生活变得瑰丽多姿。

○ 流水十年间

从二〇〇四年到二〇一四年，这十年，于我而言，有着非同寻常的意义。

新世纪之交，施蛰存、吴祖光、王辛笛、朱家溍、谢添、张中行、英若诚等一大批文化大家相继陨落。尤其令人感到酸楚的是，施蛰存先生谢世后，多家媒体居然连老先生名字都写错，将"蛰"误植为"蜇"；而张中行先生的讣闻中竟赫然出现南怀瑾先生的照片。我们在扼腕痛惜的同时，不得不从大文化的角度重新审视这些文化精英给我们留下了些什么。或许今人不仅对他们的文化创造熟视无睹，更忽略由他们口述的那段无法再现的历史和息息相关的文化群落。于是，二〇〇四年《可凡倾听》应运而生。

节目初创时期，主要聚焦于京沪两地文化名人。率先进入我们视线的便是漫画家丁聪先生。丁聪的漫画，每每读来都会让人产生共鸣，因为他的作品总是以讽刺见长，爱恨锋芒尽现其中，但他生活里心地宽阔，性格豁达，夫人沈峻更是快人快语。老两口最大的乐趣是相互"抢白"，即便面对镜头，也毫不忌讳。

丁先生说，自己在四十岁之前一直保持单身状态，日子倒也过得有滋有味；没想到，结婚之后，好像做什么都是错的。被京城文化圈戏称为"家长"的沈峻马上反驳："他四十岁了也没人要，想想可怜，就把他捡回来了，结果发现捡错了，他一天到晚什么事也不做，还老发脾气，教训人！"丁先生听完，撇了撇嘴："她有不满，反正我没后悔。"丁聪说话语速缓慢，凡事爱絮絮叨叨。因此，"家长"往往及时打断："丁聪，太啰嗦了！"丁先生则一脸委屈，用上海话说："侬看，伊老是管头管脚，真吃勿消。"说完，便呵呵地笑了起来。

当然，并非所有长者都如丁聪、沈峻那般无拘无束。譬如：杨振宁与袁雪芬，一位是科学家，一位是艺术家，但共同点是不苟言笑、严肃认真。采访者面对如此嘉宾，通常中规中矩，不敢越雷池半步。但我偏偏喜欢冒险突破禁区，在和袁雪芬老师交谈时，聊起有人背后对她有关"霸道"的非议，老人非但没有生气，反而心平气和，敞开心扉："我既不霸名，也不霸利，何来'霸道'一说。我个性过分率直，讲话斩钉截铁，可能尊重他人不够。有人说，你内方外圆不好吗？但要我圆滑，实在难上加难。"我不禁和袁老师开玩笑："你姓'袁'（圆），做人却一点也不圆（袁）。"老太太连连点头称是。而与杨振宁先生聊天，翁帆的话题自然不能回避，只是以一种半开玩笑的方式渐入佳境。我先问杨先生，若见到翁帆父母彼此如何称呼。或许杨教授也觉得有趣，脱口而出："他们称我杨教授，我称他们翁先生翁太太。"接着，我又问："当您决定跟翁帆结婚时，你们是否讨论过未来？"杨先生不愧为大科学家，反应敏捷："我曾经和翁帆说过，将来我不在了，我赞同你再结婚。翁帆的反应是，你怎么可以这样讲。于是，我安慰她说，讲这番话的是年长的杨振宁，但心里还住着一个年轻的杨振宁。他说，不！"

十年来，有不少曾走进《可凡倾听》的嘉宾不幸离世。其实当中有好几位在录制节目时已身患重病，像庄则栋先生便是如此。

他在电话里说:"我身上肿瘤已扩散,来日无多,但仍愿说点心里话。"时不我待,次日清晨我们摄制组一行便赶往北京。庄则栋与妻子佐佐木敦子热情地接待了我们,并深情回顾他俩所走过的坎坷人生之路。庄先生尤其坦诚,对自己过去的弯路也毫不躲闪。拍摄过程中,各种器材,大包小包,在庄先生家的客厅里堆了一地。完成访问准备收拾东西告辞时,地板上的一样东西引起了众人的注意。原来,器材包上的几张粘纸不知何故竟粘到了地板上,怎么也撕不掉。

面对我们的窘迫,庄则栋夫妇笑着表示不要紧,让我们尽快离开,不要耽误行程,他们可以自己清理。但这种粘纸一旦粘牢了,便很难清除,怎么能让两位老人去为我们收拾残局。于是,大家或蹲或跪,七手八脚开始对付那可恨的粘纸。事实证明粘纸确实极难清除,表层撕掉了,底下的黏胶却顽固不化。其间,我们想了很多办法,比如用热毛巾焐,庄氏夫妇帮着端热水,拿毛巾。经过大约二十分钟努力,黏胶终于大部分被清除,但仍有少许残留。两位老人却再也不让我们继续干下去,催促我们出门去赶飞机。庄先生去世时,我正在遥远的墨尔本,只得心中默默为他祈祷,愿老人家一路好走。

不过,最让我揪心的还是好友陈逸飞的不辞而别。二〇〇五年四月十日凌晨,意外得知逸飞因肝硬化导致食道静脉曲张破裂而撒手人寰。噩耗传来,全身木然,身怀六甲的妻子更是神思恍惚,血压飙升。因为,仅仅数周前,我们两家人还一起把酒言欢,畅谈电影《理发师》拍摄事宜。

三天后的下午,我按原计划约周华健做访问。一切准备就绪,忽然接到妻子电话,她让我到"红房子"医院跑一趟。原来,在妻子例行产前检查时,医生发现胎心微弱,必须即刻施行剖腹产,取出婴儿，而此时，距离预产期尚有一个多月。于是，我只得连忙与华健打招呼。等我赶至医院，医生们早已严阵以待。经过一阵忙乱，终于见到刚刚降临人世的小生命。据医生描述，胎儿有脐带绕颈现象，羊水亦略显浑浊，情况危殆。幸亏手术及时，母子才得以平安。妻子善解人意，虽然麻醉反应仍未消除，却提醒我勿忘华健采访。和华健再度见面已近子夜时分，但我仍一直沉浸于兴奋之中，他还不断与我分享做父亲的快乐与烦恼。那三日，我真正领略"悲欣交集"，冰火两重天的滋味。

中国古典诗词里，有关"十年"的句子不胜枚举，如"江湖夜雨十年灯""十年一觉扬州梦""十年生死两茫茫"……十年，对人生来讲，说长不长，说短不短，却往往沧海桑田，物是人非。有时候，十年，干脆就是整个生命的主调。

○"食肉者"呓语

如今上流社会精英人士请客吃饭不外乎"鱼翅，鲍鱼，燕窝"三大法宝，唯有如此，方能显出宾客之尊贵与主人之阔绰，像红烧肉、炸猪排那样的家常小菜是决不能登大雅之堂的，仿佛那些菜肴总是和贩夫走卒、引车卖浆之流挂起钩来，即便要吃，也属换换口味性质。

其实，从小到大，肉，特别是猪肉，一直是我们餐桌上的"通天教主"。记得在"文革"极端困厄时期，母亲也要在菜中加有限的几根肉丝，以打牙祭。但不知为何，人们一直对"食肉者"带有偏见。《左传·庄公十年》就说："肉食者鄙。"李渔在《闲情偶记》中特别指出，这里所讲的"鄙"不是鄙在吃，而是鄙在不善智谋。他进一步解释："食肉之人之不善谋者，以肥腻之精液，结而为脂，蔽障胸臆，犹之茅塞其心，使之不复有窍也。"这段话的意思就是肉这东西太多肥腻，油脂凝结起来，堵塞心胸，继而心就好像被茅草塞住一般，不再开窍。李渔的依据是老虎虽为百兽之王，但生性愚钝，"虎不食小儿，非不食也，以其痴不惧虎，谬谓勇士而避之也。虎不食醉人，非不食也，因其醉势猖獗，目为劲敌而防之也"。老虎居然傻到连小孩和醉酒者都不敢吃，就是因为非肉不食，心窍阻塞。相比之下，那些以草木杂物为食的野兽却更为狡猾。我于动物学是外行，但对李渔这一论断始终将信将疑。

古往今来，无数文人墨客都对食肉情有独钟，东坡居士曾写过一篇朗朗上口的《猪肉颂》："净洗铛，少着水，柴头罨烟焰不起。待他自熟莫催他，火候足时他自美。黄州好猪肉，价贱如泥土，贵者不肯吃，贫者不解煮。早晨起来打两碗，饱得自家君莫管。"梁实秋先生也明确将"狮子头"列为"雅舍食谱中重要的一色"。还专门在《雅舍谈吃》中单列一节，详述其制作要领。

不仅如此，不少书画家也都对食肉颇有心得。张大千曾手书一份"大千食单"，其中便有"红油豚蹄""菜薹腊肉"和"佘黄瓜肉片"等多款肉类菜肴。漫画家丁聪生前直到九秩高龄仍一头乌发，每日作画不辍，还照例为《读书》杂志摹画版样。常有记者探询其长生之道。他答曰："一、吃红烧肉；二、拒吃蔬菜；三、从不运动。"说得大家面面相觑。篆刻书法家钱君匋吃"走油蹄膀"自有独门绝技。他往往反手将筷子插入肉皮与瘦肉之间，蹄膀因长时间文火炖煮，肥肉基本融化，皮与肉相对松脱。因此，将肉皮夹紧后，再翻过手来，只要稍微用点力，几乎半张肉皮便稳稳到手。倏忽之间，肉皮就被送入口中。

后来知道，这名堂叫作"反夹筷"，评话名家吴君玉在说《水浒》时曾有提及。程公十发也喜欢蹄膀，不过他中意的是"金银蹄"。所谓"金银蹄"就是将鲜、咸蹄膀各一只，加水，放入砂锅煮至酥烂即可。每每保姆烧"金银蹄"，十发先生便兴奋不已，常常会留客人便饭。某日，家里来了十数位朋友，老先生不问青红皂白，一律劝大家留下享用这道"程家菜"。不料，保姆除了两只蹄膀，什么菜也没准备。结果，我们只得挤在几条原木制成的长凳上，围着八仙桌，把一砂锅的肉和汤吃得精光，而程公自己只得吃几个早餐剩下的菜包子充饥,看到大伙一副狼吞虎咽的模样,有些口吃的程先生不禁怡然称快:"……迭……迭……迭能(上海方言"这样"的意思)吃饭嘛,才有味道啊!"

本人在生活中也可称"肉祖宗",几乎"无肉不欢",还尝试烹制各色肉类菜肴。如"红烧肉",火候顶顶要紧,时间不够,无法做到肉质酥软;若过头,因水分流失过多,又会显得"木乎乎",自然不会好吃。有位老克勒传授经验,判断"红烧肉"火候是否得当,不用吃,只要在桌上猛击一掌,若肉块随肉皮微微颤动,说明火候正好。到了夏天,"红烧肉"过于肥腻,可改食"糟白肉"。制作方法也极为简单,就是将猪肉在开水中煮熟,冷却后浸泡于糟卤中,置入冰箱数日后即可食用。炎炎夏日,喝一口冰镇啤酒,吃几片"糟白肉",实在是再惬意不过了。

当然,肉也可以肉糜、肉丁、肉丝为形式入菜。如可将肉糜夹入藕片之中,裹上面浆,放入油锅,炸至表面金黄取出,这就是"炸藕盒",吃将起来,既有藕的脆香,又有肉的鲜美。苏州人则别出心裁地将肉剁碎后,嵌入鲫鱼肚中,这道菜叫作"肉馅鲫鱼"。据说,周瘦鹃夫子善做此菜。他在《紫兰小筑九日记》中有所记载。

不过,有些肉类菜肴在家中很难制作。"海上爷叔"一道"烧肉",因其表面香脆,肉里嫩滑而远近闻名,而且待肉上桌后,再浇上些许白酒,点上火燃烧一阵,焦黄的肉被蓝色火焰包围,顿显浪漫气息。品尝这顿"烧肉",常常让我想起西班牙风格的"烧肉"。马德里近郊的古城塞戈维亚有家以"烧肉"著称的饭店。他们的制作方法是将整只乳猪蒸熟后再放至火上炙烤,故而吃起来脆而不硬,肥而不腻。但客人享用之前,厨师必须要亲自用一只小盘把肉一一切开,分给每位宾客。随后,又把那只盘子当场砸碎,以示吉利与尊敬。

总之，肉虽谈不上是人间珍馐，但嚼在嘴里却感到有种日常居家的感觉，亲切、平和、踏实。

自去年实施"减肥计划"以来，已年余未尝肉之滋味。春节将至，写下这些文字，也算是"望肉止馋"吧！

第四辑

单飞的
蝴蝶

○ 我最爱读的随笔小品与日记书札

素来爱读随笔小品、日记书札之类的"软性"读物。那些文字大多是作者兴之所至，信笔而就，没有虚伪造作的高调，没有故作高深的晦涩，更没有无病呻吟的哀叹，有的只是对生活最真切、最质朴的感受，其也不乏从苦难岁月里滋生的，既幽默又苦涩的生活碎片，读来感慨万千，因为从中可以触摸到一个个温暖的灵魂，感受着不动声色的善良……

面对浩如烟海的随笔小品，最钟爱的莫过于戏剧宗师黄佐临先生的《往事点滴》。佐临先生早年留学英国，曾得萧伯纳的点拨。萧伯纳还在其剧本《东西》扉页上留下这么一段话："一个'易卜生派'，是个门徒，不是大师；一个'萧伯纳派'，是个门徒，不是大师；易卜生不是'易卜生派'，他是易卜生；我不是'萧伯纳派'，我是萧伯纳；如果'黄'想有所成就，千万不要去当门徒；他必须依赖自我生命，独创一格。"

佐临先生在长期艺术实践中，将斯坦尼斯拉夫斯基、布莱希特和梅兰芳三位大师的演剧方法熔于一炉，形成其独特写意的戏剧观。当年黄老和雪桦执导话剧《中国梦》时，我曾去排练场观摩领略过佐临先生的风采。《往事点滴》一书是黄老完成话剧《伽利略传》和《陈毅市长》之后，在医院休养期间完成的。用黄老女儿黄蜀芹的话说："'点滴'，就是他快乐休息时的副产品。"

书中的每一篇文章均短小精悍，且语言简约，直白浅显，但意蕴深远。其中有些故事，如黄宗江、黄宗英兄妹开冰箱之事。过去曾听宗江先生说过。当年佐临先生主持"苦干剧团"时，黄宗江、黄宗英兄妹与石挥暂居黄家。有天夜晚，三人饥肠辘辘，便到冰箱取香肠吃。打开冰箱后，他们忽然看见冰箱里的电灯亮了，顿时心慌意乱，因为过去从未接触过冰箱，所以，不知如何将其关掉。佐临先生在《苦中乐》一文中写道："石挥耽心（担心）它会报警！……好不容易把冰箱关上了，三个人却辗转反侧，无法入眠，一直耽心（担心）冰箱里的电灯没关，不知它什么时候会爆炸哟！最奇怪的是，到了第二天早上，冰箱也没有发生爆炸，主人也没有发现'被窃'！"

不过，最令人发噱的还是《啼笑皆非》里所讲的故事。一九二五年十月，佐临先生到伯明翰大学之后，应邀去某教堂演讲："我讲完以后，教堂内全体起立，面墙而哭，并用双手不停地对墙拍打着。我不知所以，心想，自己素以不善讲话而闻名，如何这一次的演讲，竟获得如此惊人的效果？正在惶惑之际，主人让我也那么做，我也只得仿效他们，面墙并拍墙。事后才知道，请我去讲演的是美国一个教会团体——哭墙会。"此文我读过不下十遍，每次阅览，均忍俊不禁。

个性与黄佐临先生相似，逻辑学家金岳霖先生也同样是天真率性的有趣之辈。冯友兰先生赞曰："金先生的风度很像魏晋大玄学家嵇康。嵇康的特点是'越名教而任自然'，天真烂漫，率性而行；思想清楚，逻辑性强；欣赏艺术，审美感高。我认为这几句可以概括嵇康的风度，这几句话对于金先生的风度也定全可以适用。"而金岳霖先生与梁思成、林徽因的友谊也成为学术界美谈。

金先生惜墨如金，毕生仅留下《论道》《知识论》和《逻辑》三本学术著作，然而，却在晚年陆续写下数十篇回忆老友的短文，内容驳杂，涉及个人经历、治学，以及生活情趣等方面，并冠以《金岳霖回忆录》之名出版。读者最关心的自然是他笔下的梁思成与林徽因是何等面貌。可惜，书中仅《我喜欢作对联》和《最亲密的朋友梁思成、林徽因》涉及他俩，尽管如此，亦弥足珍贵。

在《我喜欢作对联》一文中，金先生写道："梁思成，林徽因和我抗战前住前后院，每天来往非常之多。我作了下面这一对联：'梁上君子，林下美人。'思成听了很高兴，说：'我就是要做梁上君子，不然我怎么能打开一条新的研究道路，岂不还是纸上谈兵吗？'林徽因的反应很不一样，她说：'真讨厌，什么美人不美人，好像一个女人没有什么事可做似的，我还有好些事要做呢！'我鼓掌赞成。"

而在《最亲密的朋友梁思成、林徽因》中，有个细节也相当传神："在三十年代，一天早晨，我正在书房研究，忽然听见天空中男低音声音叫'老金'，赶快跑出院子去看，梁思成夫妇都在他们正房的屋顶上。我早知道思成是'梁上君子'。可是，看见他们在不太结实的屋顶上，总觉得不妥。我说你们给我赶快下来，他们大笑了一阵，不久也就下来了。"寥寥数语，将梁、林两位大师的纯真个性勾勒得栩栩如生。

余生也晚，无缘与黄佐临、金岳霖前辈相交，实乃一大憾事。所幸尚能有缘聆听施蛰存、周有光和许渊冲诸位前辈教诲。

施蛰存先生将其毕生创作比喻为"四扇窗子"。他说："我的文学生活共有四个方面，特用四面窗来比喻：东窗指的是东方文化和中国古典文学的研究，西窗指的是西洋文学的翻译之作，南窗是指文艺创作。我是南方人，创作中有楚文化的传统，故称南窗。还有，近几十年来我其他事情干不成，把兴趣转到金石碑版，这就又开出一面北窗，它是冷门学问。"

首度拜访施先生的"北山楼"大概是在二十世纪九十年代中期。那时候，相声演员牛群极度迷恋摄影，还专程来沪给老一辈文学艺术家造像。于是，承他信任，帮我联系了施蛰存、柯灵、孙道临、王文娟等前辈。但是，我们第一次去施蛰存先生家不免有些顾虑，因为听说有同事去施老家采访，待摄制组赴愚园路"北山楼"，老先生临时变卦，拒绝采访。即使摄像机已对准他，他也全然不顾，并且直接睡到床上，推说身体不适，以后再说，弄得导演一脸尴尬。

故此，在去"北山楼"途中，我关照牛群要有心理准备。没想到，施先生见到牛群，一眼便认出他来，还直夸他相声说得好。于是，牛群边与施先生唠家常，边迅速摁下快门，留下不少珍贵影像。临别时，北山老人以一册散文随笔集《沙上的脚迹》相赠。《沙上的脚迹》是施老晚年忆事怀人的随笔集，主要记他与丁玲、戴望舒、冯雪峰、傅雷、田汉等人的交往。其中《最后一个老朋友——冯雪峰》回忆了与冯雪峰有关的一则奇闻。

文章写道："雪峰忽然寄来一封快信，信中说：他已决计南归，不过有一个窑姐儿，和他相好，愿意跟他走。他也想帮助她脱离火坑，可是需要一笔钱替她赎身。他希望我们能帮助他筹划四百元，赶快汇去，让他们可以早日回南。"施蛰存接信后感到诧异，但不作多想，仍和戴望舒等朋友凑钱寄去。可是，待冯雪峰抵达上海时，施蛰存和戴望舒发现，根本没有所谓"窑姐"同行。后来，施蛰存才明白"雪峰为了帮助几个朋友离京，所以编了窑姐儿的故事，托我们筹款。这是我和雪峰定交时的一个革命的浪漫故事"。

北山先生用这则看似荒诞有趣的故事,塑造了冯雪峰作为革命文学家的形象。

"汉语拼音"之父周有光先生大概是来《可凡倾听》做客的嘉宾中最年长的。那年采访他时,老人已一百零六岁高龄,却仍耳聪目明,思维敏捷。交谈中,印象最深刻的是他和我们回忆当年在干校遇雁队集体飞过天降"粪雨"的趣事,此事也被写入其回忆录中:"通知我们明天五点钟要开会,每人带一个小凳子,坐在空地上面,开会没有大会堂的。我一看天气好,到中午一定很热,开会都是大半天,我就戴了一个大草帽。大概九十点钟的时候,大雁来了,不得了,铺天盖地,到了头上,大雁纪律性好得不得了,领头一雁一声怪叫,大雁们下大便。我戴了大草帽,身上只有一点点大便,许多人身上都是大便,洗都不好洗。那天戴帽子的人不多,因为清早有一点点云,所以很多人都没有戴帽子。他们说,这种情况大概一万年才遇到一次。这是一生当中非常有趣的遭遇。"遭受雁粪侵袭,大多数人会觉得沮丧,但在周有光先生看来却是趣事。

果然,观察角度不同,得出结论也截然不同,所以,周有光先生总结出两条长生秘诀,一是进食少,二是从不发脾气。他引用一位哲学家的话"发脾气是拿别人的错误惩罚自己"。道理人人都懂,但要真正做到,殊为不易。

通常来讲,中国知识分子大都受儒家文化影响,就像周有光先生那样,平淡冲和,谦卑为怀,但翻译家许渊冲则个性张扬,独树一帜。譬如他公开表示,就《约翰·克里斯朵夫》来说,自己的译本,整体水平要超过傅雷。"罗曼·罗兰的《约翰·克里斯朵夫》是傅雷最出名的译作,他是一步一步修改并使之完善的。尽管这部著作他翻译得很好,但并非没有短处,以意似和音似而论,可能还略显不足,我觉得自己可以在意美超越他。"当我向许先生说,

《约翰·克里斯朵夫》第一句，傅雷先生的翻译"江声浩荡，自屋后升起"铿锵有力，富有韵律，堪称经典，但许先生则翻成"江流滚滚，震动了房屋的后墙"，至少，从气势上差了一大截，许渊冲先生斜睨了我一眼，冷冷地说了句："你懂法语吗？"一下就把我噎住了。

许渊冲先生的桀骜不驯其实来自其超人的天分与深厚的学养。读他《西南联大求学日记》，便可发现，大学时代的许渊冲观察细致敏锐，且文采斐然。譬如他在书中写买牙刷经历，有如此文字："买牙刷一把，形状如跳水的美人，颜色如碧绿的翡翠，实价是一元。"将牙刷与美人相连结，也算一绝。

还有，他描写陈寅恪先生上课情景也颇为生动，陈先生"讲课时两眼时常闭上，一只手放在椅子背后，一只手放在膝头，有时忽然放声大笑。……他说图书馆无书可读，只好沉默思想，这时大笑一声……但大学教授如果什么问题都答得出，那还需要研究什么？这时大笑，他又说问题不可太幼稚，如狮子项下铃谁解得？解铃自然还是系铃人。这时他又大笑。"陈寅恪先生在许渊冲先生笔下形象与之平常给人留下的印象，完全判若两人。要知道，当时西南联大物质生活条件极端困厄，而且还要时常"跑警报"，躲避日机轰炸，但许渊冲仍以舒缓乐观心态记录所遇奇人奇事。

人生旅途上总会遇到困难、挫折、失败，难免会滋生烦躁、萎顿、焦虑等负面情绪，唯一能够拯救心灵，对抗无力感的，便是幽默。因为，幽默，是一剂良药，也是生活波涛里的救生圈。

○ 闲书闲读，云淡风轻

钱锺书先生说："洗一个澡，看一朵花，吃一顿饭。假使你觉得快活，并非因为你澡洗得干净，花开得好，或者菜合你的口味，主要因为你心无挂碍。""心无挂碍"出自《般若波罗蜜多心经》："心无挂碍；无挂碍，故无有恐怖，远离颠倒梦想。究竟涅槃。"这句话的意思是，当人们心中了无牵挂滞碍，便能做到坦荡无畏，远离幻妄与烦乱，使内心获得彻底解脱。然而，生命无常，庸碌的日夜夜总免不了陡起波澜，搅得心烦意乱，坐卧不宁。此时，唯有一卷在握，方可静滤尘心，云淡风轻，真正抵达心无挂碍的至高境界。

说起读书，眼前总会浮现"悬梁刺股"的苦读景象。其实，阅读可以是正襟危坐，也可以"千姿百态"。阅读种类，可以是高深莫测的学术专著，也可以是引人入胜的闲书。我尤其对日记、书信那样的体裁情有独钟。因为作者在书写时，并未考虑见诸公众，纯粹属于个人思想表达与情感流露，故而往往直抒胸臆，无所顾忌。

特别是像张爱玲那样特立独行的作家，其信函，可以看作解读其内心世界的通关密码。张爱玲对写作有异于常人的"洁癖"。即便一篇短文，亦反复修改，直到满意为止。写信也是如此。她在给庄信正的信里写道:"我写信奇慢,一封信要写好几天。……你是在我极少数信任的朋友的Pantheon(万神殿)里的,十年二十年都是一样,不过就是我看似不近人情的地方希望能谅解。"所以从这个意义上讲,《张爱玲庄信正通信集》弥足珍贵。

读这本通信集,可以发现张爱玲虽说个性孤僻,但绝非人们想象的那般悲苦。平日里除了因为虫患而频繁搬家,每日沉浸于写作与翻译,闲暇时则阅读通俗读物,或看看电视以消磨时光。她也并非不食人间烟火,信函里常常问候庄信正一双儿女,甚至和庄氏夫妇彻夜长谈,还破天荒与他们夫妇一起外出看秀。庄妻向其索要签名照,她也照办,而且,难以想象的是,如此声名显赫的文学大家,居然会为《文汇月刊》刊载了一篇有关她的文章而窃喜。

同时,她也在信中披露个人生活状态,譬如:"眼睛生cataracts(白内障),虽不严重,又多了一门功课。改低胆固醇diet(饮食),要自己试验着做菜,现成的health foods(健康食物)难吃,我也不想食不下咽,再更减轻体重……"凡此种种,读者可以看到一个充满烟火气,活灵活现的张爱玲。

张爱玲与庄信正通信持续三十年,百余封信函呈现珍贵友情,但她一生挚友还是宋淇夫妇。宋淇在燕京大学求学期间,与孙道临、吴兴华等彼此激赏,来往密切。他们创办《燕京文学》,并为刊物积极撰稿。

孙道临的诗极富现代精神,只是略带忧郁气质,如"……潮湿的土地静卧于逝去的月光之中/谢绝了往昔的雾和模糊的星座/一切清醒而安静/归入我赤裸的灵魂"。在吴兴华看来,孙道临(孙以亮)天生是个诗人。在宋淇的公子宋以朗回忆中,吴兴华对宋淇说:"以亮对一切想象文学天生来的适应性,是连我自己也不见得能胜过的。他可以很灵活地运用他的才能,使之行即行,止即止。

他最大的危险就是自己不管束，指导自己的美才，宁可让它四面泛滥，也不肯让它夹起在两道堤间，取一个一定的方向，而把全份的力量倾注在那边。这本是极难的事，对你和以亮这种人尤其难，因为你们是聪明人，你们不肯工作只为一些辽远的将来或许会获得的结果，因为你们现在像'水银四面溢流'已经足够把别人吓死了。"

宋淇笔名"林以亮"，"以亮"即来自孙道临学名"孙以亮"，宋淇或许想以此来纪念他与孙道临的那份纯粹的友谊，但宋以朗认为"'林以亮'只是一个角色，但这角色有某种特殊的意义，它既代表了作为'天生诗人'的孙道临，也象征了吴兴华和他自己，即是说，'林以亮'是三位一体的位格，是他和他的朋友的共同暗号"。

读吴兴华《风吹在水上：致宋淇书信集》，书中不止一次提及孙道临，如"关于以亮，我们很固执地蒙起眼睛不看他诗中的好处，并且认为我捧以亮过分。我说得不多不少，只是以亮是一个天生来的诗人，至于天生来诗人是很少的，那怨不了我，我又不是造物主。我告诉他们以亮对一切想象文学天生来的适应性，是连我自己也不见得定能胜过"。还有"听说以亮在沪上颠倒众生"，"（以亮）学骑马，跳舞等等，也许要飘入电影界成为一个current matinee idol（流行电影明星），受女戏迷欢迎的当红偶像"。字里行间，同学之间的纯真感情与钦慕尽显无遗。

孙道临先生晚年与女儿庆原说起同窗吴兴华时，认为其文学才华可与徐志摩比肩，且记忆力超群，过目成诵，经、史、子、集，无不涉猎。可以说，吴兴华致宋淇书信集，可看作他与宋淇、孙道临三人友谊的结晶，读来如一股泊泊清流划过心间。

相对于张爱玲和吴兴华信函的温暖，《罗孚友朋书札辑》中柯灵先生的几封信函，则透出苍凉与悲苦。柯灵先生晚年生活拮据，欲委托老友罗孚帮忙出售所藏两幅齐白石画作，以解燃眉之急。他在信中无奈道出卖画原委："商潮澎湃，生计越来越困顿，我不得不把改善暮年生活，稍苏积困的希望寄托在这上面。"又说："鬻画事多承费心，仍乞鼎力。能卖到八万乃至七万一张，也就算了。只是希望力争速决，国容思女情切，而老境日深，很盼早日游美，了此一生心愿。"待画成功卖出，柯灵先生这才如释重负："画款已全部收到，劳神心感，恕不作泛谢。赴美探亲，曲折甚多，难于罄述。将来有缘，夜雨西窗，当为剪烛之谈。"一代文人清贫生活一览无余。

和书信集一样，日记也是记录一个人在某个特定历史阶段的真实状态。其交往、心绪借由文字真诚地表达出来。像《程砚秋日记》虽不完整，但信息量仍然巨大。譬如论及尚小云性情刚直，程砚秋写道："张君秋来排《朱痕记》，谈及尚小云，性情别致，偶然生气，能将桌上所有之物摔于地上，窗上玻璃用拳将其击碎，常常如此，无人劝还好，有人劝能摔之不已，可谓之勇而浑。此人性乖，暴殄天物，恐将来无好果，我人慎之。"

关于荀慧生，他则如此表述："至荀慧生兄处送扇，见其项挂大素珠，有佛教信徒之像，又见其书案上放有大算盘一个，与其谈话，随谈随打算盘，我想他心尚放不下，如何能念佛，不久定将素珠收起。"这些文字观察精微，描述灵动，读来忍俊不禁。

从日记中，我们可以一窥程砚秋极为自律的生活方式。"每晨七时起床，漱洗毕，进早茶，八时进早餐，温习功课，九时赴公园散步，十时学法文，十一时十二时会客，下午一时进午餐，二时休息，三至五时会客，六至八时温习功课，晚九时至十一时听音乐戏剧，十二时睡眠，星期六下午及星期日游历。"很难想象一个光芒四射的大艺术家仍过着苦行僧般刻板的生活，这或许也正是程砚秋的成功之道。

当然，日记中也不乏对生活琐事的记录，甚至对夫人的抱怨："与素瑛信，要盖房钱，真不痛快拿来，叫我拿什么钱给瓦木匠，因其掌管钱财故。女人要紧关头总是不明白大体，令男人塌台，见不起人。钱当然是好的，应该知道作什么花出。我在城外省吃俭用，而精神又不让我痛快，思之太不高兴了，她忘了男人尚要在外面做人。所谓克己丰人，有这心无这力。"大师满腔委屈，诉诸笔端，瞬间将程大师还原成一个活生生，有血有肉的普通人。

程砚秋先生哲嗣程永江先生整理父亲日记的同时，亦动笔撰写有关父亲的回忆录《我的父亲程砚秋》。永江先生所述看似琐碎，但对理解程派艺术至关重要。他秉承严谨的学术态度，有一分证据说一分话，客观公允。如书中论及李世济认程砚秋作干爹一事，与坊间传说大相径庭："世济是通过在炘认识砚秋先生的。也是一次偶然的场合，世济的父亲李乙尊先生提出要世济拜干爹，砚秋先生表示自己一生不收女弟子，当然也不收干女儿，婉拒了李父。不久，又是在朱家，李父当众愣卡鹅脖让世济跪在当场磕头认干爹，先父见此情景，也只得默认了，但心里很不高兴……至于砚秋先生是否如世济所说的带礼物去李宅认义女，我便不得而知。到了一九五七年反右运动开始时，牵涉到李世济父亲冒名代签致中央上书，周总理当面问先父有否此事，先父亲见冒名代签的笔迹，勃然大怒，宣布我程砚秋什么党也不入，要入就入中国共产党！事后，气愤地告诉李世济，从今以后你不要再登程家的门！"永江先生陈述这段史料时未带任何感情色彩，且强调虽非亲眼所见，却由父母亲口告知。

如果说《我的父亲程砚秋》是儿子对父亲的怀念，《我和于是之这一生》则是妻子对丈夫的追忆。《茶馆》之"王利发"、《龙须沟》之"程疯子"、《青春之歌》之"余永泽"。舞台上，银幕中，于是之先生塑造出诸多经典角色。是之先生酷似其舅石挥，"三角眼，钩鼻子，不太厚的嘴唇，一副不瘦不肥的身材"，而且，两人成长背景也略有相似之处：生活清寒，但均有表演天赋，且善于观察生活，从中汲取灵感，并以"学无涯"为座右铭，谦逊、刻苦、好学，终成一代学者型表演艺术家。

读于是之夫人李曼宜女史回忆录《我和于是之这一生》，感受于是之先生毕生之荣耀与悲凉，奋斗与遗憾，坚守与无奈，不禁泫然，又从中获得启迪与力量。不过，李曼宜笔下最惊心动魄的一章，莫过于"《茶馆》复排风波"。作者以平实与冷静的语气，叙述经典话剧《茶馆》上演过程中所经历的跌宕起伏，首度披露周恩来总理为排除《茶馆》上演所遇阻力而做的努力，具有极高史料价值。

作为非虚构文学，回忆录、书信集、散文固然有其文学、艺术及史料价值，但小说作为虚构类文学，也通过艺术手法，用文学语言，留下某个特定历史时期的横截面。陈彦小说《主角》便是如此。读完这部皇皇巨著，我为小说主人公秦腔艺人"忆秦娥"所吸引。

戏曲说到底乃"角儿"的艺术。古往今来，"角儿"之成功必来自对艺术之敬畏、痴迷、沉醉，而非将其视为博得虚名、攫取钱财之工具。"角儿"之所以成为"角儿"，需要一份痴憨、赤诚，甚至笨拙；若一味投机钻营，讨巧卖乖，舍弃传统，刻意营造所谓"轰动效应"，追求无本之源的"当代性"，其结果必然走向萎顿与消亡。袁雪芬前辈尝言："大多数中国百姓从传统戏曲获得文化滋养。"小说也借佛门住持之口，说到唱戏有渡人渡己之大功。其实，无论演戏、写作、绘画，抑或歌唱、舞蹈，概莫如此。

阅读如同呼吸、吃饭,理应成为生命中不可分割的一部分。它如同黑暗中的一盏明灯,寒风里的一团篝火,赐予我们力量与温暖……

○ 与瘟疫相关的经典小说

庚子新春,一场疫情令社会运作与个人生活按下"暂停键"。我意外获得一段悠长、舒缓的时光,从而有机会从书架上取出沾满尘埃的经典著作,展卷重读,故事与人物自然了然于心,只是细节与氛围略感模糊。再度翻阅,既仿佛与老友重逢,又好似体悟出诸多心意,于是,我便顺手在扉页上写下若干文字,以志纪念。

率先翻读的是与瘟疫相关的三本小说:《鼠疫》《霍乱时期的爱情》以及《面纱》。读加缪的《鼠疫》,明明是一部虚构文学作品,却如报告文学般真实。作者在小说中以一个因鼠疫疫情而遭隔绝的城市,提出对世界的看法。而当时历史背景恰为占领与隔绝,以及纳粹主义猖獗。故事里,有以平和、淡定、诚恳态度坚持在一线救治病人的里厄医生;有一心追求真理,积极参与救治,却最终被疾病吞噬的志愿者;有为采访而来,结果被围困城里,但心甘情愿加入抗疫队伍的记者……

而对汹涌疫情,里厄医生秉承治病救人原则,并以诚实态度公布真实状况,但他从未将自己视作英雄。在他看来,此乃医生这一职业本能,故他不愿他人对其过度赞誉,而是踏实救治患者。"必须以这种或那种方式进行斗争,绝不跪地求饶,问题全在于控制局面,尽量少死人,少造成亲人永别。为此,也只有一种方法,就是同鼠疫搏斗。这个真理并不值得赞扬,这只是顺理成章的事。"尽管他也进行反思,认为"苦难教会了人们",但他面对灾难,首要任务在于救人,而非不着边际的反思,"眼下有这么多病人,不知道前面等待我的是什么?……眼下,有这么多病人,给他们治病,治好之后,他们要思考,我也要思考,但最急迫的还是治病……"

小说虽写于七十多年前,但加缪却如同预言家一般,借由一座城里人们工作、生活、恋爱的庸常,预言一座城,甚至一段历史的命运,并以塔鲁一句"人人身上都潜伏着鼠疫,因为世界上没有任何人能免受其害"警醒人们,无论何时,无论科技进步到何种程度,面对灾难,或许没有谁可以逃避,没有人可以成为一座孤岛,遑论所谓的个人幸福。整个故事看似荒诞无稽,但不幸的是,那就是生活的本来面目。

加缪曾说过:"对我来说,唯一的已知数是荒诞,问题在于如何走出去……意识到生活荒诞性不能成为一种目的,而只能是一种开始……"所以,他感叹:"鼠疫就是生活,不过如此。"而《鼠疫》一书结尾更加耐人寻味:"……鼠疫杆菌不会灭绝,也不会消亡,这种杆菌能在家具和内衣被褥休眠几十年,在房间、地窖、箱子、手帕或废纸里面耐心等待,也许会等到那么一天,鼠疫再次唤醒鼠群,将其派往一座幸福的城市里死去,给人带去灾难的教训。"所以,"鼠疫"是一种毁灭性的自然力量的隐喻,它时时趁人不备,再度潜伏于城市之间,掀起震慑人心的波澜,造成无休止的死亡、恐怖与纠缠,使得梦魇紧紧裹挟着我们……

而《霍乱时期的爱情》则是马尔克斯继《百年孤独》之后又一部力作。与《百年孤独》的魔幻现实主义风格不同,《霍乱时期的爱情》完完全全就是一部以现实主义笔调写就的爱情史诗。两个相爱的人经历了五十三年七个月零十一天的漫长等待,终于走到一起。尽管受到各种干扰,但女主人公费尔明娜坚定不移,"半个世纪前,人们毁掉了我的这个可怜男人的生活,因为我们太年轻;现在,他们又想在我的身上故伎重演,因为我们太老了"。

而男主人公阿里萨也用"一生一世"的表白传达了对爱的渴望。他以腰部作为划分,腰部以上是灵魂之爱,腰部以下是肉体之爱。而他将灵魂之爱留给了费尔明娜。虽然马尔克斯承认爱有时与恐惧相伴,但也无法否认"任何年龄的爱都是合情合理的","诚实的生活方式,其实是按照自己身体的意愿行事,饥饿时吃饭,想爱的时候则不必说谎"。

人们常把这部小说看成人类有史以来最伟大的爱情史诗,恐怕就是因为人们读完之后,更加切实地认识爱情,理解爱情。然而,浪漫的爱情好像只有借助于时间与距离,才能感受其浪漫与美妙,就如同书中所描写的:"多年以后,当他试图回忆那个被诗歌的魔力理想化的姑娘原本模样时,却发现自己无法将她从往昔那些支离破碎的黄昏中分离出来。"

相对而言,《面纱》的故事更容易理解。生性活泼开朗的妻子与古板木讷的丈夫从未有过爱情的火花。之所以结婚,仅仅因为大龄姑娘内心焦虑;而丈夫也似乎想要完成这一人生仪式,但内心却对妻子充满鄙夷。"我对你没有任何幻想,我知道你愚蠢轻浮、没有头脑,然而我爱你。我知道你胸无大志、粗俗不堪,然而我爱你。我知道你平庸浅薄、势利虚荣,然而我还是爱你。"丈夫口口声声的所谓"爱",其实就是猎人获得猎物之后的虚荣心。妻子更是对丈夫萌生恨意,故而移情别恋,投入一个花花公子的怀抱。却不料东窗事发,身为细菌学家的丈夫决定携妻前往霍乱爆发地区工作,企图用瘟疫将妻子杀死,否则便以提起公诉为要挟。妻子走投无路之际，渴望情人能在千钧一发之际挺身而出，但情人生性自私、贪婪、猥琐，无情地溜之大吉。不过，当妻子怀揣忐忑、恐惧来到疫区，面对死亡，内心受到前所未有的震撼。而修女们的乐观、善良、无私、博爱，让妻子的灵魂得以升华，心灵得到荡涤。经历情欲、背叛、谋杀之人性之恶，妻子终于窥见真实人生，认清自己的面容。"那个女人绝不是真实的我，而是我心中的一头野兽，黑暗而可怕的野兽，犹如一个恶魔。我与这野兽一刀两断，我憎恨它、鄙视它。从今以后，只要一想到它，我的胃就会翻江倒海，我就会恶心欲吐。"据说故事脱胎于但丁《神曲·炼狱篇》。锡耶纳贵妇毕娅乃，其丈夫怀疑她红杏出墙，又慑于妻子家族势利，试图用毒蒸汽杀死妻子。毛姆只是将故事背景放至遥远的东方，毒蒸汽则以霍乱替代，更增添神秘色彩。毛姆以如此奇异、惊悚、匪夷所思的故事结构，揭示出人类道德力量与善良灵魂必须经历错误、无常，甚至死亡，才会渐渐显示出来，继而完成生命个体的成熟与灿烂。

说起对待爱情的真诚与浪漫，恐怕无人能与盖茨比相比。菲茨杰拉德笔下的盖茨比是个"英俊潇洒、地道的绅士"，脸上永远洋溢着令人宽慰的微笑。如同张爱玲一般，菲茨杰拉德也擅长以自身生活经历为粉本进行创作。读者从小说与情节中，可以感受到作者自身的人生轨迹。盖茨比与戴茜便可被看作菲茨杰拉德与妻子泽尔达之投影。菲茨杰拉德之所以伟大，在于他以高超的文学技巧描绘了那个Roaring Twenties（咆哮的二十年代）之纸醉金迷、物欲横流，并将这种表面意义的繁荣、狂欢、绚烂统统撕开，让读者一窥其金玉其外、败絮其中的丑陋，温情脉脉背后的凶残与冷漠。正如作者自己所言："这是一个奇迹的时代，一个艺术的时代，一个挥金如土的时代，也是一个充满嘲讽的时代。"菲茨杰拉德正是以讽刺笔调揭露"美国梦"的魔幻与虚伪，告诫人们，无论拥有多少物质财富，一旦失去精神追求与崇高信仰，人类将终究归于毁灭。综观当今美国情势，菲茨杰拉德犹如预言家，预言精神、信仰缺失与社会混乱相对应的关系。

菲茨杰拉德的《了不起的盖茨比》堪称美国文学史上最伟大的作品，并对海明威产生直接的心灵震荡。虽然两人相差仅三岁，但《了不起的盖茨比》问世时，海明威还未曾出版任何作品。可是，菲茨杰拉德慧眼识珠，发现了海明威的文学才华，毫不犹豫地向出版社推荐海明威。于是，《太阳照常升起》横空出世。因此，可以毫不夸张地说，是菲茨杰拉德提携与发掘了海明威。

《太阳照常升起》时间跨度仅仅数天，场景也集中于巴黎、马德里和潘普洛纳三地。但海明威却以其"冰山理论"刻画一战之后"迷惘的一代"颓废荒诞、空虚困顿的基本生活状态以及彼此间的感情纠葛。无论是"反英雄"杰克·巴恩斯，还是"叛逆者"布蕾特。他们的行为举止看似荒谬：一个因战争身负重伤造成心理与生理创伤，无法得到真正善情，故而漠视一切，借酒浇愁，却依然保持优雅生活状态，意志力从未被击垮；一个是追求个性解放，浑身散发男儿气概，周旋于各色男人之间。两人貌似难以和谐相处，最终却令人意外地相聚在一起。

与此同时，罗伯特·科恩与斗牛士罗梅罗也是一对矛盾体的两个方面。科恩代表陈腐、虚妄，而罗梅罗则象征"打不垮"的硬汉，乃一真正英雄。虽然论拳脚，每每败于科恩手下，但精神上始终保持优胜状态。读完全书，可以发现，海明威通篇以冷峻、简洁笔调剖析"迷惘"与"败而不倒"的辩证关系，寄托个人思想、情感、理智与痛苦。

作者以自身生活为参照，生动描摹一战之后，在享乐主义的影响下,"迷惘的一代"的内心纠结与茫然,以及他们所奉行的消极堕落的生活理念。然而拂去表面迷失的尘埃,内里似仍保存一丝尊严、真诚与坦荡。故此,《太阳照常升起》可以看作海明威的个人成长史,甚至也是百年前的美利坚思想史,其思想与文学价值是不言而喻的。

○ 单飞的蝴蝶

翻检二〇〇五年四月十日日记,上面记有这样一些文字:

这是灰色的一天。

清晨,当还在睡梦里神游时,忽然被一阵急促的电话铃声所惊醒,那是S君从香港打来的电话。

"大约一小时前,逸飞走了。"S君的声音沉郁中略带些颤抖。

"走了?什么叫作走了?"我问。

"他飞了,到另外一个世界去了。"他说。

"……"对着话筒,张大嘴巴,一句话也说不出来。

怎么可能呢?就在几个礼拜前,他还在电话里神采飞扬地讲述拍摄《理发师》的点点滴滴,戏还没有拍完,他如何能撒手而去呢?我连忙致电Y君求证。这才知道,逸飞兄患肝病多年,且已到肝硬化晚期。因拍摄《理发师》过度劳累,多次引发消化道出血。可他不顾医生反对,又偷偷跑回拍摄现场继续工作。前几天实在撑不住了,才再次入院接受治疗。即便是生命危在旦夕,他仍沉着冷静地安排好余下的拍摄计划。昨晚突然大出血，出血量达数千毫升，估计是肝硬化导致门脉高压，食管贲门静脉曲张破裂。就这样，一个斑斓多姿、飘逸张扬的生命，瞬间便烟消云散了。

记得去年四月，我们做完采访，他在留言簿上写下"好运"两个大字。当时觉得这两个字过于直白，便舍弃没用。其实，那段时间，他正经受着人生的煎熬。《青年视觉》的夭折和《理发师》的风波均使他心力交瘁。但他表面上波澜不惊，依然用微笑面对泼向他的污泥浊水。我猜测，"好运"是他彼时彼刻内心最真切的流露。他希望自己能尽快摆脱厄运，同时也祝福所有朋友心想事成，好运常伴左右。万万没有想到，等待他的却是生命的戛然而止。

和友人联络：杨澜连连叹气，谭盾感到胸口被一块石头压着喘不过气来，程十发难过得几乎支撑不住，邬君梅更是哭得像个泪人。后来，邬君梅在发给我的短信中说："我哭了。为他，为他的一份追求和理想。我小时候就认识他。他是个有幻想和想象力的人。可能天堂现在需要他。"

说实话，差不多一年了，我仍不愿接受与逸飞天人永隔的事实，坚信他只是到一个遥远的地方写生去了。直到现在书写这些文字的时候，眼前还会浮现他那活力四射的身影。

已经记不得初次见到逸飞究竟是什么时候。总之，在我眼里，他是一个值得信赖的兄长。如果你有委屈，尽可以向他倾诉，他会呵护你，关心你；如果你遇到开心事，他也会像孩子般与你分享成功的喜悦。朋友们聚会常常会想到他，只要一个电话，再忙，他也会放下手中的活计，匆匆赶来，朋友一多，要面面俱到，很难。但逸飞却能从容应对，绝不怠慢任何人。而且，逸飞最了不起的一点是，无论是达官贵人，还是平头百姓，他一律平等对待。由于白天杂事缠身，头绪纷乱，无法专心画画。只有到夜阑人静时，他才能拿起画笔走进真正属于他自己的世界,有时一画就是一个通宵。困了,在沙发上打个盹;饿了,就从冰箱里拿点速冻食品应付一下。我问他何不请保姆做点宵夜,他笑着说:"太晚了,就不好意思麻烦别人。再说,她们一天工作也很累。"逸飞做事永远先替别人着想。

逸飞一生创造美,追求美,甚至将"美"提高到"能够给民族带来尊严"的高度。作为视觉艺术家,他决不容忍一切丑陋的东西进入视野。平时有重要外国友人来访,他会不厌其烦地和司机商定从机场到酒店的线路。为的是避开那些杂乱无章的街景,免得给人留下不好的印象。我们在佛罗伦萨逗留时,面对米开朗琪罗给这座城市印刻的痕迹,他感慨万端;对米开朗琪罗拥有美弟奇家族这样坚强的后盾,更是艳羡不已。后来,他致力于环境艺术工程的研究与开发,想必是受此启发,或者,他干脆就想做一个当代的米开朗琪罗,为我们生活着的城市添上一抹亮色。当然,以逸飞的修养,他是不可能放此狂言的,但这应该是他最大的心愿,我想。

由于走得过于匆忙,逸飞心中还有许多未了的心愿。譬如,他想和高仓健合作拍摄一部有关老上海的电影,影片通过和平饭店一老一少两个有着暧昧关系的酒保的故事,讲述世事变迁和上海滩风云变化;譬如,他想把歌剧《波西米亚人》的背景从十八世纪巴黎拉丁区移到二十世纪三十年代的上海,让盲人歌手波切利着一袭长衫,引吭高歌那首脍炙人口的咏叹调《冰凉的小手》;还譬如,他一直想为母亲画一幅肖像,因为母亲在他小时候经常带着他到乍浦路桥下的曙光电影院看《白鬃野马》《红气球》等经典影片,为他幼小的心灵,埋下了艺术的种子。他说,要给母亲画肖像的话,一定会画她端坐在又小又破的收音机旁,讲述胡蝶、王人美、赵丹、白杨的故事……

如今，人去楼空，所有的梦都碎了。

这些年来，他耗尽最后一点能量去搭建他的视觉王国，而他的所作所为又常不被人理解。因此，他就像一只孤单的蝴蝶，在蓝天白云间不停地飞舞。我们原本期待他飞得更高、更远、更缥缈。可是，单飞的蝴蝶终于折翅了。

对于生命，逸飞从来都有自己的哲学思考。他喜欢把生命比作一个球体。当上面的光照射下来，球体自然有明有暗。他认为，活着，就要努力让光亮照多一些。无数细节组成一个整体。人的一生要远看是好，近看也好，才是真好。他的人生便是如此。

"绚烂归平淡，真放本精微"，这可以看作逸飞一生的写照。但要真正准备描摹他的艺术人生轨迹，也不是件容易的事情。坊间虽然也流传一些陈逸飞的传记，但大多浮光掠影，有的甚至穿凿附会，捕风捉影。现在，美英以一个妻子的视角，捕捉逸飞几个不同侧面的闪亮点，编成《逸飞视界》一书，虽着墨不多，但吉光片羽，弥足珍贵。

正如每个人心中都有一个哈姆雷特，每个人心中也都有一个陈逸飞。但美英笔下的陈逸飞，应该是最接近本真的陈逸飞吧！

○ 刘一帆：美食的背后是乡恋

一帆兄来电告知，其平生首部菜谱《刘一帆：我的菜》即将付梓，嘱我于书前写上几句。一通电话，瞬间将我的思绪拉回七年前录制《顶级厨师》的场景。

《顶级厨师》(*Master Chef*)为BBC名牌栏目，此节目将美食烹饪与真人秀完美融合，节目一经推出，立刻风靡全球。美食评审Gorden Ramsy更成为无数老饕膜拜的Super Star（超级明星）。东方卫视购得版权后，着意打造国内首档美食才艺秀，展示平民厨师梦想。本人以资深媒体人及吃客身份加盟节目。酷爱烹饪的"音乐教父"李宗盛，打破从不参与真人秀的原则，慨然应允担纲美食评论员。而原版*Master Chef*中Gorden Ramsy角色则由时任和平饭店行政总厨，来自台北的刘一帆担任。

我和宗盛大哥熟稔，交流毫无挂碍，但一帆略显拘谨，寡言少语，尤其对宗盛大哥更是毕恭毕敬。宗盛大哥不愧是阅人无数之高人，见状立刻建议我们三人同处一室，连吃饭、化妆、休息都在一起，意在消除彼此的心理隔阂，让三人形成一个整体。

大约磨合了两三天，我们仨相互之间就好像是相识多年的老友，无话不说。从交谈中得知，一帆学生时代亦迷恋艺术，曾尝试投考当地一家艺校，后因家庭原因改弦更张，否则很有可能成为大小S同窗。后来因缘际会，他投身厨艺，到台北亚都丽致大饭店工作。因其聪明伶俐、勤奋好学，得到老板严长寿青睐。严长寿鼓动他将眼光投向远方，而不要留恋周围的小世界。于是，一帆果然听从严先生忠告，足迹踏遍欧亚大陆，故而他始终将严长寿先生视作人生导师。

一帆虽然从未涉足电视综艺，但他善于揣摩与观察，很快便进入"角色"，尤其是踏入厨房，仿佛战士冲下战场，其血液内荷尔蒙迅速飙升。平日里彬彬有礼，一旦走向灶台，便"凶神恶煞"起来，宛若"恶魔"，弄得选手们一个个噤若寒蝉，小心翼翼，稍有不慎，便会招来一帆的怒吼。

节目录制首日，一帆要求选手切洋葱，并且要求切成0.1厘米×0.1厘米的小颗粒，以此判定选手刀工水准，几乎每个选手都被洋葱熏到眼泪横流，切破手指者亦不在少数，但一帆似乎毫不在乎，只顾向不合格的选手咆哮不止。更绝的是，他还用"土豆丝穿针"测试大家的基本功。一些选手被逼至"绝境"，几近崩溃。于是，宗盛不得不充当"和事佬"，幽幽地来上一句："人生要有两个真，一个是要认真，一个是别当真。"试图给予美食达人些许心灵按摩。

录制结束后，宗盛大哥和我问一帆，何以将Gorden Ramsy模仿得如此惟妙惟肖。一帆摆摆手，说，他曾在Gorden Ramsy手下做事，深切感受过这位"地狱厨师"暴君般的工作作风。能够进入有着百年传奇的Savoy Hotel（萨沃伊饭店），成为一名厨师，固然是一种荣耀。然而，没有一颗强大的心脏，没有坚强的意志，显然无法抵御Gorden Ramsy的无情打击。一旦菜品出现问题，他就被关进0℃—7℃的冷库进行反省。起先他觉得绝望，但是，渐渐地，面对冷库里存放的新鲜食材,他居然展开想象的翅膀,找到生命的原动力,眼前顿时会出现各种不同食材的神奇搭配。于是,一道道富于创意的菜肴便应运而生。

因此,在节目录制时,一帆常常会"为难"选手,所出题目刁钻之极,譬如或让选手凭借一碗猪脑做出法式鹅肝的顶级美味,或要求把巧克力和辣椒组成一道菜肴,或选择菠萝头尾与番茄苹果搭配做菜,更有蒸鱼剔骨、整鸡拆骨等绝技绝活,而一款"拔丝泡芙塔"则令所有选手欲哭无泪,难以招架。

在"神秘盒"(Black Box)环节,一帆居然出了一个文字题,即以"念"字设计菜谱,让选手如坠云雾之间,不知如何是好。有时候,宗盛大哥和我劝他不妨放宽标准,免得大家难堪,但一帆总是不为所动,他常挂在嘴边的一句话便是:"没有压力,怎能看得出生命的韧性。"所以,一帆根本不用模仿Gorden Ramsy,他的行事风格根本早已打上师父的深刻烙印。

与我们普通食客不同,一帆对于每一款菜肴,均带着虔敬的态度。每次品尝菜肴,他总是先将其放至鼻子下,深深吸一口气,闻一下,然后,拿起小匙或筷子,轻轻舀起或夹起,左右端详,最后放入嘴中慢慢咀嚼,试图将食物不同层次的味道细细咂摸出来。喝汤时,则用双手捧起汤碗,先啜一小口,再一饮而尽。看着他陶醉的模样,仿佛灵魂出窍。

一帆对于厨艺的热爱缘于擅长做菜的祖母。祖母所做的一碗牛肉面至今让他销魂,点燃了他生命的激情。他渴望用烹饪与世界沟通交流,重温童年生活,回忆故乡的山山水水。无独有偶,法国米其林三星主厨阿兰·杜卡斯在其著作《吃,是一种公民行为》中,也论及祖母所做的菜肴:"儿时,每个周日早上,我要么蜷缩在查洛斯农场蓝色木质小百叶窗后,享受着被这味道包围的时刻,要么慵懒地躺在床上，任由油封鸭、烤鸽子、牛肝菌的味道萦绕着整座房子，将我浸透……"所以，宗盛大哥说："美食的背后是乡恋，是对过去的留恋。"

一帆书中的每一道菜都与他的人生轨迹相关联，读者尽可以按着一帆的引导，尝试制作那些菜肴，并加入自己的生活感受。无论优劣、成败，其实，那都是你与世界与自我的对话，烹饪美食，不仅可以从中感受世界的味道，更能浅尝人生，留存一段最美好的回忆，这也正是这本书的价值所在。